ユートピア

湊　かなえ

集英社文庫

目次

ユートピア

第一章　花咲く町

『FLOWER』8月号（英新社）

〔SICAの憧れる人〕第6回

車いす利用者に快適な町づくりを。

そんな願いを込めて立ち上げられたブランド「クララの翼」。天使の翼をモチーフにした素焼きのストラップは、当初は車いす利用者やその家族、福祉に携わる人たちのあいだで話題となっていましたが、デザイン性の高さから、二、三〇代の女性を中心に口コミで話題となり、現在は商品が届くまで一カ月待ちとなる人気グッズになりました。

すべての人に社会へ飛びたてる大きな翼を。

今ではその理念のもと活動を続けている、「クララの翼」の創設メンバー、堂場菜々子さん、星川すみれさん、相場光稀さんに本日はお話を伺いたいと思います。

SICA　まずは、皆さんの出会いについて教えてください——。

＊

太平洋を望む人口約七千人の港町、鼻崎町。近隣の大きな市に吸収合併されることなく、町として独立できているのは、戦後、国民の食卓を支え続けてきた日本有数の食品加工会社、八海水産、通称ハッスイの国内最大工場を有するためである。

堂場菜々子は小学校の社会の授業でそう習った。

町の玄関口となる国鉄鼻崎駅前から、鼻崎岬へと続く海岸沿いの県道までを結ぶ〈鼻崎ユートピア商店街〉に、全盛期には一日約一万人が訪れていた。

それが、商店街で仏具店を営んできた堂場重雄、菜々子の義父の口癖だった。商店街からは少し離れているが、同じ鼻崎町で生まれ育った菜々子には、これまでの人生をすべてひっくりかえしてみても、それほどまでに町が賑わっていたという記憶はない。自分が生まれる前のことであっても、人口より多い数の人たちがこの町を訪れる様子を想像することは難しかった。たいした観光名所もないこの町に、何の目的で訪れるというのだろう、と。

義父の言葉はいつも愛想笑いで受け流していた。しかし、三カ月前、同じ台詞を商店街会長から聞き、ええっ、と思わず声を発したあとで、チクリと罪悪感に苛まれた。記憶があやふやになってゼロを一つ二つ盛っていたのではなかったのだ。年に一度の商店街祭りに三波春夫（みなみはるお）が来てくれたこともある、と呂律（ろれつ）の回らぬ口調で言い終える前に、それはよかったですね、と布団をかぶせたのが、生きている義父と接した最後になる。あれからもう三年。三波春夫もよく似た名前のものまね芸人かなにかだったのだろうと受け流していたが、もしかすると、本物だったのかもしれない。

八年前の結婚当初から、義父はまだ寝たきりではなかったものの、認知能力はかなり曖昧になっていた。それが解（わか）っていても、嫁ではなく店の従業員扱いしかされていないことに腹が立ち、ならばそう接してやろうと、無駄話には極力耳を傾けないようにしていたのだが……。一度くらい、頭の中にきらきらとした結晶として残っている話に、じっくり耳を傾けてあげてもよかったのではないか。義父から辛辣な言葉を受けたことなど一度もなかった。戦前からこの地に店を構える老舗（しにせ）仏具店の主（あるじ）らしく、お茶を飲ませるといったささいな世話を受けただけで、ありがとうございますと、寝たきりではあるが、深々とおじぎをせんばかりの口調で言ってくれていたではないか……。

集会の最中に紺地に白い水玉の湯呑（ゆのみ）を眺めながらぼんやりとそんなことを考えていたせいで、議題も把握していないまま、ブロック会長の乾物店の主人に名前を呼ばれて生返事をしてしまい、とんでもない役を引き受けることになってしまったのだ。

『第一回花咲き祭りａｔユートピア商店街』

菜々子は印刷屋から届けられたばかりの茶色い包み紙を開き、光沢のある紙の端で指を切らないよう用心しながら、極彩色の花が入り乱れた、インクの香りが漂ってきそうなポスターを一枚取り上げた。これを責任をもって配ったり貼ったりしなければならない。

一五年ぶり、二一世紀に入って初となる商店街祭りの実行委員の一人なのだから。

商店街は一丁目から五丁目の、五ブロックに分けられている。古くからの店が密集する一丁目だけの定例会だったのだから、菜々子がそんな手間のかかる役を受けられる状態ではないことくらい、誰もが理解してくれていると思っていた。

一度は、はい、と答えてしまったが、菜々子はジャケットのポケットからハンカチを取り出し、額の汗を拭いながら意を決して立ち上がった。

——あ、あの、我が家は、皆さんもご存じの状態でして、大役を受けてしまっては、かえってご迷惑をおかけすることになるんじゃないかと……。

七歳になったばかりの菜々子の一人娘、久美香(くみか)は昨年、幼稚園の集団登園中に交通事故に遭った。幸い、一命は取り留めたものの、自力で立ち上がることが事故から一年経(た)った今なおできず、車いすでの生活を余儀なくされている。

——今日は月に一度の定例会なので、主人が早めに帰宅して娘をみてくれていますが、集会の回数が増えると、そういうことも難しくなると思います。

菜々子の夫、堂場修一（しゅういち）は八海水産に勤務している。冷凍食品第四班の班長をしているため、早退することは難しい。それでなくとも、学校行事の際などはなるべく休めるよう、職場の人たちから気を遣ってもらっているのだ。

——久美香ちゃんも連れていったらいいんじゃないかしら。

会計を務める和菓子屋〈はなさき〉の奥さんが言った。

——わたしも子どもたちが小さな頃はお祭りの準備に子連れで参加したものよ。一緒にくじびきの景品のお菓子を袋詰めしたり、出店の看板を子どもたちに書かせたり。大人より子どもたちの方が張り切っていたくらい。久美香ちゃんもきっと楽しめると思うわ。ほら、火の用心も頑張ってたじゃない。

年末の夜回り当番のことだ。〈鼻崎ユートピア商店街〉では一二月一日からの一〇日間、午後九時頃から、「火の用心」と声を上げながら拍子木を打ち、商店街の端から端まで歩くという習慣が続いている。一年ずつブロックごとの持ち回り制となっており、一丁目では一日一店舗担当と決まっているため、五年に一度のことではあるが、昨年末、カレンダーの当番日に印を入れた途端に憂鬱になった。

ハッスイは一年で一番忙しい時期だ。修一も残業しなければならない日が増える。襟に「火の用心」と白字で入った色あせた紺色の法被（はっぴ）を着て、シャッターの下りた真っ暗な商店街を、一人とぼとぼと歩く想像をするだけで胃が痛くなってくるようだった。

こんな田舎町、まっぴらだ。父親が再婚した中学二年生の頃にはこの思いが芽生えていた。なのに、短大進学で一度は外に出たにもかかわらず、この町に戻り、その上、さらに古いしきたりの残るところに住む人と結婚してしまった。戻ってくればいいじゃん。たまたま成人式で再会した、高校時代に一度も口を利いたことがない同級生の、無邪気な物言いと笑顔にほだされて。

あれは自分にだけ向けられたものではなかったのに。

そんな思いに捉われるたび、菜々子はかぎ針を手にして、一心不乱に花のモチーフを編み続けた。虚しさや怒りを花に変えれば少しは気が紛れると、編み物を教えてくれたのは義母、道子だったが、当の本人はその怨念が込められたストールを巻いて、寝たきりの夫を見捨て、五年前に行方をくらました。自分もいつか出て行ってやるのだ、と数えきれないほどの空想はしてみても現実にならないことは解っている。

わたしがいなければ久美香はどうなるのだ。

しかし、久美香の存在は決して、足枷ではない。

——ひのようじん、くみかもやりたいなあ。

朝食の際、ダイニングテーブルの上に夜回り当番セットの箱を見つけた久美香は、拍子木を打ち鳴らしながら言った。

——寒いし暗いし、怖くなっちゃうわよ。

菜々子は母娘二人で暗い通りを歩く姿を思い描いた。拍子木の音よりも、車いすのきしむ音が冷たい夜気に虚しく響き渡る、寒々とした光景を。

——ううん、おもしろいよ。えりせんせいにおしえてあげたいなあ。みんなも、すごいねっていってくれるだろうなあ。

拍子木の音は、子どもの耳には周囲に自慢できるものとして響いていたのかと、菜々子は娘の顔を改めて見直した。目をきらきらと輝かせている。じゃあ、と言おうとしたところで、修一が頭を掻きながら起きてきた。

——じゃあ、パパも今日は早く帰ってくるとするか。五年に一度の楽しい当番なのに、仲間外れにされちゃたまらないからな。

前夜、残業で遅く帰宅した修一が夕飯を食べているときから、当番セットはテーブルに置いてあった。そのときには気付いているにもかかわらず、視界に入っていないかのように振る舞っていたのに。

——ほんと? でも、かちかちするのはくみかだからね。

父と娘はテーブル越しに笑顔で指切りをかわした。以前は、残業が入ったからと、約束が反故になることが多々あったが、久美香の事故以降は一度もなかった。

三人で歩いた商店街は菜々子の思っていた雰囲気とはまるで違うものだった。法被は修一のサイズにピッタリで、みすぼらしさはまったく感じられず、火の用心、と言う久美香の声は歯抜けになった商店街のアーケード天井を突き抜けて、星空に届かんばかりの元気のいいものだった。事故以来、久美香のあんな大きな声を聞くのは初めてだった。

寂れた印象の強い海岸側の五丁目には新しいカフェや雑貨店がオープンしていた。

——そういや、パートの人たちが焼きカレーを食べたとか言ってたな。今流行(はや)りのパンケーキも食えるんだってさ。

修一が言い、その週末の昼には早速三人で〈はなカフェ〉なる店を訪れもした。

それらの時間を持てたのは、商店街の古い慣習のおかげではあるが……。

——やっぱり、祭りの実行委員というのはわたしにはちょっと。前にお祭りをやっていた頃の経験をお持ちの人の方がいいんじゃないでしょうか。

もう一度、汗を拭った。薄いピンクのハンカチにファンデーションがべっとりとついていたが、そんなことを気にしている場合ではない。自分のような若輩者が引き受けなくとも、この集会所にいる大半の人たちは三波春夫が来てくれた頃からこの商店街で暮らしているはずなのだから、祭りの準備など手慣れたものではないのか。

——それがね、今度のお祭りはわたしたちが思うのと、ちょっと違うのよ。

和菓子屋の奥さんが眉を顰(ひそ)めながら言った。従来の商店街祭りを復活させるのではなく、〈鼻崎ユートピア商店街〉に若い人たちを呼び込もうと、昨年、五丁目に店を新規オープンさせた人たちが提案した、新しいイベントなのだ、と。

――だからね、一丁目からも若い人を出した方がいいんじゃないかと思うの。わたしたち年寄りにはアートとか、よくわかんないから。お願い、ね。

両手を合わせて頭を下げられたら断ることはできなかった。

――貧乏くじ引かされるくらいなら、俺が集会に行けばよかったな。

修一に報告すると、自分が大役を引き受けることになったような顔をしてため息交じりに言われ、菜々子はその夜、花のモチーフを編んだ。どうせ修一が行っても同じ結果になっていた。どちらが引き受けても、実行委員の仕事を実際にするのは菜々子だ。仏具店を一人で切り盛りしているのと同様に。

編んで、編んで、編みまくった。バラだかボタンだか解らないが、種類など何でもいい。菜々子はこれしか編めない。一度、モチーフ編みの本を買ったことがあるが、編み目記号がまったく解らず、本棚に仕舞い込んだ。ただ、このモチーフを繋げてしまうと、今度は自分がそれをまとってこの町から出ていきそうで、バラバラのまま紙袋に入れて押入れに仕舞っている。

定例会の翌週、久美香を寝かせてから、集合場所である五丁目の〈はなカフェ〉に行くと、他のメンバーはすでに店の中央にある一枚板の大きなテーブルを囲むように座っていた。菜々子を含めて、男女三人ずつの計六名。商店街の集まりだというのに、誰一人知った顔がいなかった。それ以前に……。

半分以上が鼻崎町の顔じゃない。

一人ずつをじっくり観察する間もなく、菜々子はそう直感した。美男美女が集まっているわけではない。服装も、それぞれ個性的ではあるが、奇抜なファッションをしているわけでもない。むしろ、ファイルを手にしたリーダー的な女性は、素朴な、自然派志向の恰好で、田舎の港町には似合っているが、それがかえって違和感を醸し出している。都会の人が憧れる、田舎暮らしの恰好だ。

――皆さんお揃いのようなので、ミーティングを始めたいと思います。

長い髪を頭のてっぺんでおだんごにまとめ、ネル素材の若草色のぶかぶかとしたスモックを着た女性から、案の定、港町独特の訛りはまったく聞き取れなかった。女性は星川すみれと名乗った。

――まあ、今日は顔合わせみたいなものなので、リラックスして世間話でもしましょう。

それが合図であるかのように、カウンターの奥からジュッと音が上がり、香ばしいバターの香りが漂ってきた。好きな飲み物を一つ頼むようにと、まな板大の木の板に書かれたメニューがまわってきて、菜々子はカプチーノを頼もうかと思ったが、ホットコーヒーにした。「かぷちいの」と丸っこい文字で書かれたものを読み上げるのが、気恥ずかしかったからだ。

菜々子の隣の女性はカプチーノを注文した。ざっくりとしたセーターとジーンズ姿というラフな恰好だが、この人も違う、と菜々子は感じた。しかし、すみれの雰囲気とも違う。セーターの袖を肘の辺りまで無造作にあげ、手首にはシンプルなデザインのゴールドのブレスレットがチカチカと光っている。

都会の人だ。いや、都会に憧れている、もしくは、都会にいた頃を引き摺っている、田舎の人だ。この人はもしかすると、鼻崎町出身かもしれない。

——久美香ちゃんのママ、よね。

ブレスレットのチカチカを眺めているところに、いきなり話しかけられた。

——そうですけど……。

答えながらしっかり顔を見てみたが、会った憶えは一度もなかった。

——うちの娘が久美香ちゃんと同じ小学校なの。四年生の相場彩也子。

あいばさやこ、ちゃん、初めて聞く名前ではなかった。あっ、と思い出す。

——娘のカード入れを届けてくれた!

久美香の通う町立鼻崎第一小学校では、校内での携帯電話の所持が禁止されている。電話をかける際は事務室前の公衆電話を使用することになっているため、久美香にはテレフォンカードを持たせていた。久美香の登校は修一が出勤の際に連れて行き、下校は菜々子が車で迎えに行くことになっている。時間割に合わせて迎えに行くため、久美香が電話をかけてくることはほとんどなかったが、その日はインフルエンザの蔓延で短縮授業となったため、久美香から連絡があったのだ。そのとき、久美香は電話の横にカード入れを忘れてしまい、翌日、上級生の女の子が届けてくれたという報告を受けていた。

――あら、彩也子が何かしてあげたのかしら？

母親は知らないようだ。菜々子は簡単に説明し、その節はどうも、と腰を椅子から半分浮かせてぺこぺこと頭を下げた。

――それしきのことでお礼なんて。でも、知ってる人がいてよかった。商店街のことはよく解らないから。

――わたしこそ、こんな大役を引き受けるのは初めてで……。

小学校の委員会のときから、その他大勢の役しか引き受けたことはない。二人の会話を遮るようにパンケーキと飲み物が運ばれてきた。全員に行きわたったのを確認してすみれが、では、と自己紹介を時計回りに促した。

すみれは祭りの提案者で、全体の代表、五丁目の代表は宮原健吾だ。〈はなカフェ〉と隣の雑貨店〈はな工房〉のオーナーで、すみれのパートナーだという。名字が違うので、夫婦ではないと思われるが、仕事のパートナーなのか私生活のパートナーなのかは、菜々子には解らなかったし、質問しようとも思わなかった。ただ、健吾もすみれと同じ雰囲気を醸し出していることは十二分に感じ取ることができた。

一丁目の代表は〈堂場仏具店〉の菜々子。二丁目の代表は呉服店〈大和屋〉の大原という男性で、下の名は名乗っていない。他のメンバーよりも二回りほど年上で、もっと若い人に頼めばよかったかな、と居心地悪そうに頭を掻いていた。三丁目の代表は美容室〈ローズ〉の舟橋徹。〈ローズ〉と聞き、菜々子は身を強張らせて舟橋を見上げたが、舟橋は菜々子の方をちらりとも見ようとしなかった。四丁目の代表は雑貨及びリサイクルの店〈プティ・アンジェラ〉の相場光稀。――以上が、祭りの実行委員だ。

それらのメンバーで週に一度集まり、祭りまであと一週間。菜々子の仕事は案じていたほど大変なものではなかった。ミーティングの初日から、祭りの概要はほぼ決まっており、すみれから配られた進行表に従えばいいだけだった。ポスターを丸めて輪ゴムで留めたものを紙袋に入れ、一丁目の各店舗に配ってまわる。

「あらまあ、モダンだこと」

和菓子屋〈はなさき〉の奥さんはポスターを広げてそう言ったが、菜々子には褒め言葉のようには聞こえなかった。

「お祭りの特典、何にされるか決まりましたか？」

一店舗ずつ訊ねて、まとめたものをすみれに提出しなければならない。

「桜餅一五〇円を、一〇〇円にしようと思うんだけど」

「いいんですか？　そんなに安くして」

「一五年ぶりのお祭りだからね」

菜々子が報告することを、すんなりと古くからの人たちが受け入れてくれるのがありがたかった。

ポスターを配り終えると、そのまま、商店街入り口にある一丁目掲示板に向かった。駅側からの玄関口となる場所なのだから、目立つようにポスターを貼らなければならないのに、畳一畳ほどのスペースはすでに埋まっている。期限切れのものはないので、勝手に剝がすわけにはいかない。

ほんの一週間、どれか隠れてもいいものはないだろうかと全体を見渡し、人相の悪い男の顔と目が合った。

『おまえ、芝田(しばた)か?』

指名手配のポスターだ。事件が起きたのは五年前、隣の市に住む資産家の老人が殺された。容疑者は八海水産に勤務する男。事件当時は全国ニュースで大きく取り上げられ、町内でも、ハッスイ関係者内でも、事件の話題で持ちきりだったが、半年、一年経っても容疑者は捕まらず、ニュースで続報を聞いた憶えもない。

被害者は鼻崎町の人ではないし、警察から注意を受けたら剝がせばいいだけだ。菜々子は事件そのものを覆い隠してしまうように、色鮮やかなポスターを広げて画鋲(がびょう)でとめた。それほど悪いことをしたとは思わないが、店まで走って戻った。

祭りまでに用意することといえば、あとは、スタンプラリーの景品だけだ。各ブロックの店で買い物をして専用の台紙にスタンプを押してもらい、本部に持っていくと、くじを引くことができる。一等から五等までの景品はそれぞれ実行委員の店が準備をし、〈堂場仏具店〉からは五等の景品として線香を用意することになった。

ラベンダーの香りの線香をすみれが用意した和紙で包まなければならない。

薄いピンクの縦長長方形の和紙の上に、紫色の線香を一〇本並べる。それを果たし状のように、まずは左右両端を折り重ね、次に上下を折り曲げる。ひっくりかえしたときに、あらかじめスタンプで押されていた文字が真ん中にくるように気を付けなければならない。

『花サク、カホリ』

一見、昔の電報みたいでオシャレっぽいような気がするが、意味が解らない。花サクはおそらく鼻崎にかけてあるのだろう。カホリは線香のウリだとして、花が咲く香りとはいったいどういうものなのか。日本語として正しいのだろうか。そもそも、一番ハズレの賞とはいえ、線香をもらって喜ぶ人などいるのだろうか。景品代は祭りの予算から出るのなら、和菓子屋に頼んだ方がいいのではないかとすみれに提案したが、すぐに却下された。後になって他の店舗から不公平だという意見が出ないように、各ブロック同じ条件にしなければならない、と。とはいえ、仏具店から何を出せばいいのか。

菜々子が頭を悩ませていると、すみれは直接店を訪れ、何か花に関連するものはないのかと問い、線香の箱を手に取った。

「ちょっとこれ、すごいじゃない。国産ってだけでも価値があるのに、製造元の所在地が鼻崎町って。どういうこと？」

八海水産で栄える前は、鼻崎町は線香の産地として知られていたと、菜々子は小学生の頃に習ったことをすみれに話した。岬の辺りの一帯はかつて、一面、蚊取り線香の原料となる真っ白な除虫菊畑が広がっていた、とも。

「そういうエピソードが欲しかったのよ」

すみれはそう言って手を打ち、景品を線香にすることを決め、翌々日には和紙が届けられた。五〇〇個作らなければならない。それほど人が集まるのだろうか、と別の不安が込み上げてきたが、五〇個作った辺りからそんなことはどうでもよくなった。モチーフ編みと同様、細かい作業は頭の中を空っぽにしてくれる。

何にしろ、久美香が祭りを楽しみにしている。ママって実行委員なんだよね、と何度言われたことか。久美香の弾んだ声を思い出すと、『花サク、カホリ』と書かれた包みも徐々にかわいらしく見え、心なしか、祭りが少し楽しみになってきた。

『青い海に白く輝くさざなみは、空に恋する海のてのひら。わたしをあなたのもとへ連れて行って。高く伸ばしたその先端は、だから、翼のかたちに似ているのかもしれない』

＊

星川すみれはペン先に群青の小さな玉が光る万年筆を、翼のかたちをしたペントレイに置いた。書いたばかりの文章を目で追い、復唱する。なかなかいい出来ではないか。顔を上げると、目の前の広い窓から、書いた通りの景色が見えた。

まさか、これほどに理想通りの場所に住むことができるとは。すみれは立ち上がると、観音開きの窓を外側に向かい、両手で勢いよく開けた。貝殻でできた風鈴がカラカラと音を鳴らし、すみれの耳をくすぐった。息を大きく吸い込むと、目に見えないほど小さな潮の粒子が入り込み、体じゅうを浄化してくれるようだった。

手書きのポップも完成し、あとは〈はな工房〉に向かうだけだ。皆、準備は順調に進めているだろうか。明日はついにお祭りだ。自分たちがどんなところに住んでいるのか気付いていないこの町の人たちに、わたしたちのアートを通じて知らしめてやるのだ。

鼻崎町はすばらしい町、人生の楽園……、これではパクリになってしまう。桃源郷、イーハトーブ、まほろば、エルドラド、どれもいまいちしっくりこない。やはり、ユートピアか。気付いていた地元民もいたということだ。しかし、商店街の駅側入り口に吊り下がるあの寂れた看板はいただけない。ピの丸の部分が掠(かす)れて、ユートヒアになっている。祭りのあとで、看板の付け替えを提案しよう。一つ一つ、わたしたちアーティストの手でこの町をさらなる理想郷に作り上げていくのだ。

すみれは商店街まで歩いていくことにした。

海岸線から鼻崎岬へ向かう途中の高台にすみれの住む〈岬タウン〉がある。海まで潜り込むような山の斜面に沿って切り開かれた造成地は、どの区画からも海を見渡すことができる絶好のロケーションに恵まれている。そこに歯抜けの状態で現在、五軒の家が建っている。確かに、周辺に何もないし、坂を上り下りしないといけないので、高齢者や、自転車や徒歩で通学しなければならない子どものいる人たちには不便なところかもしれない。海岸沿いの道路は県道だというのに街灯もほとんどない。だからこそ、星空が美しい。

おまけに、水平線に沈む夕日を見ることができる。一日の終わりを体全体で感じることができるのだ。いつ日付がかわって、この薄暗い六時は午前なのか午後なのか、今日は何月何日何曜日で、そういえば桜の花は今年も咲いていたのだろうかと、夏を過ぎた頃にふと考える。そんな異常な感覚に、この場所に住んでいる限り捉われることはない。

そういうことに、おそらく、この町の人たちは気付いていないのだ。だからこんなすばらしいところにそっぽを向いて、より便利なところに家を建てようとする。しかし、それでよかったのだとも思う。〈岬タウン〉には、ここの良さを知る人たちしかいない。研ぎ澄まされた感性を持つ者にしか良さが理解できない場所であることを、住人が証明している。

ここに住む人たちは皆アーティストなのだから。

すみれをこの地に導いてくれたのは東京の美術大学時代の同期生、宮原健吾だ。すみれは陶芸科、健吾は油彩科と学科は違っていたが、三年生のときに学祭の実行委員になったことがきっかけで、付き合うようになった。共に、将来は陶芸の道、絵の道で生きていくことを目指していたため、時間ができると二人で日本中の美術館や工房をまわった。同じアーティストの道でありながらも、まったく同じものを目指していなかったことが、二人の仲が卒業まで続いた要因ではないかと、今になってすみれは思う。

すみれは自分が美しいと思うものを作りたかった。それには、伝統的な様式など必要ない。いいとこどりで思い描くものが形にできるのなら、それに越したことはない。素焼きで有名な産地の技法に、釉薬（ゆうやく）を重ねても何の問題もないと思う。だが、同じ科の中にはそれを邪道という者が少なからずいた。ならば、自分が伝統に則（のっと）った作品を作ればいいだけだと思うのだが、彼らはすみれの作品にいちいちケチをつけてきた。学祭で、すみれの作品が一番売れると、これだから凡人はと、学祭に来てくれた近隣の人たちを貶め、しまいには日本国民全体の悪口へと発展し、自分たちこそが選ばれた人間なのだと、さあ、誰か言ってくれ、とばかりの不毛な議論が続くことにうんざりしたものだ。

そんな愚痴を健吾はいつものんびりとした笑みを浮かべて聞いてくれた。

——何で、多くの人から認められたいなんて思うんだろうな。他人の評価がほしくて作品に向き合ってるうちは、多くの人どころか自分自身ですら心底満足できるものが作れないってことにどうして気が付かないんだろう。俺は自分がいいと思うものに向き合いたい。それをいいって共感してくれる人は、多くはないけど、ゼロではないはずだ。そうしたら、なんとか一人で食っていけるだけの生活はできるだろう。

言いまわしは多少変わることがあったが、健吾がよく口にしていた台詞だ。九割、共感し、最後の一割で少し寂しくなる。それもいつものことだった。この人のアーティストとしての人生に、わたしは組み込まれていないのだな、と。

ただ、そんなガツガツした野心を持ち合わせていなかったから、二人とも卒業までに何の結果を出すこともできず、その道への足掛かりをつかむどころか、関連する企業や事務所、工房にも採用されることがなかったのかもしれない。見切りをつけた、とはっきり口にしたわけではないが、周囲の学生の中でも、健吾は比較的早い段階でリクルートスーツを身にまとった。

──芸術は金にかえちゃいけない、ってことに気付いたんだ。

とは言われた。逃げているだけではないのか、とだけは決して言ってはならないことくらい解っていた。口にすれば、二人の時間は終わる。しかし、気持ちを伝える手段は言葉だけではない。むしろ言葉が一番曖昧なものなのだと解っているからこそ、それ以外の形で表現したいと陶芸を始めたはずなのに。すみれの目の奥に宿る思いを健吾は感じ取り、諭すようにこう言った。

──俺たちはいい時代、いい環境の中に生まれてきたと思わないか？　一日中、絵筆を持っていることができる、土をこねていることができる。これを幸せだと感謝するどころか、やれ、課題の提出日に間に合わないとか、単位がもらえないとか、苦行のように受け取ることもある。喉が渇けば水道をひねるだけでいい。食事中だからなんとなく水を飲む。その水を旨いとも思わない。それと同じ。枯渇していないんだよ。砂漠の中でありついたコップ一杯の水の旨さを俺は知らない。でも、知りたいと思う。そのためには、水道がすぐ近くにあるようなところにいちゃダメなんだ。

言いたいことはなんとなく解るような気がした。その後、健吾はたいして苦労した様子もなく八海水産に内定を得た。エビグラタンやカニクリームコロッケなど、すみれのアパートの冷凍庫に常時何かしら入っている商品を作っている会社だった。芸術家として正しいかどうかは解らないが、人としては賢明な生き方なのではないかと思った。少なくとも、親ならよく決断してくれたと喜んだのではないか。

　まっとうな社会人となる健吾の後を追うようにすみれも就職活動をし、中規模の化粧品会社の営業職に採用された。健吾とは語る内容が芸術から仕事へ変わるだけで、これまでと同じ生活を送るのだと思っていたが、卒業後、健吾は名前も聞いたことがないような小さな港町にある工場への赴任が決まり、二人の関係は自然に消滅した。

　坂道を下りた先に、古い校舎が見えてきた。町立鼻崎第三小学校だったが、二年前に廃校となり、一年前から多目的スペースとして貸し出された一室が、〈岬タウン〉に住む芸術家たちのアトリエ〈はなギャラリー〉として生まれ変わった。校舎前に軽トラックが停まっている。

　ベンジャミン……、ベンさんだ。オーストラリア出身の写真家であるベンさんは日本人の恋人、ミレイさんと旅している時に、この鼻崎岬の美しさに心を打たれ、二人でこの町に住むことを決めた、〈岬タウン〉の住人第一号だ。染色家のミレイさんは沖縄か鹿児島辺りの南の島の出身で、鼻崎町には縁もゆかりもない。

　ここの良さに一番に気付いたのが外国人というのが日本人として情けなくはあるが、納得できないことではない。日本人は何か特別なもの、プラスアルファに価値を求め、外国人は元ある姿、ゼロに価値を見出す。それだけだ。

　ベンさんが写真のパネルを荷台に積んでいる。祭りでは、鼻崎町の景色を撮った写真を〈はなカフェ〉内だけでなく、普段は商店街の集会所となっている場所をギャラリーとして開放し、展示することになっている。

「すーちゃん、乗っていく？」

一緒にパネルを運んでいたミレイさんが手を振りながら大きな声で問うてきた。よもぎで染めたストールが潮風を受け、首元でたなびいている。

「大丈夫です。今はお散歩の気分なので」

すみれも声を張り上げ、二人に手を振って足を進めた。四月の風はまだ肌寒い。

住人第二号が健吾だった。二年前、深夜にいきなり携帯電話が鳴ったかと思うと、空白の八年間を埋める言葉もなく、「家を建てたんだけど、一緒に住まない？　窯も作ってあげるからさ」と言われた。これは夢だと判断した。客や同僚から理不尽な目に遭った日は、心が崩壊するのを自ら制御する機能が働いているのか、それらの人たちが夢の中に出てきて、すみれに心から詫(わ)びる。それと同様、仕事を辞めたい、逃げ出したい、陶芸をやりたい、という思いが積み重なって、都合のいい夢をまた見てしまっているのだ、と。夢とは解りながらも、謝る相手に、いいですよ、わたしの方こそごめんなさい、などと答えてしまうのと同様に、健吾に対しても、いいの？　嬉(うれ)しい！　すぐに行く、と弾んだ声で答え、どこまでが現実なのか把握しきれない精神状態のまま、会社を退職し、陶芸に関するものだけを持って、鼻崎町にやってきた。

それだけでも、すみれにとってこの地は魂を解放してくれる場所だったのに、試しに、裏山の土を掘ってみたところ、自分の求めていたものにかなり近い土質であることが判明し、運命の場所へと昇華したのだ。

なぜ、これほど良質な土を有しているのに、陶芸品の産地と成り得ていないのかと疑問を抱いたが、これこそ猫に小判、焼き物に興味のない人にとってはただの土でしかないということだ。ならば、自分がこの地の焼き物を広めてみようと、すみれは決意した。

鼻崎焼、待て待て、この漢字がダメなのだ。目や口と同様、鼻はなくてはならない大切な顔の一部だ。しかし、目や口という字がつく地名には感じられない独特なダサいイメージが、鼻という字には付きまとっているような気がした。要は、美しくない。すみれがどんなに苦労して美しい色を出したとしても、鼻崎焼と銘打たれたものに、知らない人はまず抵抗を覚えるのではないか。

だが、はなさき、という音は悪くない。はなさきみさきも音だけ聞けば、一年中花が咲き乱れている場所を思い浮かべることができる。平成の大合併を機に、日本各地で地名がひらがな表記になったり、おしゃれな名前に変えられている。鼻崎町は合併に縁がなかったとはいえ、漢字を変えるのは不可能なことではないはずだ。そもそも、正式に変える必要はない。地名は鼻崎であっても、呼び名を花咲きに変えればいい。

実際、花咲焼と銘打って昨年からネット販売しているすみれの作品「花サク・ウツワ」シリーズは新築祝いや結婚祝いとして購入されることが多い。

小さな気付きが必要なのだ。

水平線に沈む夕日は誰にでも見られるものではない。良質な土はどこを掘り返しても出てくるものではない。線香は仏壇に供えるだけのものではないし、見せ方次第ではオシャレなギフトにもなりうる。そうして、もう一度、香りの町として栄えればいい。八海水産鼻崎工場は年々規模が縮小され、近いうちに閉鎖されるという噂も耳にする。

健吾が八海水産を辞めたのも、先がないことを見越してだ。しかし、この町には可能性を感じた。だから、家を建て、永住することに決めたのだという。芸術活動での町おこしを目的としたNPO法人を立ち上げると、健吾のブログを見て、三組の芸術家たちがやってきた。〈岬タウン〉は芸術村と呼ばれるようになる。

その人たちと外に向けて発信してきたが、大切なことに気が付いた。

この町の魅力に一番気付いていないのは、地元の人たちだ。それを伝えるために、廃校のギャラリーでアート展を開いたりもしたが、余所者たちの芸術作品を見るために、町の外れまでわざわざ足を運ぶ人はいない。そうではないのだ、ともどかしくてたまらなかった。そうじゃない、と叫びながら町中を走りまわる夢を何夜も続けて見たほどに。

町の人たちは、わたしたちがただ自分が作りたいものを作っている、描いていると思っているのだ。どこで作っても、どこで発表しても、同じ作品を。そうではない。わたしたちは自分の追い求める世界とこの町の魅力を融合させた作品を作っているのだ。この町に住んでいるからこそ生まれた作品、この町の良さが凝縮された作品を生み出しているというのに。一度、目にすれば、手に取れば、必ず気付きがあるはずで、その思いを共有したいだけなのに。

そんなふうにすみれは胸の内でもがき、夢の中で解消するしかなかったが、健吾は着々と準備を進めていった。シャッターの下りた商店街の店舗を二つ借り、そこにカフェと工房をオープンした。〈岬タウン〉のアーティストの中に料理が専門の者はいなかったが、まずは作品を見てもらうために、町の人が入りやすい場所を作ることが大切なのだ、という思いを持って。

幸い、移住者第三号となったバイオリン職人、村田ジュンさんの奥さん、菊乃さんは調理師免許を持っていて、カフェの運営に一番に賛同し、厨房を切り盛りしてくれている。このカフェが功を奏して、まず、町の人たちに受け入れられたのはジュンさんだ。ジュンさん自らによるバイオリンの演奏会を催したところ、商店街の人を中心に、店に入りきらないほどの人たちが集まった。やはり、音楽は世界共通の言語だ。ただ、郷愁を駆り立てるバイオリンの音色は年齢を重ねた人に響くのか、演奏会の常連となったのは高齢者の男性ばかりだった。

この人たちでは発信力に欠ける。しかし、町を盛り上げるヒントを得ることもできた。

商店街の全盛期には一日に一万人の集客があったことを知った。一五年前まで盛大な祭りが催されていた、とも。ならば祭りの復活だ。幸い、商店街の会長に企画書を提出すると、さほど中を確認しないうちから賛成してくれ、各ブロックごとに代表者を出すよう呼びかけてもらえることになった。こちらの趣旨を思った以上に理解してくれていたようで、集まった各ブロックの代表者はすみれと同じ年くらい、三〇代の者が多かった。

商店街の海岸通り口に到着した。

すみれがこの町に来た頃、〈鼻崎ユートピア商店街〉は駅から遠ざかるほど寂れていき、四丁目、五丁目などは九割方シャッターが下りていたのだが、今はすみれたちのカフェや工房以外にも、主婦たちが手作り雑貨を並べる趣味の店などがオープンし、少しずつ賑わいを取り戻しつつある。

〈はな工房〉では、〈岬タウン〉第四号の住人、小谷(こたに)るり子が夫、ミツルの作ったガラス細工を並べていた。江戸川乱歩(えどがわらんぽ)の小説に出てきそうな、もの悲しい音楽とともに子どもが数人さらわれていきそうな、不気味なサーカス団人形が、すみれは嫌いではなかった。

すみれの棚はすでに皿やマグカップなどを並べ終えている。今日は商店街全体の用意があるので、昨日のうちに終わらせておいたのだ。あとは、手書きのポップを添えるだけ。すみれは書いたばかりのポップをバッグから出し、手作りのカードホルダーに立てた。どれどれ、とるり子が覗(のぞ)き込んだ。

「すーちゃんのブランドマークの翼を、さざなみに見立てたのね、ふーん」

普通に立ったままでも、よほど目が悪くない限り読めるはずなのに、るり子は腰をかがめて紙が鼻息で飛んでいきそうなほど顔を近づけている。それほど長い文章でもないのにフムフムと小さく声に出しながら何度も頷(うなず)き、ため息をつきながら腰を戻した。

「なんか、真夜中のラブレターみたい。こういうのが必要なら、あたしに言ってくれたらよかったのに」

「あ、そうですね、ハハ……」

無意味に頭を掻きながら、すみれは声に出さずに一気に三〇まで数字をかぞえた。

〈岬タウン〉の人たちとの間には波風を立てたくない。しかし、るり子のことはどうにも好きになれなかった。〈岬タウン〉のアーティストそれぞれに才能を感じていたが、自称詩人のるり子の書いたものだけは、一ミリもいいとは思えなかった。文字にも自信があるようで、自らの詩を色紙に書いたものを夫のガラス細工の横に並べているが、そこだけが素人臭を放つ安っぽい空間に見え、店内全体を台無しにしているように思えてきた。

「あの、すみません……」

戸口から声が聞こえた。一丁目の実行委員である堂場菜々子が大きな紙袋を両手に提げて立っていた。

「スタンプラリーの景品を持ってきました」

五等の景品、線香だ。菜々子から紙袋を受け取り、中を覗くと、均一な大きさに折られた包みが整然と並べられていた。

「こんなに丁寧に。時間がかかったんじゃない？」

「そうでもないです」

さほど表情を変えずに答える菜々子の本心は測りかねたが、気にするようなことではないと思った。仏具店の店番など時間が有り余っているに違いないのだから。

「あと、これ」

すみれは菜々子から一丁目の各店の特典をまとめた紙を受け取った。どの店も、一、二品を気持ちばかりに値下げしているだけだ。お得感などどこにもない。いっそ、最初に各店舗に、祭りの名にちなんで八七円とか、八七〇円のものを用意するように頼めばよかった。

「すーちゃん、これさあ」

すみれがリストに目を通していると、るり子が紙袋を覗きながら話しかけてきた。

「中身、線香だよね。紙なんかで包んじゃうと、折れるんじゃない？」

返す言葉がみつからなかった。すみれがこのアイディアを思いついたのは、ＯＬ時代に和紙に包まれた線香花火をもらったことがきっかけだった。出先でストッキングが破れてしまった同僚に、携帯していた新品をあげたところ、後日、お礼にとくれたのだ。チョコレートや紅茶とはまた趣の違う癒しグッズで、とても気の利いた品だと感心したことを思い出して提案したのだが……。線香と線香花火はモノが違う。

「見た目重視もいいけど、ほんの少し想像力を働かせなきゃ。芸術村の住人は墓参りもしたことがないのか、なんてバカにされちゃうじゃない」

また、「想像力」だ。るり子は何かとこの言葉を使いたがる。自分は新参者だからと、商店街の他のブロックの人たちとのやり取りは全部すみれに押し付けてきたのに、文句だけちゃっかりつけてくるとは。

「折れても、大丈夫じゃない？」

戸口から別の声がした。一同が振り返ると、四丁目の実行委員、相場光稀が立っていた。

「私も景品持ってきたんだけど」

光稀の担当する景品は三等のプリザーブドフラワーだった。ハッスイのカニクリームコロッケと書かれた段ボール箱を抱えている。

「うちはこの町にお墓もないし、家に仏壇もないけど、五等の商品、それなりに嬉しいわよ。紙に包んだまま寝室に飾っておくのもいいし、洋服ダンスに入れておいてもいいじゃない」

「そうよ、それ！　わたしもそういう、線香の新しい使い方を提案したかったのよ」

すみれは光稀に大きく頷くと、勝ち誇ったようにるり子に向き直った。

「じゃあ、景品を並べる台に、すーちゃんの焼いたお皿に折れた線香を載せて、飾っておいたら？」

自分もこれが提案したかったのだとばかりの得意顔を見せるるり子に、愉快な気持ちは抱かなかったが、アイディアはなかなかいいのではないかと思えた。

地元の香りとのコラボは花咲焼をアピールするにはもってこいだ、と。

＊

雑貨とリサイクルの店〈プティ・アンジェラ〉では、もとはお茶屋だった六畳ほどのスペースに、いつもは木棚とテーブルを置いて商品を陳列しているが、祭りの日には店頭にテーブルを置き、主力商品を並べることになった。店番は店頭一人、店内二人で行うことにし、午前中、相場光稀は店頭の店番を受け持つことになった。

広げられた子ども服を畳み直す。首元の茶色いしみは醬油をこぼしたものだろうか。どうしてこんなものを持ってくるのだろうとため息をついてはみたが、気付かなかったフリをして畳み、他の服の下に押し込んだ。

〈プティ・アンジェラ〉はこの春、オープン二周年を迎える。八海水産の社宅に住む仲間で始めたこの店の、光稀はオープニングメンバーだ。光稀は夫の赴任に伴い、五年前にこの町にやってきた。ちょうど、殺人事件が起きた頃で、町の人たちはハッスイ関係者を色眼鏡で見ているように光稀は感じた。他の住民もそう感じていたのか、社宅はそこのみで一つのコミュニティを形成していた。

見知らぬ土地での午後のひとときを、社宅に住む気の合う主婦仲間とお茶を飲んで過ごし、それぞれに手芸の趣味があることを知ると、鼻崎工場に夫が赴任して八年目となる一番古株の仲間、恵美(えみ)が、店を出そうと提案した。シャッターの下りた商店街に活気を取り戻すため、商工会から店舗家賃の補助が受けられるのだという。恵美はハワイアンキルトの趣味を持ち、光稀も誕生日にポーチをプレゼントされたが、五千円で買ったと言われても信じられるくらいの完成度の高さだった。

近場の買い物ができる場所として、駅前の寂れた商店街と、駅向こうの国道沿いにある大型スーパーの二カ所があり、スーパーで大概の日用品を間に合わせることはできた。だが、洋服や贈答品は別だ。そのため、義母への母の日のプレゼントも、恵美に頼み、キルトのハンドバッグとポーチのセットを一万円で作ってもらった。恵美は材料費の二千円でいいと言ってくれたが、ファッション誌に掲載されているキルトバッグに二万円の値段がついているのを見せながら、一万円を受け取ってもらった。しかし、恵美も少し後ろめたく思ったのだろう。後日、友人の結婚祝いにと、光稀に一万円でプリザーブドフラワーの壁掛けを作ってほしいと頼んできた。

それらがきっかけとなり、恵美のキルトや光稀のプリザーブドフラワー、他にも、編みぐるみやビーズ細工など、社宅内で注文のやりとりが行われるようになっていた頃だったため、店を始めることに、光稀は何の抵抗も抱かなかった。それよりも、おもしろそう、という気持ちが勝った。「お店屋さん」は女子なら一度は憧れる職業だ。二つ返事で恵美に同意し、茶飲み仲間の六人で店を始めることになった。店名は恵美がつけた。天使が好きだという恵美は自分の娘にも「杏樹(あんじゅ)」という名をつけていた。

PTAの役員を自ら引き受けたり、鼻崎町の伝統芸能である鼓舞を習ったりと活動的な恵美の顔の広さを改めて認識させられるように、店はオープンと同時に賑わいを見せた。ハッスイの関係者だけでなく、地元の人たちも買いに来てくれた。店名にちなんで白い羽根をあしらった光稀のプリザーブドフラワーは看板商品の一つとなった。が、趣味で作った雑貨がいつまでも売れ続けるわけではない。

そこで、恵美は子ども服の中古品を売ることを提案した。光稀の家もそうであるが、店のメンバーはほぼ一人っ子を持つ親だった。子どもが二人いても男女一人ずつの組み合わせで、どこの家のタンスにも、サイズが小さくなったものの捨てるには惜しい服がたくさん眠っていた。それらを店で売ればリサイクルになる。

ただし、何でも並べればいいわけではない。有名な子ども服ブランドのものに限定しようと、恵美は五ブランドをあげた。どれだけ小さくても汚れやほつれがあるものは却下。値段は元値の三割と統一したが、千円を切るような商品はなかったはずなのに……。

「これ、いくら?」

「黄色いシールは、三〇〇円です」

トレーナーが一枚売れた。ノーブランドのうさぎ模様だ。小銭を受け取って手前の紙袋を出して入れた。しまった、と光稀は舌打ちしそうになった。シャーリー・ラビットの紙袋だ。しかしもう取り換えるわけにはいかない。ありがとうございました、と笑顔で客を見送った。

店をオープンさせてから、恵美を筆頭に光稀も他のメンバーもこれまでの倍のペースで作品を作った。どういった商品が売れるか自分なりにリサーチし、作りたいものよりも売れるものを手掛けた。そうやって夢中になっていたのは、商売の楽しさに目覚めたからという理由もあるかもしれないが、やはり、家庭経済に直結した要因の方が大きかった。

冷凍食品などのレトルト食品は今の時代にマッチしたものと思われがちだが、売り上げは毎年落ちている。工場は海外が主流となり、全盛期には国内に五カ所あった工場も、現在では鼻崎町ともう一カ所となっており、次に閉鎖されるのは鼻崎工場ではないかと噂されている。人員削減も露骨に行われるようになり、治安の良くない国への転勤をほのめかされ、転職する人も多くみられた。

ボーナスは入社したての頃の方が多かったのではないかといった額になったが、いきなり生活レベルを落とすことはできない。特に、子どもに関しては。だから、皆必死になっていたのではないか。

景気のいいときはハッスイの社員たちは地元民から羨望のまなざしで見られていた。しかし、景気が悪くなると、今度は同情混じりの目で見られる。おまけに、殺人事件だ。だからこそ、ハッスイの者同士、団結力が強まっていたのだが、この一年間で、店のメンバーは一人、また一人と夫の転勤や退職で減っていった。

その都度、恵美は新メンバーを連れてきたのだが、皆、夫の赴任を機にこの町へやってきたという共通点のあった創設メンバーと同じ境遇ではなかった。地元民ではあっても、夫がハッスイ勤務ならまだいい。ハッスイにまったく関係のない、まるっきりの地元民と自分とではあきらかにカラーが違うと光稀はことあるごとに感じていたが、恵美のいるうちはまだガマンできていた。しかし、その恵美も三カ月前に夫の転勤が決まり、この町を去っていった。しかも、他のメンバーのときのような、明日は我が身と憂うような異動ではない。東京本社への栄転だ。次はうちだと自分に言い聞かせて、店のメンバー全員で盛大なお別れ会を開いた。その席で、恵美は光稀に店をまかせると言い、大きな拍手が湧き上がる中、光稀は店をもっと大きくすると宣言してリーダーを引き継いだのだが……。

あのときにやめておけばよかった。

光稀さんの感覚はこの町とかけ離れてるのよ。多数決で、ノーブランドの服も店に置くことが決まり、それでもなお、コンセプトがブレると一人反対していた光稀に、他のメンバーが放った言葉だ。

この町、と地元民がさもえらいかのような言い方をしているが、この町の経済を支え続けているのは、ハッスイではないのか。この町に来たばかりの頃は、自分は外の人間だという意識が強かった。染まってたまるかとも思っていた。しかし、近頃は、自分やハッスイの社員こそがこの町を代表する住民なのではないかという思いが芽生えつつある。

光稀はところどころ歯抜けになっているアーケードの天井を見上げた。

商店街の駅側入り口には巨大な花を咲かせた凱旋門に似たオブジェが作られている。これは華やかで、祭りらしさを演出していると思うのだが、アーケードには約三〇メートル置きに人形が吊り下がっている。花の妖精らしいが、顔の作りが精巧すぎて、子どもの首つり死体が無数にぶら下がっているように見えて気持ち悪い。実行委員の星川すみれが言うには、人形を制作したのはかなり名が売れている作家らしいが、富田チヨという名を光稀は知らなかったし、パソコンで検索をしても、芸術村のウェブサイトがヒットしただけだった。

あの人たちはどうやって生活しているのだろう……。

「すいません、これ」

女の子二人連れにそれぞれハンカチを差し出された。ピンク地に白い水玉模様の生地を正方形にカットして端を縫った一角に、小さな赤い花の刺繍が入ったものだ。

「八七円です」

女の子たちはそれぞれ一〇〇円玉を出し、光稀はおつりを渡した。

「スタンプください」

「そうだったわね」

女の子たちが出した台紙に、天使の翼を象ったスタンプを押した。スタンプラリー用に光稀が消しゴムを彫って作ったものだ。一丁目から順に回っているようだったが、そんな工夫をしている店などどこにもなく、和菓子屋などは名字のシャチハタ判子を押しているだけだった。

それでも、かわいい、と言われると嬉しい。女の子たちを眺めていると、ふと、見憶えのある子たちだと思い出した。彩也子の同級生だ。子ども同士で来ているのかと、五丁目に向かっていく二人の背中を見送った。彩也子は昼前に夫の明仁が連れてきてくれることになっていた。

それにしても、と辺りを見渡す。芸術村の人たちがこの町とはかなりかけ離れた感覚で催す祭りに、いったい誰が来るのだろうと思っていたのだが、予想以上の混雑ぶりだ。町中に貼られた季節をまったく無視した派手な花のポスターが功を奏したのか。とりあえず祭りと名のつくものなら何でもいいのか。

一番の引きは食べ物の無料配布だろうが。一一時から五丁目でクラムチャウダーとエビマヨコロッケが先着五〇〇人に振る舞われることになっている。実行委員のすみれを中心とした芸術村の人たちが町おこしのために提案したレシピを、県立鼻崎高校の家庭科クラブを中心とする有志メンバーが、かつて食堂だった場所を借りて作ることになっている。

自分たちだけで固まっていると思っていた芸術村の人たちが地元の学校の協力を取り付けたことに驚いた。メンバーの一人が美術の講師として勤務しているかららしいが、それでも少しばかり見直した。

「マーマ」

聞き慣れた心地よい声が耳に響き、洋服を畳む手を止めて顔を上げた。彩也子だ。しかし、明仁の姿は見えない。

「パパは?」

「会社に行かなきゃいけなくなったんだって」

商店街の駅側入り口まで車で彩也子を送り、そのまま会社に向かったのだという。

「じゃあ、お友だちを誘えばよかったわね。さっき、同級生の子たちを見かけたわよ」

彩也子の表情が一瞬強張ったような気がしたが、すぐにいつも通りの利発そうなキリッとした表情に戻った。

「誘われたけど、パパと行くからって断ったの。あとで会えたら一緒に回ろうかな。それより、スタンプラリーの紙ちょうだい。ママのお店でも何か買わなきゃ、押してもらえないの？」

「いいわよ。大サービス」

光稀は新しいスタンプシートに消しゴム判子を押して、彩也子に渡した。

「すごい、シャーリー・ラビットの服がこんなにたくさん」

服を広げる客に光稀は慌てて、いらっしゃいませ、と声をかけた。あら、と続ける前に彩也子が先に声を上げた。

「久美香ちゃん！」

仏具店の堂場菜々子が車いすに乗った女の子に洋服を当てている。

「ごめんなさい。わたし、いつも気になっていたのに、寄らせてもらったことがなくて。こんなにかわいい服が揃っていたなんて。いいんですか？　この値段で」

「彩也子が着ていたものばかりだもの。おまけするわよ」

「これが似合うんじゃない？」

彩也子がフリルの襟がついたブラウスを広げた。でも、こっちかなあ、などと別の服も広げている。

「なんだか姉妹みたいね」

光稀が言い、ええ、と菜々子が微笑みながら二人を眺めた。菜々子は他の安物には目もくれず、シャーリー・ラビットの服を買い占めるように一〇着も選んだ。

「この辺りじゃ買えないし、デパートまで遠出するのは難しいし。本当にラッキーです」

目を輝かせている菜々子を見ると、今後は彩也子のお古を店に出さずに、タダで久美香にあげてもいいような気がしてきた。高い、高い、と値切られて中途半端なお金をもらうよりは、価値の解る人にタダであげる方が清々しい。品のいい人だと思っていたのだ、と光稀は改めて菜々子を観察した。いつも無地のブラウスにフレアスカートという服装だが、安っぽいものではない。醸し出す雰囲気が光稀の知る地元民とは少し違って見える。

紙袋に入れるのを手伝っていた彩也子が腕時計に目を遣り、あっ、と声を上げた。

「クラムチャウダーとエビマヨコロッケがなくなっちゃう」

光稀も時計を確認した。一〇時五〇分だ。

「おいしそう」

つぶやいたのは、久美香だ。光稀は久美香の声を初めて聞いた。かわいらしい、まさに鈴の鳴るような声だ。

「一度帰って、パパに連れていってもらおうか」

菜々子が言った。少し出てくると言って、夫に店番をまかせているのだという。

「久美香ちゃん、一緒に行こうよ」

彩也子が言った。いいでしょ？　と光稀と菜々子を交互に見る。

「車いす、押してあげるから、ね」

大人たちの返事を待たずに、彩也子は車いすの手押しハンドルを握った。いいんですか？　と心配そうに訊ねる菜々子に光稀は親指を立てて答えた。

「いいじゃない。お祭りだもの」

＊

SICA　お祭りの実行委員になったことを通じて、お子さんたちも一緒に仲良くなられたんですね。——えっ、事故があった？

第二章　花咲き祭り

SICA　お祭り中に事故が起きたということですよね？　大丈夫だったのでしょうか？

＊

〈鼻崎ユートピア商店街〉のほぼ真ん中に位置するふれあい広場から、ガラン、ガラン、と大きな音が鳴り響く。

「おめでとうございます、二等が当たりました！」

宮原健吾が福引の当たり鐘を振りながら、それに負けないほどの声を張り上げた。まあ、と嬉しそうに手を打つ五〇代くらいの主婦に、星川すみれも、おめでとうございます、と白地にピンクの花を型押しした紙袋を手渡した。抽選台から数歩離れたところで、連れの女性が早速、何が入っているの？　と紙袋を覗いた。自分が当たった五等の線香はとっくにカバンの中に突っ込んである。

「あら、いいじゃない」

二等の景品は三丁目の美容室〈ローズ〉が用意したシャンプーとリンスのセットだ。

パリコレなどで活躍する世界のトップモデルも愛用しているというイギリスのブランド品で、二本で五千円もする。その価値が伝わっているかどうかは解らないが、受け取った人が喜んでいる姿を見るのは、単純に嬉しい。

健吾が再び、鐘を振った。

「五等で～す」

二等のときと同じように声を張り上げる健吾の隣で、すみれは少しがっかりしたような顔をしている小学生の女子二人連れにそれぞれ、線香の入った紙包みを渡した。

「いい香りがするから、お部屋に飾ったり、洋服ダンスの中に入れてみたりしてね。オシャレ度がアップするかも」

そう言い添えると、女の子たちは包みを鼻に寄せてくんくんと匂いを嗅いだ。ラベンダーだ、と一人がクイズに答えるように得意げに言い、わたし好きなんだ、ともう一人が少し気取った様子で答えた。二人は大切なものを扱うように紙包みを小さなバッグに仕舞うと、ありがとう、と笑顔でふれあい広場を去っていった。白檀だったらこんなふうにはならなかっただろうと、すみれは満足げに二人を眺めた。

その隣で、ガラガラと福引器を回す音がして、また盛大に鐘が鳴る。

一等から五等、どれが出ても鐘を鳴らそうと決めたのは健吾だ。祭りに足を運んだとしても、商店街の端から端まで五店舗も訪れなければならないスタンプラリーを面倒に思う人はたくさんいるに違いない。しかし、鐘の音が鳴り響くのを聞けば、気分も上がり、何かいいものがもらえるかもしれないと、参加してみたくなるのではないか。

そう言われ、なるほど、と感心もしたが、まさか、健吾自身、ここまで鐘を鳴らし続けることになるとは想像していなかっただろうと、すみれは健吾の手に握られっぱなしの鐘に目を遣った。

鐘の部分はもとはおそらく金色だろうが、ピカピカに光っていた頃があったことを想像しがたいほど黒っぽくくすんだ色になっている。木製の持ち手のこげ茶色も、もとはもっと薄く、多くの人の汗が沁み込んでできた色に違いない。

新しい祭りを提案し、商店街のイベント用の法被はこれを機に新調することになった。従来の紺色のものから一新、極彩色溢れるポスターと同じ花柄だ。健吾の知り合いのツテを頼ってかなり値引きしてもらったが、オリジナルの生地は祭りの予算の三割に相当したため、何もかもを新しく買い替えるわけにはいかない。

商店街会長に集会所にある倉庫の中を見せてもらうと、福引器と鐘は変色こそしているものの、きれいに磨いて箱の中に保存されていた。折り畳み式の長机や白布など、福引に必要なものも一通りそろっていた。

——三波春夫が来た年には、駅から海岸通りまで人の頭で黒い帯ができたもんだ。

会長はそう言いながら懐かしそうに鐘を振っていた。

通りから自転車のベルの音がする。駅から海岸通りに繋がるこの商店街を通勤、通学、はたまた駅向こうの国道沿いにある大型スーパーのレジ袋をカゴに載せて自転車で通り抜ける人は多いが、普段、ベルの音を聞くことは滅多にない。黒い帯とはさすがに言えないが、それでも水玉模様程度には人が溢れ返っている。しかも、まだ午前中だというのに。

祭りは大成功だ。

すみれは法被の襟を整えて、白布で隠れた足元の段ボール箱から、景品台の上に線香の紙包みを補充した。四等の景品もきれいに整え直す。二丁目の呉服店〈大和屋〉が用意した西陣織の端切れで出来た巾着袋だ。色、柄の種類が豊富なため、中が見えるようにした方が台の上が華やかになるだろうと、透明のビニル袋に入れているのだが、すみれが手渡すのとは別のものを欲しがる人が多く、自分で選んでもらうことにしたため、台の上は歯抜け状態になっていた。

「出ました、三等です！」

健吾が調子よく声を上げた。大学生の頃には見たこともない、愛想のいい笑みも浮かべている。彼がサラリーマンをしていた証だ。すみれも負けないほどの笑顔を、福引器の前に立つ年配の男性に向けた。三等の景品は四丁目の雑貨及びリサイクルの店〈プティ・アンジェラ〉が用意した、プリザーブドフラワーの置き型アレンジメントで、花の色が均一ではないため、これも、台の上に並べていた。

「どれにされますか？」

女性向けの景品ばかりになってしまったな、とすみれは反省する。が、じゃあこの赤いの、と男性はがっかりした様子もなく、赤いバラが中心にあるものを指さした。

「花なんてもって帰ったら、ばあさんもびっくりするだろうな」

ガハハと笑う男性に、紙袋に入れて景品を渡すと、頑張ってな、と声をかけられた。

少しばかり視界が曇ったままの状態で健吾を見上げると、彼も嬉しそうにすみれに笑い返した。祭りは成功だ。そう語っているように見えた。

「実行委員の人たちのお店に行って、もう少し、景品、作ってもらった方がいいかな」

「いや、なくなった時点で終了、でいいんじゃないか？　その方が次に繋がる」

すみれは頷きながら、台の上にあと三つとなったプリザーブドフラワーをそれぞれの色目が映えるように並べ替えた。確かに、欲しい物が当たらなかった人は、直接買いに行くかもしれない。福引ができなかった人は、次はもっと早く来ようと思うかもしれない。祭りに来たのに福引をしなかった人は、やればよかったと後悔するかもしれない。

少しもったいぶるくらいが丁度いいのだ。幸い、一等はまだ出ていない。三つ用意しているが、それらが残っているうちは、福引のドキドキ感が損なわれることはない。

そんなことを考えているあいだにも、鐘の音は鳴り続けている。そして――、

「本日最初の一等が出ました！」

健吾が盛大に鐘を鳴らし、それにつられるように、ふれあい広場にいた人たちから拍手が湧き起こった。一等を当てたのはすみれと同い年くらいの女性で、子連れの主婦仲間数人と並んでいた。

一等の景品はすみれの焼いたコーヒーカップとソーサーのセットが二つ、〈はな工房〉やネットでは一万円で売っている品だ。持ち手の部分が翼の形になっており、結婚祝いなどの贈答品として人気がある。喜んでくれそうな人に当たってよかった、とすみれは女性に紙袋を渡し、景品台に見本として置いているカップを指さした。

「おめでとうございます。これと同じものが入ってますので」

「えっ、一等ってこれ？」

女性が眉を顰めて言ったが、すみれにはその表情の意味が解らなかった。

「じゃあ、こっちの花と替えてよ」

すみれのキョトンとした顔など無視して、女性はプリザーブドフラワーのアレンジメントを指さした。ようやく、すみれはコーヒーカップをいらないと言われていることに気が付いた。花の方がまだいい、と。途端に、胸ぐらをギュッとつかみ上げられた気分になって、頬が紅潮する。しかし、言葉は出てこない。

「すみません、景品の交換はできないことになっているので」

申し訳なさそうに健吾が言った。謝る健吾に腹が立つ。えーっ、と女性はあからさまに不機嫌な顔をして頰を膨らませた。

「いいじゃん。けっこうかわいいと思うけど。嫌なら、あたしのと替えてあげる」

連れの女性が明るくそう声をかけたが、すみれはそれも気に入らない。彼女が当てたのは五等の線香だ。

「それよりかは、コーヒーカップの方がマシ。まあ、これでいっか」

一等を当てた女性は軽くため息をつくと、紙袋をベビーカーのハンドルに引っかけた。行こう、と連れの女性に声をかけ、すみれたちの方は振り返らず、広場から去っていく。フリマという言葉が聞こえ、今度は胸の内側をつかまれたような気分になった。

ガラン、ガラン、と健吾がこれで終了といったように鐘を鳴らした。

「おまたせしました、さあ、次の方」

何事もなかったかのように笑みを浮かべているが、すみれには同じ表情を作ることができない。あのう、と遠慮がちに台の前にやってきたのは、一丁目の〈堂場仏具店〉の菜々子だった。

「交代とかしなくて大丈夫ですか？」

すみれに訊ねた。菜々子は実行委員の一人だが、福引の係には当たっていない。さっきのやり取りを見て同情しているのだ、と再び頰が熱くなるのを感じた。しかし、菜々子は益々申し訳なさそうな顔をする。

「すみません。価値の解らない人たちで」

すみれと健吾にだけ聞き取れるようなか細い声で謝り、頭まで下げた。いや、あの、とすみれはまたしてもどう返せばいいのか解らなかった。しかし、価値の解らない人、と言われたことに、少しばかり救われたような気分にもなった。

そうだ……。この町には芸術の価値が解らない人の方がまだ多いということなど、とっくに理解していたではないか。だからこその祭りで、しかも、まだまだ始まったばかりだ。自分にそう言い聞かせてみるが、笑顔を作れるほどの回復には至れない。

「代わってもらいなよ。工房の様子も気になるし、カフェなんて大変なことになってるかもしれないからさ」

健吾に言われ、じゃあ、と菜々子に負けないほど小さな声で答えると、法被を脱いだ。菜々子にも事前に法被を渡していたが、着ていない。

「店番をしてくれている主人が着ているんです」

訊ねる前に答えた菜々子に、じゃあこれを着て、と法被を渡し、逃げるようにふれあい広場から駆け出した。背後で鐘の音が盛大に響いたが、誰に何等が当たったのか、確認したいとも思わなかった。

ふれあい広場前ほどではないが、商店街の通り全般にいつもの一〇倍増しの人出があるように感じた。四丁目にさしかかった辺りで、すみれの目に長蛇の列が飛び込んできた。もしかして、カフェや工房から続いているのかもしれないと、一瞬胸が躍ったが、そうではないことに匂いで気付く。おいしそうな揚げ物の匂いが漂っている。

クラムチャウダーとエビマヨコロッケの無料配布に並んでいる人たちだ。無料配布が行われるのはかつて食堂だった空家で、通り沿いではなく、路地に入ったところにある。あみだくじのように折れ曲がっている路地をざっと見積もって、一〇〇メートル弱の列ができていることになる。その中に、車いすに乗った小さな女の子の姿があった。姉と二人で来ているのか、子ども同士、楽しそうにおしゃべりをしている。

路地へと曲がる列を横目にまっすぐ進むと〈はなカフェ〉と〈はな工房〉が見えた。カフェの前には五、六人の人たちが並んでいる。満席になったことはあっても、外で待つ客がいるところなど、一度も見たことがなかった。

そういえば、とすみれは福引で回収したスタンプラリーのカードを思い出した。五丁目の欄はほぼ、カフェと工房共通の花模様のスタンプが押されていた。全員がカフェということもないだろう。工房を訪れ、その中にはきっと焼き物の価値が解る人もいたはずだ。

すみれは勢いよく〈はな工房〉の引き戸を開けた。

「いらっしゃいませ、ああ、すーちゃんか。おかえり」

店の片隅に座って文庫本に目を落としていたるり子が顔を上げた。客の姿はなく、店番をしているのも、るり子一人のようだ。

「みんなは？」

「昼時でしょ。カフェでてんてこまいよ。うちのダンナまで駆り出されちゃうくらい。まあ、皿洗いに愛想はいらないからね」

ガラス職人のミツルはもの悲しさが漂う作風同様に、口数が少なく、〈岬タウン〉の皆で集まっていても笑顔すらほとんど見せたことはなかった。今日のように商店街まで足を運んでいるのもめずらしい。ミツルを思い出したついでに彼の棚に目を遣ると、開店前に一〇体ほど並べられていたサーカス団人形は一体も見当たらなかった。どこか不具合があって棚から下げたのか、そんなふうに考えながら、店全体に目を遣った。他に棚がぽっかりと空いている場所はない。

「サーカス団人形、完売したのよ」

視線に気付いたのか、るり子が誇らしげに言った。

「〈ピエロ〉っていう名前の洋食屋を経営している夫婦が、全部買ってくれたの。お店に飾るんですって。もう少しほしいって注文まで受けちゃった。かなりの老舗みたいだけど、すーちゃん、行ったことある？」

すみれは黙ったまま首を横に振った。食器には目を留めなかったのだろうか。

「じゃあさ、今度みんなで行こうよ。サービスするって言われたし」

再び、胸がもやもやとし始めた。

「でも、他の作品も結構売れたよ。もしかして、この一年の売り上げを、今日半日で超しちゃうかも。って、それはちょっと大袈裟か」

るり子は小さなノートをすみれに手渡した。〈はな工房〉では個々の売り上げを精算しやすいように、売れたものはすべて記帳することになっている。すみれは表紙に手をかけ、緊張しているのをるり子に悟られないよう、ゆっくりとページをめくった。一日ごとにページを更新するのだが、一番下の行まですでに埋まっている。品名の箇所に目を遣った。

ミツルのガラス細工、ミレイさんの草木染めスカーフ、ベンさんのフォトポストカード、健吾の絵画ポストカード、チヨの人形……。

「オブジェ？」

「商店街の入り口の。お祭りがすんだら譲ってほしいって言われたの。町役場の人に。他のイベントでも使わせてもらいたいんだって。サブローさんに相談したら、すーちゃんたちに訊いてみようってことになって、一応、書いておいたんだ」

人形作家の富田チヨと夫の三郎は〈岬タウン〉第五号の住人で、半年前に越してきたばかりの新参者だ。にもかかわらず空間デザインが専門だというサブローは、地元の県立高校で美術の臨時講師として職を得ている。クラムチャウダーとコロッケの無料配布を高校生が引き受けてくれることになったのも、サブローのおかげだ。地元の子どもが祭りに関われば、その親や友人が来てくれる。

それにしても……、売り物ではないものにも買い手がついたとは。

しかし、次のページをめくってみたが、すみれの作品が売れたという記録が見当たらない。棚を見ればすぐに確認できると解っていても、そんなところをるり子に見られたくなかった。何せ、るり子の詩を書いた色紙でさえ二枚も売れているのだ。

もしや、るり子はすみれの作品だけが売れていないことを承知の上で、わざとノートを見せたのではないか。ノートを持つ指先が震え出す。力を入れていないと歯もガチガチと鳴ってしまいそうだ。

「まあ、一番繁盛しているのはカフェだけど。でも、あれは失敗じゃないかな」

「あ、れ？」

かすれた声を絞り出すように訊ねた。

「クラムチャウダーとコロッケの無料配布よ。地元の食材を使ったメニューを提案するのはいいことだと思う。〈はなカフェ〉のメニューにもするんでしょ。だけど、タダで振る舞うのはダメでしょ。誰が決めたのかは知らないけど、たとえ一〇〇円でも、お金を取るべきだったんじゃない？」

　人を呼び込むために無料にしようと提案したのは健吾だったが、すみれもそれに同意した。他の実行委員たちからも反対の声は上がらなかった。

「でも、そのおかげでこれだけの人が集まってるわけだし」

「それでも、よ。イベントの中に一つでもタダで手に入るものがあれば、それが基準になっちゃうの。あたし、早速食べてきたんだけど、相当おいしかったわよ」

　味のことなどるり子に言われなくとも、百も承知だ。菊乃さんを中心に、〈岬タウン〉の有志がカフェで何度も試作品を作り、完成させたものなのだから。

「浮いたお金で何か買って帰ろうって思う人なんていない。むしろ、お金を払うって行為自体にハードルができちゃうの。たとえ一〇〇円でもね。おいしいものをタダで食べたあとでここにやってきた人が千円の値札を見たら、どう感じると思う？　まあ、それでもスタンプラリーがあったからよかったんだけどね」

　るり子の言いたいことは解った。だから、おまえの作品は売れないのだ、と。ノートにもう一度目を遣った。ポストカードを中心に一〇〇円単位の金額が並んでいる。スタンプを押してもらうためだけに、手ごろなものを買ったということだ。すみれの作品に千円以下で売っているものはない。

「すーちゃんも、せめて今日くらいは値下げしてみたら」

しかし、ミツルのガラス細工はどれも一個二千円以上するが売れた。チヨの人形は一体しか売れていないが、一万円と記入されている。たとえ、二人の作品が一つも売れていなくても、るり子は同じ台詞を口にするだろうか。

いや、絶対――。

両手を強く握りしめた、が、るり子から目を逸らすように店の外に視線を移すと、通りが少しざわついているように思えた。そこに、カフェにいたジュンさんが飛び込んできた。

「食堂から火が、」

ジュンさんが言い終わらないうちに、すみれは店から飛び出した。

＊

線香を受け取った人たちがそれほど嫌そうな顔をしていないことに、堂場菜々子は驚いた。むしろ、お礼まで言われ、申し訳ない限りだ。だからこそ、先ほどの子連れの主婦の対応を情けなく思う。たかだか福引の景品にどうしてケチなどつけるのか。一等の景品になるくらいだから、関係者の作品ではないかとどうして思い至らないのだろう。

いや、この町では図太いもの勝ちだ。深く考えることをせず、脳と口が直結しているのかと思うほど、デリカシーに欠けることを口にできる人たちは、さぞかし楽しい日々を過ごしているに違いない。

娘の久美香を四丁目の〈プティ・アンジェラ〉で出会った彩也子に託し、店に戻る途中、たまたま、すみれが福引の景品に難癖をつけられているところに出くわした。文句を言っている主婦は菜々子の知り合いではない。しかし、見るからに地元の人間だ。もしも、景品係がすみれではなく、古くからいるこの商店街の人であれば、声をかけずにそのまま素通りしていたはずだ。ましてや、謝ったりなどしない。

そもそも菜々子が謝る筋合いはどこにもない。それでも、申し訳ないと感じたのだ。外から来てくれた人にこの町の人間が失礼な態度をとったことが。

むしろ、恥ずかしさからくる謝罪だったのかもしれない。

ガラン、ガラン、と鐘が鳴った。四等だと健吾が告げるのを聞き、手前の巾着袋を取って、台の前に立つ女性に渡した。

「ああ、堂場さんだったんだ。はりきってるじゃない。さっき、久美香ちゃんにも会ったわよ。元気そうでなにより。今度、ランチでもしましょうね」

「ええ、ありが……」

どうにか口角を上げて笑顔を作れているだろうかと、腋の下から汗が流れるのを感じながら必死で答えようとしていたのに、返事を聞かないまま相手は去っていった。景品係の交代を申し出たことを後悔する。

「知り合いですか？」健吾に訊かれた。

「娘の同級生のお母さんです」

「あれっ、お子さんいたんですか？　それなのにこんな手伝いまでしてもらってよかったのかな」

「大丈夫です。今、相場さんのお嬢さんに、クラムチャウダーとコロッケの無料配布に連れて行ってもらっているので」

「なら、よかった」

健吾はホッとしたように言った。交代した直後は立て続けにやってきた客も、ぱったりと途絶えた。多分、皆、無料配布の列に並んでいるのだろう、と菜々子は思った。久美香が行きたがったので送り出したが、クラムチャウダーとコロッケなど並んで食べるようなものではない。いずれ、〈はなカフェ〉のメニューになると、実行委員の集まりのときにも聞いていたのに。なんだか、みっともない。

「祭り、どんな感じですか？」

鐘を台の上に置きながら健吾が訊ねてきた。

「どんな、とは？」

「堂場さんは昔からここで仏具店をされているんですよね。地元の人から見て、今日の祭りは盛り上がっているように見えますか？」

「大成功だと思いますよ。正直、こんなに人が集まるとは思っていませんでした。……すみません」

「いいんですよ。地元の人から太鼓判を押されると、嬉しいなあ」

健吾に笑顔を向けられ、菜々子は俯（うつむ）いた。自分ごときが少し褒めたくらいでこんなに喜ばれることが恥ずかしい。自分こそ、他人からこんなに親切に接してもらったのはいつ以来だろう。

「あの、宮原さんはどうしてこの町を創作の場に選ばれたんですか？」

祭りの実行委員として通称、芸術村と呼ばれるところに住む人たちと接するようになった当初から、疑問に思っていたことだった。たまたまこの町で生まれたのだから仕方なく住んでいる菜々子には、この町が選ばれる理由がさっぱり解らない。

「いいところじゃないですか。景色はきれいだし、空気はおいしいし、魚介類が旨いし」

「はあ……」

都会の人間から見れば魅力と呼べるのかもしれないが、他の田舎町と比べて突出しているとは思えない。

「僕、ハッスイで働いていたんですよ。入社後すぐに鼻崎工場勤務になって、仕事はいろいろ思うところあって辞めたんですけど、この町には戻ってきたいなあって思ってたんです」

「そういうことだったんですね」

この町を知ることになったきっかけは納得できた。しかし、それを知ったことで新たな疑問が生じる。あの場所に家を建てることに抵抗はなかったのか、と。

海岸線から鼻崎岬へ続く途中にある高台は、古くは夕日の名勝地として知られた場所でもあり、そこを宅地用に造成して主に別荘地として売り出そうとしたのは、今から五年前のことだ。いよいよ完成間近というある日、造成地の一角で遺体が発見された。夕日の名勝地は連日、全国ネットのニュースで映し出され、造成地は買い手がつかないまま、しばらくの間、放置された。

そこにやってきたのが、健吾たち芸術家だ。きっと、知らずに住んでいるのだろう、と思っていたのに。

「今、堂場さんが何考えてるか当ててみましょうか」

健吾が可笑(おか)しそうに言った。菜々子はとっさに表情を隠すように頬を押さえた。

「人殺しがあったような場所に、よく家を建てる気になったな」

もう俯くしかなかった。それが肯定しているという合図になるにしても。

「事件当時はまだハッスイに勤務していたんで、だいたいの事情は知ってます。でも、自分が好きな町の、その中でも一番お気に入りの場所が宅地になっていて、安く売りだされているのに、買わない手はないじゃないですか」

「気にならないんですか？」

「芸術家を名乗るなら、もう少し繊細であってもいいはずなんだけど、霊感とかまったく縁がなくて。逆に、東京の友だちとかにネタにしてるくらいです。『おまえ、芝田か？』のポスターって知ってる？　俺、あの事件現場に住んでるんだよね、って」

「あのポスター、東京にも貼ってあるんですか？」

「あるある。有名だよ。事件の内容を知らなくても、あのキャッチコピーを知ってる人はたくさんいる」

へえ、と菜々子は感心した。その割には、犯人が捕まらないものだな、とも思った。

「あっ、でも、すみれや〈岬タウン〉の他のメンバーには内緒にしておいてください。もしかしたら知ってるかもしれないけど、その話題に触れたことがないし、みんな純粋にあの場所を自分たちの芸術の発信地にしたいと思ってるだろうから」

「解りました」

菜々子はしっかりと健吾の目を見て答えた。

健吾は鐘を手に取ると、通りの方を向いてガランガランと鳴らした。

「スタンプラリーの抽選会場はこちらです！」

その声に誘導されるように、手押し車を押している年配の女性がふれあい広場にやってきた。が、それを追い越すように、大勢の人たちが四丁目の方向からこちらに走ってきている。まるで何かから逃げるように。

「火事だ！」

男性の声か、女性の声か、認識はできなかったが、火事という言葉は菜々子の頭の中にスコンと入ってきた。

久美香！　ふれあい広場を飛び出したものの、人で埋め尽くされた通りを火事が起きたという方向に進むのは至難の業だった。火事場から皆が遠ざかろうとするわけではない。おそらく、火事場の近くにいた人はより遠くに逃げようとするが、そこそこの距離にいる人はむしろ、火事を見に行こうとするのではないか。

立ち止まって人垣を作っている中から、出火場所は無料配布を行っている食堂だと聞こえてきた。まさに、つい半時間ほど前に久美香が向かったところだ。普通に走って前に進むのもままならないのに、車いすの久美香は無事、逃げることができているのだろうか。一緒にいるのは年上とはいえ、小学生の子どもだ。

誰か周りの大人が助けてくれたら……、そんな行為が期待できないことなど、百も承知ではないか。

幼稚園の集団登園の際、送迎当番に当たっていた親は歩道に乗用車が突っ込んできたとき、自分の子どもだけをかばった。たまたま並びが悪かっただけだと言い訳じみたことを堂々と口にしていたが、当番の大人は二人いて、列の一番前と後ろにいれば、一番後ろを歩いていたという久美香がケガを負うことはなかったのだ。どうせ、子どもたちなど見もせずに、並んでおしゃべりをしていたに違いない。そして、車に気付き、とっさに我が子をかばった。それなのに、謝罪の言葉は一つもなく、さも自分たちも被害者だと言わんばかりに、運転手を非難している。

極め付きはこの一言だ。

——堂場さんだけ慰謝料が支払われるっておかしいんじゃない?

卒園式の日、菜々子が三メートルと離れていない席に座っていることに気付いているくせに、声を潜めることなく言っていた。

田舎町には人情がある。テレビで俳優がそんなことを言っていた。そんなのただの幻想、ファンタジーだ。あんたがそう思いたいだけじゃないか。どうでもいい俳優の一言で、その日は花のモチーフを一〇個も編んだ。

この町に、久美香を、わたしたちを助けてくれる人なんていない。

すみません、と声をかけるだけでは埒が明かない。両手で人をかきわけるようにしながら前に進んだ。

「どけ、どけ、どけ」

人垣を割るほどの勢いのある声が後方から聞こえてきた。法被姿の商店街会長を中心とした古くからの商店街の住人が消火用のホースを抱えて走ってきている。そういえば、まだサイレンの音が聞こえていないことに、菜々子は気が付いた。商店街は通常、午前八時から午後八時まで車両の通行が禁止されている。緊急時なので、消防車は入ってくるだろうが、路地は通れそうにない。

今、こうしているあいだにも火は燃え広がっているはずだ。

菜々子は法被の裾をキュッと引っ張ると、ホースを抱えた集団のあとにつき、全力で走った。

不幸中の幸いとはこのことを言うのか。

菜々子が到着したときには、煙にいぶされた臭いは残っていたが、炎はどこにも上がっていなかった。そこが食堂だったときに訪れたことはなかったが、戦後すぐに作られた古い建物だということは知っている。火のついたマッチ棒を一本落としただけでたちまちメラメラと火柱が上がるようなイメージを持っていたが、それほどまでの火事ではなかったようだ。

しかし、久美香の姿は通りに見当たらなかった。四丁目と五丁目の境にある消火栓にホースを繋ぎ、現場まで向かう商店街の古い面々のあとを菜々子はついていった。整備されていない細い路地は脇にかぴかぴに乾燥した土しか入っていない植木鉢や、目的の不明瞭な木の棒などが無造作に転がっていた。

車いすでこんなところを通って逃げることができたのだろうか。火事の規模は思ったほどではなかったが、煙を吸ったかもしれない。だが、もしかすると最初から食堂に行っていないのではないかという気もした。雨がふれば水たまりがぼこぼこできるはずの道は、歩くにはほとんど気にならないが、車いすで進むには相当な力が必要だ。あきらめて、どこか別のところに行ったのかもしれない。彩也子を案じているはずの光稀の姿が見当たらないのがその証拠だ。

などと自分に言い聞かせた矢先、入り口を開けっ放しの食堂の奥に、車いすが倒れているのが見えた。消防車のサイレンの音に混じり、救急車のサイレンの音も近付いてくるのが聞こえた。

「久美香！」

菜々子は食堂の中に飛び込んだ。煙の臭いとむっとした熱気に押し返されそうになる。

「入ってこないで！」

きつく声をかけてきたのは、すみれだった。消火器をかかえている。

「お嬢さんも、あとはまかせて」

ホースの先を腰に構えるように持った体勢のまま商店街会長が言い、すみれを押しのけるようにして厨房へと入っていった。

「こりゃあ、天ぷら油だな」

そう言うのが聞こえたが、声の調子からして完全に消火できていることが伝わってきた。

食堂から出てきたすみれは戸口にいるのが菜々子だと気付き、あら、と少しだけ表情を和らげた。

「娘が来ているはずなんです。車いすで」

菜々子は転がったままの車いすに目を遣った。車輪のフレームがピンク色なのが、久美香のものである証だ。

あっ、とすみれは思い当たることがあったようだ。

「多分、あの子たちだわ。逃げる途中に転んじゃった子たちとすれ違ったから、〈はなカフェ〉に連れて行って手当てをしてもらうように、近くにいた高校生に頼んだの」

皆が逃げ惑う中、すみれは消火作業に向かったのだ。菜々子は改めてすみれの顔を見た。頬はすすけているが、目は透明な輝きをたたえているように見えた。福引の会場でいやな目に遭ったというのに、すぐに他人のために動けるなんて。自分は久美香がいるからこそここまで来たが、そうでなければぼんやりとふれあい広場に立ちつくし、逃げていく人たちを眺めていたに違いない。

だが、すみれはケガをしているとも言った。消防車と救急車のサイレンが大きく近付いて止まる。もしや、救急車は久美香のために呼ばれたのではないか。

じゃあ、と菜々子はすみれに振り向きながら頭を下げ、狭い路地を商店街の方に向かって走った。通りまで戻れば〈はなカフェ〉はすぐそこだ。

実行委員会で何度か訪れたカフェの木製のドアを開けると、休日の午後のカフェとは言いがたい空気が漂っていた。鼻崎町は菜々子が暮らしてきたあいだ、それほど大きな自然災害に見舞われたことはなかったが、避難所とはこういった雰囲気ではないかと想像することができた。

普段は客がパンケーキや焼きカレーを味わっている席で、高校生の女の子たちが数人、手当てを受けている。法被と同じ生地でできたエプロンをつけていることから、食堂の厨房で作業をしていた子だろうと察した。軽い火傷(やけど)をしているようだ。中には、大判のストールで体をくるむようにして、俯いたまま蹲(うずくま)っている子もいる。

その奥に、久美香の姿が見えた。久美香も同時に菜々子に気付いたのか、ママ、と声を上げた。椅子に座っていた久美香に駆け寄ると、手を伸ばして抱き付いてきた。

「ママ、怖かったよう」

そう言うと、張りつめていたものが一気に決壊したように声を上げて泣き出した。久美香を力一杯抱きしめ、ゆっくりと頭を撫(な)でてやった。どうして、この子ばかりが怖い目に遭わなければならないのか。こんなところに住んでいなければ、と自分のせいのような気までしてきて、久美香に、ごめんね、と謝った。

ゆっくりと体を離して、久美香を頭の先からつま先まで眺めた。しかし、洋服は汚れているものの、ケガをしている様子はない。

「久美香、痛いところはない？」

久美香は自分の体を見回して、右手の手のひらを菜々子の顔の前に出してきた。絆創膏が貼ってある。

「転んですりむいたの。おばちゃんが消毒してくれたよ」

久美香の視線の先にはカフェで何度か見かけた女性がいた。芸術村の住人で普段は厨房にいる、確か、菊乃さんという人だ。目が合ったので頭を下げると、向こうも会釈を返してくれたが、それどころではないようだ。

「ところで、彩也子ちゃんは？」

一緒にいるものだと思っていたが、姿が見えない。もしや、久美香を残して一人で逃げたのか。それとも、ここまでは一緒にきたものの、先に迎えにきた光稀が彩也子だけをとっとと家に連れ帰ったのではないか。……あのときの、あの人たちのように。

「彩也子ちゃんはさっきまで一緒にいてくれたけど、救急車で病院に行ったよ。骨折しているかもしれないって」

そう言うと、久美香はまた泣き出した。今度は自分のことで泣いているのではない、と菜々子は思った。一体、どういうことなのか。

「久美香、食堂からどうやって逃げてきたのか、ママに教えて」

＊

鼻崎総合病院の休日外来の診察室には、彩也子と高校生の女の子一人が運ばれた。コロッケを揚げていた子で、火傷を負っていると聞いたが、余所(よそ)の子であっても軽傷であってほしいと願わずにはいられない。いや、他人よりも我が子だ。もっと、早く駆け付けていれば。診察室に続く白いドアをじっと見つめながら、相場光稀は彩也子がまだ小さな子どもであることを忘れていた自分を悔いた。

食堂が火事になったと知ったのは、〈プティ・アンジェラ〉の店舗スペースの奥にある、作業室でだった。

古着については不満が残っていたが、プリザーブドフラワーが一つ売れるごとに光稀の気分は上がっていった。祭り用に手軽に購入できる、ワンコインアレンジメントを用意したのが功を奏したようだ。白いスクエア型の陶器の真ん中に一つだけバラを置き、周囲は小さなカーネーションや木の実で埋めている。もちろん、羽根飾りは忘れない。

数年前まではプリザーブドフラワーの知名度も低く、ドライフラワーと混同している人も多かったが、母の日などのイベントの際、スーパーでも並ぶようになってから、徐々に知名度は上がったようだ。かなりいい値段がするということも。

そこで光稀はワンコイン、五〇〇円の商品を作ることにした。材料代の元が取れるくらいでいい。これなら自分用に買ってみようかと、町の人たちに思わせることが今回、一番の目的だ。それをきっかけに誕生日プレゼント用などに少しずつ浸透していけばいい。

――光稀さん、これ出ているだけ？　友だちから三つ取り置きしてほしいって頼まれたんだけど、あともう一つ。

古着を買っていった、店のメンバーの知り合いの客が、やはりプリザーブドフラワーも欲しくなってメールを送ってきたのだという。せっかく連絡まで寄越してくれたのに、一つ足りませんでは全部キャンセルになってしまうかもしれない。祭りにこれほど人が集まるとは思わず、ヒマになったら新しいものを作ろうと思っていたため、材料や道具は持ってきている。

今から一つ作ろうか、と訊ねると、ありがとう、と両手を握りしめられ、逃げるように作業室に入った。

光稀はことあるごとにべたべたと触れてくるタイプが苦手だった。トイレに数人で連れだっていくのも面倒なのに、手まで繋ぎたがる友人が、小、中、高、どのときのグループにもいたが、それは一〇代の子の特徴だと思っていた。しかし、大人になってからも遭遇してしまった。一人や二人ではない。

光稀の分析では、馴れ馴れしく腕を引いてきたり、背中をバシバシ叩いてきたりするのは全員、鼻崎町の地元民だ。でも、あの人はそういうことを嫌いそうだ、と菜々子の顔を思い浮かべ、彩也子はちゃんと久美香ちゃんの介助ができているだろうか、と考えた。

心配することはない。あの子はしっかりしているのだから。

宿題すんだ？　時間割揃えた？　などと訊ねたことは一度もない。ピアノの練習も自分で時間を決めて毎日している。公文式教室の宿題も見てやったことはないし、解らない問題があると訊かれたこともない。発表会では同学年の子の中で一番難しい曲を披露し、学校から帰ると一〇〇点のテストを見せてくれる。

そんな彩也子を見て思うのは、この子にこの町は物足りないのでは、ということだ。もっと広い世界にはばたかせてやりたい。いや、あの子はきっと自分ではばたいていくだろう。

それぞれの花に針金を通してテープを巻き、土台を作っているところに、大変よ、とドアを開けられた。

——ふじ食堂が火事だって。

どこのことを言っているのか解らなかった。

——彩也子ちゃん、堂場さんちの久美香ちゃんと行ったんじゃないの？

クラムチャウダーとエビマヨコロッケの無料配布をしているところだ。作業室を飛び出すと、通りが埋め尽くされるほど込み合っていた。食堂から逃げてきた人と様子を見に来た人たちとの合流地点のように流れが絡まり合って、人の渦ができている。

光稀は、すいません、すいません、と言いながら渦をかきわけ、食堂の方に向かった。

路地の入り口にはさらに大きな渦ができていた。逃げようとする人と消火活動をしようとしている人が絡まり合い、結果、路地をふさぐ形になっている。これでは二次災害が起きるのではないか。

——彩也子、彩也子！

出せる限りの声を上げた。

——ママ。

本当に聞こえたのかどうかは疑わしいが、彩也子の声が聞こえたかと思うと、ところてんが突き出されるように路地から数人が転がり出てきた。派手なエプロンをつけた高校生の女の子たちで、その内二人の背には子どもが乗っていた。久美香ちゃんと、彩也子だ。どうしてあの子まで背負われているのかと駆け寄ると、彩也子は額と両足から血を流していた。

——わたしが転んじゃったから、久美香ちゃんもケガしちゃった。

涙をこらえるように顔をゆがめながら彩也子が言った。しかし、久美香のつるんとした白い顔からは血が流れるどころか、擦り傷も泥汚れも見られない。

——〈はなカフェ〉で治療してもらえるって聞いたんですけど。

彩也子を背負っている女の子が言った。彼女もケガをしているのか、彩也子の血が付いているのか。彩也子にばかり気を取られている場合ではない。仲間に肩を支えられてようやく立っている子もいる。

——ありがとう、こっちよ。

彩也子を自分の背中に移動させ、光稀は女子高生たちを〈はなカフェ〉に連れていった。カフェの仕事を中断させ、芸術村の人たちは看護に当たっていた。店の消火器を持って食堂に向かったメンバーもいると聞き、頭の下がる思いがした。そうはいっても、やはり彩也子の手当てが優先だ。

彩也子を降ろし、手近な椅子に座らせようとすると、彩也子は思い切り顔をゆがめた。

——骨折しているかもしれないから、無理して動かさない方がいいわ。救急車も呼んだから、横になって待ってて。

カフェの菊乃さんが大判のストールを床に敷いてくれ、光稀は彩也子を横たわらせた。

具合の悪そうな女の子も横に寝かせた。服の上から油がかかったのか身を縮めて、痛い、痛いと泣いている。

——がんばって。

小さく声をかけたのは、彩也子だった。

てっきり久美香は最初から高校生の子が背負ってくれていたと思っていたのに、〈はなカフェ〉で話を聞いたところ、彩也子が久美香を背負って逃げている途中で転んでしまい、その場にいた女の子たちがそれぞれを背負ってくれることになったのだという。だから、彩也子は転んだときに手をつくことができず、額に傷を負ったのだ。膝には久美香の体重もかかったことになる。

もっと、早く、プリザーブドフラワーなど作らずに、外で店番を続けていれば、転ぶ前に助けに行くことができたのに。そもそも、周りにはたくさん大人がいたというのに、誰も手を貸してくれなかったのか。年寄りばかりのこの町では、労（いたわ）られるのは高齢者のみで、子どもは弱い存在であることが忘れられているのではないか。

ドアが開いた。

「彩也子ちゃんのお母さん」

看護師に呼ばれて中に入ると、カーテンで三カ所に仕切られた診察ブースの一番奥のベッドの上に、彩也子が座っていた。包帯が巻かれた両足を床に降ろしている。よかった、ちゃんと足が曲がっている。ホッとはしたが、まだ安堵しきれない。彩也子の額は鉢巻きをしめるように、包帯がぐるぐると巻かれていた。

「傷口をふさぐテープが外れないように、包帯を巻いたけど、すこうし切れてるだけだから。子どもだし、傷口もあっという間に目立たなくなる」

年配の医師にそう言われ、光稀は深々と頭を下げた。

「前髪で隠れるところだし、何、気にすることないさ」

なっ、というふうに彩也子の方を向いた医師に、彩也子はニッと笑いかえした。平日なら脳波の検査もできるが、前向きに倒れたのならしなくても大丈夫だろう、とも言われた。足の骨にも異常がないという。

「膝の傷口から石を取りだして、洗浄するときも、泣かなかったんだよな」

想像するだけで、光稀は背中がぞくぞくした。こんな小さな子がそんな痛みに耐えたのか。何百人もの人たちが祭りにやってきたというのに、どうして彩也子がこんなひどい目に遭わなければならないのか。

これに懲りて、〈プティ・アンジェラ〉から手を引けということかもしれない。

それでも、彩也子の前ではいつまでもどんよりした顔をしていてはダメだ。自分は運の悪い子だなんて思わせてはならない。

「彩也子、えらいね。お友だちを守った名誉の負傷だもんね。ご褒美は何がいい？」

笑顔でそう言うと、彩也子の頭をなでる代わりに、頬を両手で包み込んだ。

そのまま社宅マンションに戻り、彩也子をゆっくり寝かせてやりたいと思ったが、彩也子が財布の入ったバッグを食堂に置いたままだと言い、商店街に戻ることにした。手ぶら同然で飛び出したのは光稀も同じで、〈プティ・アンジェラ〉にも寄らなければならない。〈はなカフェ〉の人たちにもお礼を言っておこうと思った。

商店街の海岸側入り口でタクシーを降りる。彩也子は病院を出る時から自分で歩いていたが、やはり膝が痛むようで、顔をゆがめながらタクシーを降りた。

「はい、乗って」

光稀は彩也子の前に背中を向けてしゃがんだ。

「いいよ、歩けるから」

「いいじゃない。こんな時くらいおんぶさせてよ。それとも、ママが背負えないくらいおデブさんになってるのかな」

「デブじゃない」

そんなことは見れば解る。

「確認するから、乗ってみて」

少し間が空いて、光稀は肩に彩也子の手のひらのぬくもりを感じた。遠慮がちに体を寄せてくる彩也子の体重が全部かかる前に、えい、と腕を彩也子のお尻の下に引っかけて立ち上がった。

「わ、わわ」

彩也子はとまどったような声を上げたが、その中にははしゃいだ気持ちも混ざっていることを、光稀は感じ取ることができた。正直なところ、思ったより重かったが、歩けないほどではない。久美香を背負った彩也子の足には、これ以上の負担がかかっていたはずだ。

「じゃあ、行くよ」

光稀はずんずんと足を踏み出した。〈はなカフェ〉に行くと、大丈夫でしたか？　と菊乃さんが駆け寄ってきた。店内はまだ高校生の待機場所になっているようで、教師か親と思われる大人も大勢来ている。彩也子のバッグのことを訊ねると、食堂に残っていた荷物などは、全部まとめて隣の〈はな工房〉で預かっていると言われた。

工房にはすみれがいた。消防隊員による作業は終了し、祭りは駅側入り口からふれあい広場のある三丁目までのあいだで継続することになったらしいが、客足はパタリと途絶えたようだ。

彩也子のバッグは泥水を十二分に吸い込んだまま透明のビニル袋に入れた状態で渡さ

れた。もう使い物にならないが、これを機にバッグも財布も新しいのを買ってやればいい。工房の椅子に座ってバッグを受け取った彩也子は明らかにガッカリした顔を光稀に向けた。

「スタンプラリー、全部回りたかったな」

そっちだったのか、と驚いた。

「今日の彩也子ちゃんは一等賞、確定だよ。このお店にあるの、どれでもプレゼントするから、好きなのを選んで」

すみれが言った。ありがたい申し出だが、すみれだって大変な目に遭っている。しかし、光稀が断ることはできない。

「ありがとうございます。でも、ガラガラを回したかったの」

前半はすみれに向かって、途中から、光稀を振り返りながら彩也子は言った。少しばかり考えて、そうだ、と思いつく。

「じゃあ、ここで一つお買い物をさせてもらいましょう。四丁目はママのお店でまたスタンプを押してあげる。あとはまだお店がやってるみたいだから、何か買って、ガラガラを回しに行こう」

彩也子は顔いっぱいに笑みを浮かべた。もしかすると、これまで見てきた笑顔はすべて作り物だったのではないかと思えてくるほどに、嬉しさが溢れているような表情だ。

「じゃあ、割引するからね」

すみれが言うと、彩也子はヨタヨタと椅子から立ち上がり、店内を見回した。できればすみれの作品を選んでほしいが、これなんかどう？　と本人の前で子どもを誘導するのも失礼だ。

「あ、羽根がある」

彩也子は焼き物が並ぶ棚に向かうと、これ、と目の前にあったものを手に取った。どれどれ、と後ろから覗き込む。箸置きにちょうどよさそうな大きさの、翼の形の白い陶器に青い紐（ひも）を通したストラップだ。銀色の小さな鈴もついている。

「かわいいでしょう」

すみれも隣にやってきた。確かにかわいいが二千円という値段の方に驚いてしまう。どこからその自信が出てくるのだろう、と。しかし、彩也子が気に入っているのだ。

「これでお願い」

「ママ、もう一つ買って」

財布を取りだした光稀に彩也子が言った。

「久美香ちゃんにあげたいの。ケガをさせてゴメンね、って」

彩也子が気にするほどのケガではなく、ましてや彩也子が助けてあげたのに、という思いはあるが、無料配布に子ども同士で行くことを誘ったのはこちらの方だ。

「じゃあ、もう一つ」

すみれに頼むと、ヤッター、と彩也子が声を上げた。こんな言葉を口にする子だっただろうか。光稀は彩也子の顔を眺めた。ケガのことを気にしている以上に、久美香ちゃんのことを好きなのかもしれない。

「二つ買ってくれたから、三千円でいいですよ」

言われるままお金を払い、彩也子を背負って店を出た後で、値引きのお礼を言わなかったことに気が付いた。それほど気が咎めることではない。

〈堂場仏具店〉に行くと、菜々子が店番をしていた。客の姿はない。ガラス戸越しに光稀と彩也子の姿を見つけると、目を大きく見開いたまま迎えに出てきてくれた。このたびは本当に、などと頭をペコペコさせながら、もごもごと言っているので、言葉はよく聞き取れなかったが、彩也子に対して感謝する思いと申し訳ない気持ちがあることは伝わってきた。

久美香は寝かせたところだと言われたが、ここでのやり取りが聞こえたのか、父親に背負われて店に出てきた。パジャマに着替えている。

彩也子ちゃん、と元気よく声をかけてきたものの、包帯を巻かれた姿に気付いたのか、今にも泣きそうな表情になり、父親の背に顔を押し当てた。

「久美香ちゃんにプレゼントがあるんだよ」

彩也子は元気な声でそう言い、ママ、と光稀の背中から降りた。久美香のところまで行くと、手に握りしめていた小さな紙袋を一つ渡した。

「そんな、プレゼントなんて」

恐縮した様子の菜々子に、いいのいいの、と光稀は大きく片手を振りながら答えた。父親も、すんません、と小さく頭を下げた。

「火事のことはひとまず置いといて、今日、友だちになった記念として受け取って」

光稀が言うと、久美香は、もらっていいの？　と確認するように菜々子を見た。

「ちゃんと、ありがとう、って言うのよ」

久美香はニチャッと顔を崩して、彩也子にありがとうと言い、紙袋を開けた。

「わあ、羽根だ」

手のひらにのせて眺めている。彩也子も自分の分を手のひらにのせ、久美香の手の横にその手を並べた。

「友だちの証よ。羽根は一つだけじゃ飛べないけど、二つあればどこにでも飛んでいけるでしょう？」

＊

SICA　翼のストラップは友情の証だったのですね。彩也子ちゃんのこの台詞にも感激しましたが、素敵な詩も書いていましたよね。

第三章　心に花を

SICA　彩也子ちゃんの詩は、お母さんも何かアドバイスされたのですか？

光稀　いいえ。娘はこちらが宿題をみてやろうかと思ったときには、すっかり終わらせているような子で、私は詩を書いていたことすら知りませんでした。

＊

相場光稀は眉の上で切り揃えた彩也子の黒く柔らかい前髪を片手で掻き上げ、もう片方の指先で渦を描くように、彩也子の額の傷に軟膏を塗り込んだ。消えろ、消えろ、と念を込めるようにして。

花咲き祭りでの火事に巻き込まれ、彩也子は額に切り傷を負った。女の子なのにと悲観しながらも、子どもは代謝がよいから一週間もすればきれいさっぱり消えてしまうはずだと、楽観的に構えていた部分もあったのだが、半月経っても、かなり薄くなったとはいえ、傷痕はまだかなりの自己主張をしている。横長に二センチほど伸びた、ツキノワグマの胸の模様のような傷痕だ。

同年代の余所の子と比べても、彩也子の肌は剝きたてのゆで卵のように白くてツルリとしているため、余計に目立ってしまうのだろう。

テレビ番組で持てはやされている子役の女の子たちの誰を見ても、彩也子の方がかわいいと感じる。こんな田舎町ではなく、都会に住んでいれば当たり前のようにスカウトされていたのではないか。まるっきりの親バカではないという証拠もある。

光稀は彩也子がまだ赤ん坊の頃、定期購読していた育児雑誌の写真コーナーに彩也子の写真を三度投稿したことがある。その内、二度も掲載された。応募総数は毎月三〇〇を超えるという中、誌面にはたった五枚しか掲載されないのに、ふた月連続で選ばれたのだから、ちょっとしたオーディションに合格したようなものだ。しかも、掲載されている他の子のように季節に応じた衣装を着ていたり、小さな段ボール箱や紙袋に入り込んでいたりといったおもしろい設定のものではない。ただ、笑みを浮かべている写真だ。

当時は静岡県にある工場に赴任していた。もしも、応募住所が出版社のある東京都内やその近郊であれば、専属モデルの話が来ていたのではないかと、地方暮らしを呪ったこともある。しかし、彩也子が成長するにつれ、この子が秀でているのは容姿だけではないということに気が付いた。幸い、田舎ではあるが町全体で教育に力を入れているらしく、社宅マンションのある学区内の小学校には、民間人校長として、教材開発で有名になった元私立大学の教授が赴任したばかりだった。小学校に負けじと、幼稚園にも器械体操の元オリンピック選手やヨーロッパのコンクールでの受賞歴のあるピアニストなどが、定期的に講師として招かれていた。

モデルだの子役だのと浮かれた考えを捨てれば、彩也子にとって申し分のない環境だと言えた。

それでも、転勤になるかもしれないと、五年前に夫の明仁が口にした時は胸が躍った。そのついひと月前も、同じ社宅に住む人が東京本社への転勤が決まり、引っ越したばかりだった。幼稚園、楽しんでるのにな、と眠っている彩也子の頭を申し訳なさそうになでる明仁を励ますように、光稀は言った。

――彩也子のための転勤って思えばいいじゃない。

――そうだな。自然の中で、のびのびと育ててやれそうだもんな。

明仁は振り返り、光稀にありがとうと言うような笑顔を向けた。光稀も笑い返したつもりだが、多分、固まった顔のままかろうじて口角だけが上がった、おかしな表情になっていたはずだ。

鼻崎町、さらに東京から離れた田舎町ではないか。

期待する分、失望することは目に見えていたので、鼻崎町に越してきてからは、こういうところなのだと割り切って過ごしてきた。写真を投稿していたことなど、すっかり記憶の奥底に封印していたのに、こうして傷ができてしまうと、何かとても大きなチャンスが奪われたように思えて、ジワジワと怒りが込み上げてくる。

「はい、おしまい」

軟膏を塗っていた指先で、ちょんと彩也子の額の真ん中をつついて、前髪を下ろしてやった。彩也子の前で傷痕を気にしているような素振りを見せてはならない。

「ありがと、ママ。おやすみなさい」

彩也子はさわられた辺りを両手で覆いながら笑顔でそう言うと、自分の部屋に入っていった。歯を磨いた？　時間割は？　などと声をかける必要はない。ケガをしていようがいまいが、一〇時になると自分でベッドに入り、眠ければそのまま目を閉じ、目が冴えていれば、学校の図書室で借りてきた本を読む。光稀の手を煩わせたことなど、一度もない。

明仁は今夜も残業だ。しかし、それで光稀が困ることもない。定期購読しているファッション誌『ＦＬＯＷＥＲ』では定期的に育メン特集が組まれている。自分の夫がいかに育児に協力してくれるかという自慢大会の月もあれば、まったく役に立たないという愚痴吐き大会の月もある。が、光稀はこの特集にまったく興味が湧かなかった。

夫の手助けが必要なほど、育児を大変だと思ったことがない。

彩也子だって赤ちゃんの時には、夜泣きもしたし夜中に突然熱を出したこともある。幼稚園ではくじ引きで役員が当たったし、小学校では日曜参観日もある。しかし、それらはすべて光稀一人で対処できることだ。

そんなふうに思えるのは、彩也子が手のかからない子だからだということは自覚している。どこに出しても恥ずかしくない、自慢の娘だ。彩也子の立派なところを書き連ねて、投稿してもいいくらいだ。だからこそ、今日の新聞には納得できなかった。ダイニングテーブルに置いていたものを、古新聞用ラックに片付ける前にもう一度広げる。

地方版に、花咲き祭りでの火事の際、消火活動や救助活動に尽力した人への感謝状の贈呈式が町役場で行われた、という記事が大きな写真付きで載っている。襟元に「ユートピア商店街　消防団」と黄ばんだ白字で書いてある色あせた紺色の法被を着た商店街会長と、同じ法被姿の男性二人の計三名。そして、彩也子と久美香をそれぞれ背負ってくれた女子高生の二人だ。五人で感謝状を胸の前に広げて、満面に笑みを湛えて写っている。

あんたたちじゃないでしょ、と胸の内でつぶやいた。消火器を持って最初に火事場に飛び込んで行ったのは、すみれたちだと聞いた。ケガ人の看護にあたっていたのも〈はなカフェ〉にいた芸術村の人たちだ。そして、出火元である食堂から足の不自由な久美香を背負って出てきたのは、彩也子だ。

どうしてこんなことになったのか、原因は解る。祭りの翌日、この紙面には祭りの参加者提供だという写真が二枚掲載されていた。一枚は、派手な法被を着てホースを抱えている商店街の長老たちの姿。もう一枚が、路地から吐き出されるように出てきた子どもを背負った二人の女子高生の姿だった。同じ写真の角に光稀の後ろ姿も写っていた。

誰かを表彰しなければならないのなら、証拠写真がある人たちが選ばれて当然なのかもしれない。もしくは、写真を見た新聞読者が表彰するべきではないかという声を寄せたとも考えられる。光稀だって、この場に居合わせていなければ、そして、背負われているのが我が子でなければ、少女たちの勇敢さを褒め称(たた)えていたはずだ。

事実を知った上でも、彼女たちが表彰されることに異論はない。しかし、新聞社からの取材を受ける中で、彩也子のことを話すべきではないだろうか。

『無我夢中で走ったので、重いとか大変だとか、そんなことは一切感じませんでした』

いろいろ話した上での、この抜粋なのだろうか。そもそも、火事の原因は彼女ら食堂の厨房で作業をしていた高校生にあるのではないのか。

これではまったく、彩也子はケガのし損だ。

とはいえ、本人はそんなふうに思っている様子はない。彩也子を励まそうと「傷痕、だんだん薄くなっているわね」と言っているのに、その都度、彩也子はがっかりしたような表情を浮かべているように思える。名誉の傷痕、とでも思っているのだろうか。

実際、彩也子は祭り以降、それまでより毎日イキイキとして学校に通っている。久美香を助けたことが大きな自信となっているのかもしれない。

　翌朝、家族三人揃って朝食を取っていると、片手で新聞を広げていた明仁が、おっ、と声を上げた。夜中の二時、三時に帰宅しても、翌朝八時半には出勤しなければならないのだが、おかげで日に一度、三人で食卓を囲むことができる。

「彩也子の名前が載ってるぞ」

　彩也子には憶えがないらしく、箸を持ったまま黙って首を傾げている。火事の続報かもしれないと光稀は思い、見せて、と言いながら席を立ち、座ったままの明仁の横で腰をかがめた。わたしも、と彩也子も箸を置いてやってきて、明仁を真ん中にして三人で新聞を覗きこんだ。読者の投稿ページだ。〈若葉ボックス〉という、二〇歳以下の投稿者のコーナーに、「相場彩也子（鼻崎第一小四年）」の「翼をください」という題の作文が掲載されている。

「すごいじゃないか、いつのまに応募していたんだ？」

「知らない」

　彩也子がポツリと答えた。どうやら、一番驚いているのは彩也子のようだ。事情を訊くと、作文は五日前の国語の時間に書いたものだという。そういえば、と光稀は一学期の初めに、授業中に書いた作文や書道作品の新聞投稿に関する同意書を学校に提出していたことを思い出した。

「たいしたもんじゃないか」

明仁は新聞から片手を離し、ぐしゃぐしゃと彩也子の頭を撫でた。彩也子は一瞬、固まったように両肩をキュッと上げたが、徐々に口元から力が抜けていき、少しずつ顔に笑みが広がっていった。どうして固まったのだろう、と光稀は首を捻り、はっと思い当たった。

憶えていないのかもしれない。

彩也子が幼い頃、明仁はことあるごとに彩也子の頭を撫でていた。積木を重ねても、ラッパを吹いても、お絵かきをしても、「たいしたもんだ」と言い、大きな手でわしゃわしゃと彩也子の頭を撫でながら嬉しそうに褒めていた。光稀には見慣れた光景ではあったが、そういえば、ここ数年、見ていないことに気が付いた。

鼻崎町にやってきてからは、初めてなのではないか。

ならば、彩也子が憶えていなくても仕方がない。彩也子が何でもできることに慣れてしまっていたのは自分だけではなかったのだと、光稀は明仁を眺めながら思った。それを気付かせてくれたのがあの火事なのだとしたら、決して悪いことばかりではなかったのかもしれない。

二人を送り出した後で、光稀は改めて新聞を広げた。彩也子の作文を噛みしめるように読み返す。

翼をください

相場彩也子（鼻崎第一小四年）

わたしたちのクラスでは、今、合唱コンクールに向けて「翼をください」という歌を練習している。歌と同じように、もしも願いごとが一つだけかなうなら、わたしも翼がほしい。

そして、翼はわたしにではなく、大切なお友だちの久美香ちゃんに付けてあげたい。久美香ちゃんはまだ一年生なのに、交通事故のせいで足が動かなくなり、車いすで生活しているからだ。翼があれば久美香ちゃんは、でこぼこ道も細い道も簡単に進むことができる。段差だって気にしなくていい。

だけど、わたしはこんなふうにも思う。鳥に翼があるように、昔は、人間にも翼があったんじゃないかな。でも今は、片方の翼しか持たなくなってしまった。

それは神様からのメッセージ。仲良く手をつなぎ合いなさいっていう。

わたしの翼と久美香ちゃんの翼を合わせれば、二人でいっしょに飛ぶことができる。

みんなの翼を合わせれば、もっと高く、もっと遠くまで飛ぶことができる。

そうだとしたら、わたしの願いごとは、みんなが自分の心の中に片方だけ持っている翼に気付くことだ。

午前中の家事を終えた後で、〈鼻崎ユートピア商店街〉に向かった。今日は店番の日だ。〈プティ・アンジェラ〉に着くと、新田里香と藤田真紀がすでに来ていて、開店の準備を始めていた。どちらも新しいメンバーで、夫がハッスイに勤務しているが、地元採用組で社宅マンションには住んでいない。

同じハッスイでも光稀さんとあたしたちとは格が違いますから、というのが里香の口癖だ。役職手当や住宅手当のことを言っているのかもしれないが、それぞれの給料や待遇に差があるのは光稀のせいではない。しかし、自然と会話を選ぶようになる。

メンバーが社宅マンションの人たちだけだった時はランチにも気軽に誘うことができた。どこの店がいいかと訊かれると、その時に行ってみたいと思っているところを躊躇わずに口にすることができた。しかし、格がどうこうと言われると、うっかり食事に誘うこともできないし、値段の高い店を提案することもできない。かといって、安いところを提案すると、一瞬、バカにするなといった表情を浮かべられる。

作業に没頭するフリをして黙っているのが一番だが、ならば、なんのためにこんな店をやっているのだろうと虚しくなる。それでも、花を触っていれば心が落ち着く。二人への挨拶もそこそこに、レジ横の作業台の上に材料を広げた。

「そうだ、光稀さんって毎朝新聞？」

陳列棚をハンディモップで拭いていた里香が光稀を振り返った。〈若葉ボックス〉のこと？　とさりげなく答えようとする前に、家から持ってきた品を出している真紀が割って入ってきた。

「新聞がどうかしたの？」

「彩也子ちゃんの作文が載ってたのよ。もし、別の新聞を取ってたらって、切り抜いてきたんだけど」

里香が光稀に向き直った。

「ありがとう。うちも毎朝新聞なの」

光稀が答えると、ならよかった、と里香は再びモップを持つ手を動かし始めたが、真紀が見たいと言うので結局、新聞の切り抜きをバッグから出し、作業台の上に置いた。

今日の新聞を切り抜いて持ってきてくれたことに、光稀は改めて礼を言ったが、うちはテレビ欄さえあればいいの、と里香は笑って流した。

「彩也子ちゃん、すごい」真紀が切り抜きに目を落としたまま言った。

「そうでしょう。四年生よ。うちの子が来年こんなのを書けるかって言われたら、絶対無理だって思う」

里香が自分のことのようにはりきって答える。

「親としても、あったことをそのまま書けっていうなら、どうにかそれっぽいことをアドバイスできるけど、こういう発想力のいる文章は無理よね。光稀さんはどうやって教えてあげてるの？」

真紀に訊かれた。

「私は何も」

「またまた、謙遜しちゃって」

里香が肘でつついてくるが、いつものような嫌味っぽさは感じられない。ところでね、と作業台の椅子を引いて座り、話を続ける。

「光稀さん、プリザの教室開く気ない？」

「私が？」

里香によると、プリザーブドフラワーを習いたいと言っているママ友がかなりいるらしい。〈プティ・アンジェラ〉で光稀の作品を購入し、自分もこういうのを作ってみたいと、それほど親しくないのに里香に訊ねてきた人もいるという。

「田舎だし、文化教室もあまりないじゃない？　あっても年寄り向けのばっかりだし。でもね、みんな、週に一回くらい集まってワイワイ世間話しながら、きれいなものを作りたいんじゃないかな」

「ここでいいじゃない。棚の配置をかえて、作業スペースを広くとったら、四、五人ずついけるんじゃない？　ちゃんと受講料もとって、この店をもっと有効活用しましょうよ」

「でも、どこで？」

「賛成、賛成」

真紀も片手を大きく上げた。光稀さんなら講師にぴったりだと思う、と新聞記事を持ったまま言う。

「できるかな」

自分で作るのと、他人に教えるのとでは勝手が違う。ただ、おもしろそうだ、とは思った。そういえば、子どもの頃に学校の先生になりたいと思っていたこともあったっけ、とも。

「じゃあさ、試しに、あたしと真紀ちゃんに今から教えてくれるっていうのは？」

日頃、里香はパッチワーク、真紀はビーズ細工をそれぞれ得意としている。

「材料もあるし、やってみましょうか」

光稀は作業台にワイヤーやテープなどの材料を広げた。手始めに、直径五センチの小さなガラスの器へのアレンジメントを三人で作ってみることにした。通常、この店で八〇〇円で売っているものだ。真紀が新聞の切り抜きをレジ横のメモスタンドに丁寧に立てくれたことにも好感が持てた。

　バラやカーネーションなど、それぞれの花の前処理の仕方を説明する。里香も真紀も普段から手芸をしているだけあって手際がいい。あとはフローラルフォームに突き刺していくだけという段階になると、自然と口が緩んできたようだ。

　里香が幼稚園のバザーの話を始め、次第に、幼稚園でのママ友の話になった。里香と真紀は小三になる上の子が同級生だが、二人とも地元民であるため、知らない名前が出ても二、三説明を付け加えれば、あああの人ね、と真紀には思い当たるようだった。

　不倫をしているとか、誰々の子が誰々の子をイジメているとか、ゴシップネタが飛び交うが、光稀にはさっぱり解らない。一つだけ解るのは、自分が彼女らの機嫌を損ねることをしたら、同じような言われ方をするのだろうということだ。

　地元民でなくてよかった、とつくづく思う。不倫をしているらしいという女性は、中学生の頃も先生と内緒で付き合っていたなどと言われている。一つの躓(つまず)きやほころびを、何年も、何十年も言われ続けなければならないのだ。

「ところで、光稀さん、あたし、ヤバいニュースを聞いたんだけど」

　里香が思わせぶりに声を潜めて言った。いったい誰の話が始まるのかと、光稀はごくりとつばを飲み込んで身構えた。

　堂場菜々子は車の助手席に置いてあるハンドバッグから鏡を取り出し、自分の顔を映した。大丈夫、髪もはねていないし、化粧も剝げていない。当たり前だ。五分前にも確認したのだから。

*

〈堂場仏具店〉の電話が鳴り、すみれからランチに誘われたのは昨日のことだ。祭りの打ち上げができなかったので、仲間内でささやかな食事会をしないかと言われた。実行委員の皆で集まるのかと訊ねると、菜々子と光稀にだけ声をかけたのだという。もしかすると、久美香と彩也子が火事に巻き込まれてしまったことを気にしてくれているのかもしれない、と思った。

　ならば、きちんとお礼を言わなければならないのは菜々子の方だ。〈鼻崎ユートピア商店街〉は木曜日が一斉定休日のため、昼間、家を空けることに何の問題もない。

　ぜひお願いします、と答えると、〈ピエロ〉に一一時半に集合しようと言われた。

　現在、一一時一五分、開店は一一時半で、四台分のスペースのある駐車場には菜々子の軽自動車しか停まっていない。自分だけがはりきっているみたいだ。この店に来るのが楽しみだったのは確かだが。ぼんやりと店の外観を眺めながら、ここに来るのは何年ぶりだろうかと考えた。

子どもの頃は祝い事があるたびに、ここを訪れていた。

母のお気に入りの洋食屋だった。父と母が初めてデートをした日に食事をしたのもここだったという。仲のいい夫婦だったが、母は菜々子が小学六年生の時に病死した。

もしも、母が生きていれば他の子たちのように、いろいろな悩みを聞いてもらうことができたのに。あの頃も、今も。

駐車場に車が一台入ってきた。運転しているのは光稀で、助手席にはすみれが乗っている。誘い合わせてくるほど親しいのだろうか。祭りの打ち合わせで集まっている時はそんなふうに見えなかったが。もしかすると、祭りの後で、どちらかがどちらかにきちんと挨拶をしに行ったのかもしれない。そういうことをするなら光稀の方だろう。

消火活動を先頭に立って行ったのはすみれだし、避難の途中に転んでしまった子どもたちを女子高生たちに頼んでくれたのもすみれだ。〈はなカフェ〉で手当ても受けた。光稀はちゃんとそのお礼をしに行ったのだ。ランチの話もその時に出たのかもしれない。もしそうなら、自分は礼儀知らずだと思われていないか。一番、迷惑をかけたのは久美香だというのに。

――堂場さんって、気の毒だとは思うけど、こっちが何誘っても久美香ちゃんの足のことで断るじゃない？　自分が嫌ならそう言えばいいだけなのに、都合のいい言い訳にしてるから、いまいち同情できないのよ。

国道沿いの大型スーパーで、偶然、耳に入ったのだ。自分を知る、町中すべての人がそう思っているに違いない。光稀とすみれも道中、そんな会話をしていたかもしれない。

菜々子は大きなため息を一つついてから車を降りた。

「菜々子さん、お待たせ。忙しいのに、時間を作ってくれてありがとね」

すみれが菜々子の方に駆け寄りながら言った。片手に手ぬぐいを握りしめている。

「こんな山の途中にあるとは思わなくって。光稀さんに拾ってもらえなかったら、倒れてたかも」

そう言って湿った手ぬぐいを畳み、パタパタと顔を扇いだ。光稀も車を降りてきたが、こちらは涼しげな顔をしている。ほんの少し手前のところで一緒になっただけか。

店にはすみれが予約を入れてくれていたため、窓際の一番奥のテーブルに予約席のプレートが置かれていた。菜々子の家族のかつての指定席もここだった。窓から岬ごと海を見渡すことができる。結婚前に夫、修一と二人で来たのが最後だ。結婚してからは外食の機会も減り、年に数回の外食も修一のリクエストに合わせて焼き肉ばかりだ。

すみれと光稀が窓側の席に向かい合うように座り、菜々子は光稀の隣に座った。それでも視線は自然と窓辺に向いてしまう。

テーブルも壁紙も、シャガールの絵も、窓からの景色も、ＢＧＭにバイオリンで奏でるクラシックが流れているのも、何も変わっていない。いや、こんな不気味な人形はあったたろうか。出窓タイプの窓の桟に並べられた、ガラス細工のピエロの人形たちに違和感を覚えたが、店名と同じ飾りを並べているだけではないかと、思い流すことにした。

「すごい、ここから家が見える」

すみれが身を乗り出した。手前の山に隠れて〈岬タウン〉全体は見えないが、岬の先端寄りにあるすみれの家は見えているらしい。

「ほら、あの白い家」

大きくはないが、ヨーロッパの浜辺の町にありそうなオシャレな家だと菜々子は思った。光稀ならどこか具体的な地名を出してくれるのではないかと期待したが、へえ、と言って眺めているだけだ。

店の奥さんがやってきて水と一緒にメニューが人数分配られた。

「あら、菜々子ちゃん。しばらく会わないうちに、またキレイになって」

親戚のおばさんのように声をかけられ、少しばかり頬が熱くなった。微笑みながらペコリと頭を下げる。

「そっか、菜々子さんはここの人だもんね。いいなあ」

すみれはメニューを広げながら軽い口調で言ったが、菜々子には何がいいのかさっぱり解らない。店の人に声をかけられたことだろうと解釈することにした。

「光稀さんはここの店は？」

すみれが光稀に訊ねた。

「私は何度かランチ会で」

「そっかあ。初めてなのは、わたしだけなのね」

そうは言っても、おすすめメニューを訊ねてこない。いっぱいあるから迷うな、とメニューの隅から隅まで目で追っている。菜々子はメニューを閉じてテーブルの上に置き、二人が顔を上げるのを待った。

「そうだ、食べたいものをみんな、せーの、で指さしましょうよ。私、嫌なの。本当はグラタンが食べたいのに、時間かかりそうだからみんなと同じ日替わりでいいやとか、ちょっといいお肉を食べてみたいなと思ってるのに、他のメニューより五〇〇円高いから、足並みそろえた方がいいかなとかって、遠慮するのもされるのも」

光稀がメニューを広げたままテーブルに置いて提案した。

「賛成。あと、全員分が揃うのを待たずに、料理が来た人から食べることにしませんか？」

すみれもメニューから顔を上げて言った。

「そう、ですね」

同意しながら、菜々子は久しぶりとはいえ、ここが慣れたレストランでよかったと安堵した。でなければ今ごろ、慌ててメニューを広げているところだ。そんなことをしたら、皆と同じものを注文するつもりでいたことがバレてしまう。こんな提案をされたのは初めてだ。菜々子はラザニアを、光稀はミックスフライセットを、すみれはトリプルミートセットを注文した。

トリプルミートセットとはビーフカツとポークジンジャーステーキと鶏のから揚げがワンプレートに盛られたボリュームのあるメニューだ。ビーフカツの衣には店の主人が独自にブレンドした香草が混ぜ込まれていたり、鶏にはレモンとにんにくで下味をつけていたりするが、そんなことはメニューのどこにも書かれていない。

「〈ピエロ〉と言えばトリプルミートって、ネットで評判だから」

すみれが言った。なんだ、まったく自分の今の感覚だけで選んだのではなく、事前に調べていたのか、と菜々子は少しばかりがっかりした。そして、鼻崎町を検索したことは一度もないことに思い当たった。なるほど、自分は確かに地元民だ。

最初に決めた通り、光稀、すみれ、菜々子、と料理が運ばれた順に食べ始めた。グラタン料理が好きな菜々子は、他の店でのランチ会でもこれまでに何度か、お待たせしてすみません、と言いながら食べた憶えがある。その場では皆、いいよ、と言ってくれるし、先に食べてくれと頼んでも、それくらい待つよ、と笑顔で答えてくれたのに、ある時、菜々子がまたグラタンを注文すると、ため息が聞こえてきた。いい加減気付けば？

と言われたようだった。

久美香が事故に遭う前のことだ。それ以来、菜々子は個別のランチ会には出席していないし、どうしても参加しなければならない会では、その場で一番声の大きい人が頼んだものと同じメニューを選ぶようにしていた。

「おいしそうね」

運ばれたばかりのラザニアを見て、すみれと光稀が声を合わせるように言った。熱々のホタテフライやから揚げを食べている二人からの言葉は本心のように受け取れた。

「大好物なの」

大好きだったメニューを遠慮なく食べることができる日が来るとは。

意図的になのか、そうでないのか、食事が進んでも祭りの話題にはならない。光稀がすみれに芸術村にはどんな人たちがいるのかと興味深そうに訊ねるのを、菜々子は適度に相槌(あいづち)を打ちながら聞いているだけだ。

陶芸家、画家、写真家、染色家、バイオリン職人、ガラス職人、人形作家、と肩書を聞けばなんとなく想像できるものから、空間デザイナーという具体的にどんなことをするのかイメージしにくいものまで、様々なジャンルの人たちがいることを知った。

「バイオリン職人のジュンさんの奥さん、菊乃さんは調理師免許を持っているの」

〈はなカフェ〉でお世話になった人だと、菜々子は顔を思い浮かべることができた。ここでやはり、火事の時のお礼を言っておくべきか。菜々子はタイミングを見計らったが、光稀がすぐに次の質問をかぶせた。

「すみれさんと宮原さんはどういった関係なの？」

いきなり踏み込みすぎではないかとドキリとしたが、反してすみれは飄々（ひょうひょう）とした笑顔をクシャッと大きく崩した。この質問を待っていた、といわんばかりに。

「やっぱりベストな表現はパートナーかな。互いに刺激し合い、高め合う存在。多分、普通の人には理解できないんだろうけど、わたしたちは芸術以外のことで結びついちゃダメなの。くだらない紙切れなんか出したら、求める世界に辿（たど）り着けなくなっちゃう」

「へえ……」

つぶやくようにしか相槌を打つことができず、菜々子はグラスの水を口に含んだ。自分は修一と何で結びついているのだろう。考える間もなく久美香の姿が頭に浮かんだ。車いすに座ったまま無邪気に微笑むかけがえのない存在……。

「さすがプロね。ところで陶芸家といえば、小梅（こうめ）さんって人が有名じゃない？」

菜々子の知らない名前が挙がった。すみれの表情に一瞬だけ影が差す。

「そういえば、何かの雑誌で取り上げられたみたいね。でも、光稀さんが陶芸家を知ってるなんて、興味があるの？」

「ううん。『ＦＬＯＷＥＲ』っていう雑誌に載っていたから。大学時代の友だちがそこの編集部で働いてるから、定期購読してあげてるの。小梅さんはガラスの粉をかけて焼いているって書いてたけど、すみれさんはそういう作品を作ってないの？」

「わたしは土にこだわりたいから、基本、混ぜ物はしない主義」

「そういえば、彩也子ちゃんがくれた翼のストラップも、土の風合いを生かした温かみのある作品ですよね」

どうにか菜々子も会話に参加することができた。

「そうなの。それで、二人にお願いしたいことがあるのよ」

すみれが菜々子と光稀を交互に見ながら言った。どうやら、純粋な祭りの打ち上げではなかったようだ。食事を終えた皿を下げてもらい、光稀とすみれはコーヒー、菜々子はミルクティーを注文したあとで、すみれが絞り染め模様の手提げかばんから、ハガキ大の何かを取り出した。切り抜いた新聞記事をラミネート加工したものだ。

「おとといの新聞を見て、びっくりしちゃった」

すみれがはしゃいだ様子で言ったが、菜々子には何のことだか解らない。取っている新聞が違うのだろう。

「菜々子さん、知らなかった？　これ」

表情で解ったのか、すみれが切り抜きを菜々子の前に置いた。彩也子の名前が最初に目に留まり、作文が掲載されたことを知った。彩也子ちゃんすごい、とつぶやきながら、さっと目を通し始めると、なんと久美香のことが書かれているではないか。久美香を助けてもらったうえに、プレゼントまでもらっていいのだろうかと、翼のストラップを受け取ってしまったことに抵抗を覚えていたのだが、なるほどこんな思いが込められていたのかと、改めて火事から二人が逃げる様子を想像してみた。いや、その前から、人通りの多い商店街を通り、細い路地に入って食堂に向かうときから、彩也子は久美香の不自由さを感じ取り、何とかしてやりたいと思っていたのだ。

「すばらしい詩よね」

すみれが感心したように言った。作文ではなく詩なのか？　と思ったが、すばらしいことには変わりない。本当に、と菜々子も深く頷いた。

「国語の時間に書いた作文が選ばれたらしいのよ。彩也子が一番とまどってるみたい」

光稀がさほど謙遜する様子なく答えた。

「選ばれて正解よ。こんなすばらしい詩、たくさんの人に読んでもらうべきだわ。……だから、ぜひこの詩を、わたしのウェブサイトにもアップさせてもらえないかな」

すみれは作品の販売のためにウェブサイトを開設しており、そこで「花咲き便り」というブログも書いているという。

「一日、千人アクセスすることもあるのよ」

すみれは自信ありげに言った。菜々子は自分でブログを書いたこともないし、芸能人などのブログを読む習慣もないが、千人というのは素人にしては人気があると言えるのではないかと思った。すごいわね、と言いそうになったが、光稀は何やら考え込んでいるようで、二つ返事でOKするわけではなさそうだ。

「一度、そのページを見せてもらっていい?」

「もちろんよ。ああ、タブレットを持ってくればよかった。スマホでよければ」

「ううん、帰ってじっくり見るわ」

「じゃあ、はなさき焼で検索して。鼻崎町の字じゃなくて」

すみれはテーブルの上に指で「花咲焼」と書いた。ずいぶんイメージが変わるわね、と今度は光稀が感心したように言っている。ところで、わたしは何故よばれたのだろう、と和やかな雰囲気の二人を見ながら菜々子は疑問を抱いた。それでね、とすみれが菜々子の方に向いた。

「あつかましいついでに、できれば二人の写真も載せさせてもらえないかなと思うの」

「二人?」

「彩也子ちゃんと久美香ちゃん。こんなにかわいい子たちのことなのかって、読む人のイメージがかなり広がるんじゃないかと思って」

「でも、写真は……」

足が不自由な子だとさらし者にされるような気がした。その上、どこの誰が見て、どんなことに悪用されるかも解らない。

「それも考えさせてもらえないかしら」

光稀がきっぱりと言った。菜々子も強く頷く。

「当然よ。検討してもらえるだけで嬉しい。実現したら、元気づけられる人がいっぱいいるはずだから。……久美香ちゃんは交通事故だったんだよね？」

すみれが遠慮がちに訊ねてきた。ええ、と答えると、酷(ひど)い話なのよ、と光稀が話を継ぐように事故の経緯を説明し出した。菜々子は直接、光稀に事故の話をしたことはなかったが、新聞やテレビでも大きく取り上げられたため、大筋は知っているのだろう。説明に間違いはなかった。

「あの事故だったんだ。怖かったし、痛かっただろうな。なのに、久美香ちゃん、あんなにニコニコしていてえらいなあ。……よくなるんでしょう？」

「そんなこと！」

光稀が遮った。訊くのは失礼だと思ってくれているのだ。久美香ちゃんっていつ歩けるようになるの？　と無責任な訊き方をしてくる近所の人たちと比べれば、すみれは気を遣ってくれている方だ。隠しておいて憶測でものを言われるよりも、ちゃんと話しておいた方がいい。この二人には理解してもらえるような気がした。

「歩けるようになるかどうかは、まだ解らないんです。わたしの父は医者なので、ツテを頼って東京の有名な病院でも診てもらったんですけど、これ以上は治療のしようがないと言われて。だから、いつか歩けるようになるかもしれないし、一生、このままかもしれない」

「そんなに大変な状態だったなんて、ごめんなさい」

すみれがしょんぼりと頭を垂れた。

「気にしないで。大人が心配するほど、久美香は落ち込んでなさそうだし、本人の前ではむしろ車いすでの生活の方が楽しいって思わせられるように振る舞おうって、夫とも決めているんです。周りの人からもかわいそうって思われたくないから」

「わかった。でも、そうなると尚更、詩と写真を載せさせてほしい。もしかすると、いい病院とか教えてもらえるかもしれないじゃない。東京の病院が絶対ってわけじゃないし、海外の病院は当たっていないんでしょう？　ねえ、光稀さん」

「そうね。私もできる限りの協力はさせてもらいたいけど……」

光稀の返事は歯切れが悪い。もしかすると同じ事を気にしているのではないか、と菜々子は思った。

「ねえ、何がそんなに気になるの？　わたしなんかのサイトに載せても、たいした反応ないんじゃないかって疑ってるの？　花咲焼は〈はな工房〉での売り上げはいまいちで、町内での知名度は低いけど、ネットでは人気があるんだから。特に、東京とか、横浜とか、そういうところに住んでいる人からの注文が多いし、わたしはそれで生計を立ててる」

　そういうことではないのだと、菜々子は心苦しくなった。しかし、すみれにあのことは言えない。彼女の同居人である宮原健吾に口止めされているのだから。

「ごめんなさいね。アクセス数とかそういうことを気にしているんじゃないの。ウェブサイトに、住所や家の周りの写真を載せてない?」

　光稀が言葉を選ぶように言った。

「どういうこと?」

「察してほしいんだけど」

「何を?」

　光稀はあのことをすみれが知っていると思っているのだ。

「ダメ、光稀さん!」

　声を上げたあとで後悔した。すみれに光稀を問い詰めてくれと促しているようなものではないか。こうなるともう覚悟を決めなければならないが、自分から伝わったと知られたくない、と菜々子は法被姿の健吾の繊細で優しそうな顔を思い浮かべた。

送るという光稀の申し出を断って、星川すみれは岬に続く海岸線をとぼとぼと歩いて家まで向かった。民家もない。街灯もない。建物が見えたと思えば、廃校。ない、ないということがこの町の魅力だと思っていた。ない、からどんなことが起きるのか。一度もイメージすることのないまま、のほほんと過ごしていたつけがまわってきたのだ。

*

まだ日は高いのに、ない、ということが薄気味悪く、自然と早足になっていき、最後には駆け足で家の中に飛び込んだ。

カレーの匂いが玄関まで漂っている。今日は健吾が食事当番だ。台所に向かうと、シンクに向かってレタスを千切(ちぎ)っていた健吾が振り返った。

「おかえり。こんな時間まで出てるなんて、よっぽど楽しかったみたいだね」

この顔を見ても本当にそう思えるのだろうかと、すみれは表情を変えずにダイニングセットの椅子を引いてドカリと座った。菊乃さんの家庭菜園でできたものをわけてもらったのか、スナップエンドウが山盛りになったザルがテーブルの中央に置かれている。それを引き寄せて、ブチブチと筋を取り始めた。

「あれ？　なんか嫌なことでもあった？」

健吾がへらへらしたまま訊ねる。嫌なことだらけだ。

消火活動を表彰されたのは、まったく役に立っていない商店街の年寄りたちだった。火を消したのはすみれたちだというのに。正確には、すみれとサブローだ。ボランティアを頼んだ高校で美術の臨時講師をしているサブローは、出火時、足りなくなったパン粉を買いに食堂を出ていたが、火事に気付いて引き返し、食堂にいた人たちに逃げるよう声をかけ、厨房に準備していた消火器で火を消し始めた。すみれが来たときにはかなり火はおさまっていたが、すみれも持参した消火器で一緒に作業を行い、この段階で火は完全に消すことができていたはずだ。年寄り連中がやってきたのはそれからしばらく経ってからだ。

しかし、サブローも健吾もこれでいいのだと口を揃えて言った。余所者が企画した祭りで火事が起きたのだから、地元民はもうこれ以上おかしなイベントをやってくれるなと言い出すかもしれない。それどころか、芸術家たちそのものを疎(うと)ましく思うようになるかもしれない。でも、地元に影響力のある声の大きい人たちをいい気分にさせておけば、最悪の事態は回避されるはずだ、と。そうかもしれないと納得はしたが、せめて法被は今回のために作ったものを着ていってほしかった。

陶芸をしているので、火はそれほど怖くありません。それよりも、祭りに来てくださった方々を守りたいという思いでいっぱいでした。……そんなコメントまで考えていた自分にも腹が立つ。

納得できなかったのはそれだけではない。女子高生二人が表彰されるのなら、その前にまずは彩也子ではないのか。小さな体で久美香を背負って食堂から出てきたのだから。やはり、この町の人たちは自分の半径三メートル以内でしか物事を見ようとしないのだ。

そのうえ、窯での作業中にるり子がわざわざ分厚いファッション誌を持ってきた。

――すーちゃんと同じ大学出身の陶芸家が載ってるんだけど、年も近そうだし、知り合いじゃないかと思って。

無視をしてろくろを回すすみれに雑誌を開いて差し出してきた。

――さあ、うちの学校、人数多いから。

誌面にちらりとだけ目を遣り、すぐにろくろに視線を戻したが、胸の中をぎゅっとつかまれ、全身からじわじわと汗が流れ落ちる感覚に捉われた。知っているも何も、同級生だ。しかし、小梅の作品が評価されたというのを学生時代に聞いたことはなかった。それよりも、ファッション誌の読者モデルをしていることで小梅は有名で、すみれも顔と名前くらいは知っていたのだが。

るり子はつまらなそうに雑誌を置いて帰っていったが、すみれはもうろくろを回している場合ではなかった。雑誌にはカラーで二ページにわたり、小梅と作品数点の写真、そして、インタビュー記事が載せられていた。笑い方は読者モデルの時と変わらない。

わたしそのものが作品だといわんばかりの自信に満ちた笑みを浮かべ、堂々たるポーズを取っている。

作品は花瓶と平皿、ビアグラス、どれも黒い釉薬に浸した上から色とりどりのガラスの粉をかけて焼いている。一昔前の都会のネオンのようだと毒づいてみたが、記事では、おとぎ話の絵本に出てくる幻想的な星空みたいだと表現されていた。しかも、三カ月後にイタリアのベネチアで行われる芸術祭に招待されているとも書いてあった。日本人の参加は七年ぶり、日本人女性では初めてなのだ、とも。

膝が震えてうまく立ち上がることができなかった。今の今まで存在すら思い出すことのなかった人に、もしかして自分は嫉妬しているのだろうか。同じ大学の同級生というだけで。作品を競っていたわけではない。好きな男を取り合っていたわけでもない。なのに、どうしてこんなに胸がざわつくのだろう。

とにかく、このままではいけない……。

しかし、翌日の朝刊で一筋の光明が差しこんできた。昨夜はかなり歯ぎしりをしたかもしれないな、と固まりきった首筋をほぐしながらキッチンに入ると、健吾が新聞を読んでいた。すみれはテレビ欄と広告と、あとはパラパラとめくりながら目に留まった記事だけを読むのだが、健吾は毎朝、端から端まで読んでいる。

世の中は自分の知らないことだらけだってことが解るからね。健吾はそう言うが、すみれはすべてを知る必要はないと思っている。自分に必要なことだけでいい。

――鼻崎第一小四年の相場彩也子ちゃんって、祭りの実行委員の相場さんの子かな。

健吾は紙面に視線を落としたまま言った。彩也子の顔はすぐに浮かんだ。もしかして、あの子も表彰してもらえることになったのだろうか。頭に包帯を巻いた姿が痛々しかった。少しでも、何か喜べることがあればいい。

ここ、と健吾が新聞をダイニングテーブルの上に広げて置き、左上の端を指さした。読者の投稿コーナーに、彩也子の文章が掲載されている。

翼……。彩也子が翼のストラップを二つ買ったことを思い出した。片方を誰かにあげると言っていたが、二人でなら飛べる、そんなふうに解釈してくれていたからだとは。すばらしい詩だ。作品に込めた思いを、純粋な子どもはこれほどにくみ取ってくれるものなのかと、涙が浮かび、新聞の文字がかすんだ。

この詩を作品と一緒にサイトにアップしたい。そうだ、二人の写真も一緒に載せればさらにメッセージをイメージしやすくなるのではないか。光稀も菜々子も、喜んで引き受けてくれるに違いない。なのに……。

「『おまえ、芝田か?』」

ザルの手前に、筋の山と筋なしスナップエンドウの山ができている。すみれは残骸の方、筋の山に目を向けて言った。

「……ああ、仏壇屋さん、言っちゃったんだ」

　健吾が向かいに座り、ザルに残っているスナップエンドウに手を伸ばす。やっぱり、とすみれはつぶやいた。〈岬タウン〉で殺人事件があったことを話してくれたのは光稀だが、すみれがそれを知らないと思っていなかったという。無神経なことをしてしまったと、申し訳なさそうに謝ってくれた。気になったのは、菜々子の方だ。すみれが知らないということを知っていた。となれば、出所はやはりここだったのだ。

「言っちゃったんだじゃないでしょう。どうして、隠してたの？」

「別に、隠していたわけじゃないんだけどな」

「隠す気がないなら、最初に言うでしょ」

「言ったら、ここには来てなかった？」

　それは、どうだろう。この岬にやって来ず、家も見ず、ただ殺人事件が起きたところだけど創作環境としてはいいところ、と言葉やメールの文章だけで判断するのなら、即、断っていたはずだ。では、もし、ここを訪れた初日に聞かされていたら、踵(きびす)を返して帰っていっただろうか。海の見える坂道を下りながら、岬の方を振り返り、振り返り。

「やっぱり、ここに住んでたと思う」

「だろう。それにさ、じゃあどこまでが事件現場なんだって思わない？　他の町の人から見れば鼻崎町全体が殺人現場とも言えるのに、みんな普通に生活してるじゃないか。

どこで線引きしてるわけ？　フォローになるかどうかわかんないけどさ、少なくとも、この家の敷地は事件現場ではない。ちゃんとそこを避けて選んだからね」

「正確な場所はどこなの？」

「言わない」

ということは、すでに誰かが住んでいる場所だとすみれは察した。〈岬タウン〉は一〇区画に区切られている。現在、五区画に家が建っている。もしも、現場がまだ売れていない場所ならば、健吾が隠す必要はない。

「健吾以外、みんな、知らないんだよね」

「そんなことはないだろう。土地の値段は安いといっても、売れない芸術家がポンと一括で払えるような額じゃない。大きな買い物をするんだ。そこがどういう場所なのか、事前にちゃんと調べるんじゃないのか？」

すみれの憶えている限り、どの家も夫婦揃って新築の家に越してきた。他人が建てた家に後からやってきたのはすみれだけだ。ということは、知らなかったのは自分だけか、とすみれは考えた。だが待てよ。それなら、殺人現場の区画は空いているはずだ。

「それにさ、そういうことがあった場所だからこそ、田舎なのに地元ルールに縛られず、芸術家たちのユートピアに成り得ているんじゃないか」

それには同意することができた。祭りの開催に当たり、役場や商工会議所だけでなく、商店街会長の奥さんから、あそことあそことあそこには菓子折りを持って挨拶に行っておいた方がいい、と言われた人たちのところにも訪問した。地元の名士と呼ばれていたが、具体的にどんな偉業を果たした人なのかは知らない。全員が歓迎してくれたわけではなかった。鼻崎町の品格を落とさぬように、と釘をさす人もいたし、芸術家かと鼻で笑い、大事な町の金を預かるのだという自覚はあるのかね、と懇々と説教を始める人もいた。

そういう人たちと普段、関わらなくていいだけでどんなに気楽なことかと、祭りを通じて知ることができた。それ以前に、窯の煙のせいで洗濯物が干せない、と文句を言う人がいないだけでも、ここは最高の場所と呼べる。芸術家というだけで変人扱いされることは覚悟の上だ。だが、さらに色眼鏡で見られるのはやはり辛い。

「でも……」

「何か言われたのか？」

「売名行為のためにいわく付きのところに住んでいるって、勘違いしてる人たちもいるみたい。実際に、事件や事故の現場だったところに、オブジェを置いてネットにアップしている、たちの悪い自称芸術家もいるし。テレビでも批判されてたじゃん」

「そう思いたいヤツらなんてほっておけばいい。理解してくれる人だけに届けばいいじゃないか。もう一回、おとといの新聞、読んできたら」

健吾は手をパンパンと払って、空になったザルに筋を取ったスナップエンドウを入れた。すみれも同様に、自分が筋を取ったものを元に戻した。一番の理解者である彩也子の保護者に難色を示されているのだ。

「さっとゆがいて、熱々のうちにマヨネーズ付けて食おう」

健吾は鍋に湯を沸かし始めた。これ以上は立ち入り禁止、と自分と健吾の間に黄色いテープを張られたような気分になる。このテープが見えている限り、くだらない紙切れを役場に提出する予定はあるのかと、すみれの方から健吾に訊ねることはできない。今更、お腹(なか)が空(す)いていない、とも言えず、着替えてくると言い残し、キッチンを出て行った。

「おかわり」

健吾の前に、空になったカレー皿を差し出した。食事当番だからといっておかわりまでよそう必要はないのだが、自然とそうしてしまったくらいにすみれは浮かれている。

「たった半時間で何があったの?」

あきれたように言いながらも、健吾はご飯とカレーをつぎに席を立ってくれた。すみれはその間にスナップエンドウを三つ、口に放り込んだ。食欲がわかないのはトリプルミートセットのせいではないことを、ついさっきまですみれ自身気付いていなかった。

部屋に戻り、服を着替えて手提げかばんから携帯電話を取りだすと、光稀からメールが届いていた。

『今日は誘ってくれてありがとう。彩也子の作文と写真の件、了解しました。ぜひ、載せてやってください。誤解してたことがものすごく恥ずかしいくらい、素敵なブログね。すーちゃんと私、本当に同じ町に住んでいるのかしら？　って思うくらい。すーちゃんの目を通して見える鼻崎（花咲）町はとても魅力的よ』

二回、読み直し、興奮で指が震えだす前に、直接、光稀に電話をかけた。すると、メールに書いてくれたのと同じようなことを言われ、さらに、決断の後押しをしてくれたのは彩也子なのだと教えられた。

光稀がリビングのパソコンですみれのウェブサイトを見ていると、学校から帰ってきた彩也子が画面に自分が買ってもらったのと同じ翼のストラップが映っているのを見つけ、どうしてこのサイトを見ているのかと訊いたのだという。そこで、光稀は彩也子に意見を聞いてみることにした。作文を書いたのは彩也子だ。すみれのウェブサイトが事件を連想させせないものだと解ったからといって、彩也子の許可なしで掲載するのはよくない。

彩也子にすみれの申し出を伝えると、絶対に載せてほしい、と言ったそうだ。遠くに住んでいる人にも読んでもらえるんでしょう？　と目を輝かせていたのだ、と。写真も載せてほしいからと、彩也子が〈堂場仏具店〉に電話をかけ、菜々子を説得し、久美香もとても喜んでいた様子だという。

「なるほど、家に帰ってきたときは保留にされてる状態だったんだな」

健吾がカレーを頬張りながら言った。

「そうなの。でも、よかった。解ってもらえて。それでね、せっかくだからみんなをこの家に招待して、子どもたちの写真を窯の前で撮ろうと思うんだけど」

健吾との関係を互いの芸術性を理解し合える最高のパートナーだと納得していても、やはり、ここは健吾の家で自分は住まわせてもらっている立場にあるという思いが、すみれの中にはある。

「いいんじゃない？　岬の端の方まで行ったりとか、この辺りならどこで撮っても絵になるんだし、ゆっくりしていってもらえばいいじゃん。そうだ、せっかくプロがいるんだからベンさんに撮ってもらえば？」

「それいい！」

〈岬タウン〉の仲間。鼻崎町の仲間。水をせき止めていた大きな岩がゆっくりと動き、これまでよりもっと先、広い海を目指して進んでいけるような気がした。

＊

すみれ　詩と写真をアップさせてもらったところ、想像以上の反応があったんです。やはり最初は、久美香ちゃんのように車いすで生活している人たちや、その保護者の方々が注目してくださいました。しかも、彩也子ちゃんのすばらしい詩に影響を受けて、翼のストラップをペアで注文してくださる方がほとんどでした。
ＳＩＣＡ　実は、私もペアで買わせてもらったんですよ。片方を誰にあげたかは訊かないで（笑）。でも、ネットに寄せられたのは注文だけではなかったんですよね。
菜々子　はい。全国の皆さまから久美香への励ましのメッセージをたくさんいただきました。その中には、久美香よりも症状の重いお子さんもいて、逆に、私たちから何かできることはないだろうかと考えるようになりました。
ＳＩＣＡ　そこで、「クララの翼」を立ち上げられたのですね。
すみれ　そうです。売り上げの一部を、車いすで生活する人たちを支援する団体に寄付させていただきたいと思いました。
ＳＩＣＡ　まさに、詩の通り、片方の翼しか持たない人間同士、手を取りあおうという思いから生まれたのですね。ところで、名前の由来は？

光稀　応援メッセージの中で、子どもたち二人を『アルプスの少女ハイジ』のハイジとクララにたとえてくださった方がいたんです。年齢は逆だけど、確かによく似た関係だなと思いまして、クララという名前を使わせていただくことにしたんです。

すみれ　岬の花畑がアルプスの景色のようだと言ってくれた方もいました。

SICA　私もぜひ一度行ってみたい！　そして、ここまで愛されるようになったのですね。皆さんの今後ますますのご活躍を、これからも応援させていただきたいと思います。本日はどうもありがとうございました！

第四章　誰がための翼

「聞いた？　あの噂」

「指名手配犯をこの町で見かけたっていう？」

「そうそう。『おまえ、芝田か？』の人。もとはハッスイの人じゃない。だから、遠目に見ても解る人には、解るらしくて、結構、何人か目撃してるみたいよ」

「怖いわね。この町に戻ってきたってことでしょう？　でも、どうして？　まだ時効も過ぎてないのに。あれ？　殺人事件は時効、なくなったんだっけ？」

「それが、これもママ友から聞いたんだけど、金を探しにきたんじゃないかって」

「どういうこと？」

「殺害された何とかっていうおじいさんはかなりのお金持ちだったみたい。資産の一部を金に換えて、自宅の金庫に入れていたんだけど、事件の後で家族が金庫を調べたら、全部なくなっていたんだって」

「でも、おじいさんが殺されたのは、家じゃなくて岬でしょう？」

「だから、強請られるか、騙されるかして、おじいさんは岬で金を芝田に渡すことになったんじゃないかな。いかにもって場所じゃない。それで、渡したその場で殺された。でも、金が思った以上に多かったか重かったかして、芝田は金を、全部、もしくは一部を隠すことにしたのかもしれない。なのに、犯人だってことがすぐにバレて、町を慌てて出て行かなきゃならなくなった」

「なるほど。それで、五年もたてば忘れられているだろうって、戻ってきたわけね」

「じゃなくて……」

＊

祭りから五カ月——。堂場菜々子は切り抜いた新聞記事や雑誌のページを挟んだファイルを閉じた。パタンと空気を含んだ音が上がったのと同時に、ため息が漏れる。

ひと昔前なら、新聞に載るのは名誉なことだと手放しで喜べたのかもしれない。菜々子も小学生の頃、一度だけ、県の書道コンクールに入賞して、小さく名前が載ったことがある。それを母親は切り抜いて手帳に挟み、しばらくのあいだ持ち歩いていた。それとは別に、菜々子の名前が載った新聞を三部買い、一部は保存用、あとは父と母の実家、菜々子の祖父母に宛てて一部ずつ送っていた。たかだか、名前が載っただけでそうなのだから、母が生きていたら、どれほど喜んでいただろうと想像してみる。

久美香は名前どころか、全身写真まで掲載されたのだから。それに、今や、新聞の地方版だけではない。夏休みを利用して東京に行き、有名なファッション誌で取材まで受けた。すみれによれば、テレビ局からも取材の申し込みがあったという。先ほど、昼過ぎ、すみれは受けることを当然のようにメールで報告してきたが、菜々子はできれば断りたいと思っている。

もう三、四カ月早く、講演会があれば……。

菜々子は昨日、二学期のPTA行事として小学校で行われたネット社会に関する講演会に出席した。参加者は高学年の児童の親が大半で、場違いなところに来てしまったかと後悔もしたが、外出する機会の増えた久美香に、携帯電話を持たせることにしたのだから仕方がない。そのうえ、店番があるので行けないがどんな内容だったか後で教えて欲しい、と光稀からも頼まれていた。商店街の定休日は新しく出来た店には関係ないようだ。そういった事情もあり、メモ帳まで用意して、「ネット社会の脅威から子どもを守る」という題目の講演に耳を傾けた。講師は、ネット問題に詳しい弁護士だという、菜々子とあまり年の変わらなそうな男性だった。

前半は主にSNS上での仲間外れやイジメの問題についてだったが、それに関して菜々子は特に気になることはなかった。久美香の電話相手はほとんど菜々子だからだ。先月から、光稀の娘、彩也子も同様に携帯電話を持つようになったため、メールのやり取りは行っているようだが、彩也子は光稀から電話の使用は午後九時までと決められているらしく、久美香の電話がその時間以降に鳴ることはない。

話が進むにつれて、菜々子は内容を半分も理解できなくなっていた。

――久美香ちゃんもスマホにしたらよかったのに。

彩也子がそう言っているのを聞いたことがあるが、それにすらどういったメリットがあるのかも、菜々子には解らなかった。

――ネット上に写真を掲載したことがある人はいませんか？

集中力が欠けていき、うとうとしかけた頃、講師が声をワントーン上げて放った言葉が菜々子の耳に突き刺さった。すみれのウェブサイトに掲載している久美香の写真が頭に浮かぶ。膝に載せていたメモ帳とペンを持ち直して、話に耳を集中させた。

誰でも見ることができるという自覚は持っているのか。悪用されるかもしれないと考えたことはあるか。一度掲載したら、たとえ後から削除しても、ネット上から一〇〇パーセント消し去ることはできない。何年も残り続ける。就職試験の際、企業側が試験を受けた学生を一人ずつ検索し、ネット上に表れた過去の履歴が原因で落とされた人もいる。本当に悪いことをしていたのなら仕方ないのかもしれないが、本人にはまったく身に憶えのないことだったという例も多々生じる……。

胸がざわつき、上手く文字を書くことができなかった。久美香が将来、そんな被害に遭ってしまったらどうしよう。その可能性はすでにゼロではなくなっているのだ。すみれのウェブサイトなどそれほど見る人もいないだろう、と安易に考えていたことを後悔した。まさか、久美香の写真や彩也子の作文を掲載したからといって、あの程度のストラップが売れるようになるとは、心の片隅でも思っていなかったのだ。それが新聞に載り、雑誌に載り、いったいどれほどの人たちが久美香の姿を目にしているのか。

すみれは陶芸家としてはたいしたことはないのかもしれないが、マネジメントの才能はあるのかもしれない。つい最近、光稀がそんなことを言っていたのを思い出した。光稀に相談して、テレビ出演は断りたいとすみれに一緒に伝えよう。今更ではあるが、ウェブサイトの写真も削除してもらおう。

これまでは久美香の意思を尊重してきた。取材を受けたいと言ったのも久美香だ。これらは一見、理解ある親の行動のように受け取れるが、実は責任を放棄していたに過ぎないのだ、と菜々子は思った。写真を載せてもらえると聞けば、子どもは喜ぶものだ。それでいい。しかし、親はその先に何があるかを予測しなければならない。危険が及ぶ可能性があれば、そこを通らないようにしてやるのが親の役目なのに。

久美香の喜ぶ顔を見ることが一番だと思っていた。しかし、今の笑顔のために、将来、泣くことになるリスクを負うのは間違っている。自分はこのまま仏壇屋の店番でいい。義母の失踪から一〇年経ったら、店を閉めようと、夫の修一は言っている。いい年をして家出をした母親が今更帰ってくるとは思っていないのかもしれないが、何かしらの区切りは欲しいのだろう。しかし、母親のために仏壇屋を残しているのだとしたら、菜々子はただの繫ぎということになる。だが、その事実に不満を抱くほど、仕事を頑張っているとは言えない。自分のことになど興味がないのだ、と菜々子は改めて感じた。大切なのは久美香だ。足にハンディを負ったとはいえ、彼女には無数の可能性がある。将来は、久美香のなりたいものになって欲しい。

「もう、久美香ちゃん。12引く5は7でしょう。本当に算数が苦手なんだから」

奥の部屋から彩也子の声が聞こえた。彩也子は週三日、習い事のない平日の放課後はこの家にやってくる。小学校まで久美香を迎えにいくと、隣に彩也子も一緒に立っているのだ。宿題を一緒にするの、と久美香が嬉しそうに言うので、喜んで連れて帰り、菜々子の家に迎えにきた光稀からも、子ども同士の方が楽しいんでしょうね、と言われると、久美香にきょうだいを作ってやれなかった菜々子としては、彩也子は有難い存在のように思えた。礼儀正しいし、部屋をちらかすこともない。

久美香の宿題を肩代わりすることもない。解らないところは丁寧に教え、菜々子が宿題を見てやる必要もなくなった。それでも……、と時折、胸がざわりとする瞬間がある。居間での会話が店まではっきりと聞こえてくることはない。大切な人を亡くしたお客様が来ているところに、笑い声やお笑い番組の音が聞こえてはならないという配慮が施された造りになっているのだと、義母から聞かされたことがある。とはいえ、店を訪れた客の「ごめんください」という声が聞こえないのも困るため、居間のドアを開けていれば声が届くようになっている。

彩也子の声が聞こえるのは、こんなふうにいかにも勉強を教えてやっているという時ばかりだ。まさか、ドアのことは知らないだろうから、もともとドアは開けていて、菜々子にアピールしたい時だけ声を張っているのではないかと思う。しかし、菜々子はそれが不快だった。

彩也子の方が学年が三つも上なのだから、久美香にとって難しい問題でも、彩也子にとっては簡単に思えるのは当然だ。そのうえ、算数が苦手など、そんな意識を植え付けないで欲しい。菜々子は久美香が算数が苦手だなどと、一度も感じたことはないのだから。怒ることではない。注意することでもない。さりげなく、やっぱり時間がもったいないから、宿題は夜にして遊んでもいいのよ、と言ってみてはどうだろう。

そんな台詞は今日思いついたわけではない。何週間も前から頭の中にあるし、おやつを出してやるタイミングで、やっぱり、まで言いかけたことだってある。しかし、言葉を飲み込んでしまう。彩也子の額の傷痕がこれ以上言うなと訴えかけてくるのだ。そして、「やっぱり、こうして見ると姉妹みたいだわ」と思ってもいないことを口にする。彩也子は満面に笑みを浮かべ、久美香を振り返る。久美香もにんまりと笑う。これでいいのだ、と菜々子はあきらめるしかない。

「彩也子ちゃんだって、……できないくせに」

思いがけず、久美香の反論が聞こえてきた。何が苦手なのだろうと耳をすませてみるが、二人はあえて声を潜めて話しているようだ。

ガラリ、と店の引き戸が開いた。こんにちは、と光稀が入ってくる。

「いつも、ゴメンね」

光稀のいつもの台詞だ。紙袋を手渡される。

「ミカンのコンポート、よかったら食べて。学生時代にバイトをしていたレストランが出しているものなの」

週に一度、光稀は手土産を持ってくる。東京の有名店のものばかりだ。たいしたおやつを出しているわけではないので気を遣わないで欲しい、と初めこそ伝えたが、自分が食べたいものをネットで取り寄せてお裾分けしているだけだから、と光稀にカラッとした表情で言われると、こちらもカラッとした口調で、いただきます、と言って受け取る方がいいように思えた。

「ありがとう。いただきます」

ただし、イメージ通りに伝わっているかは自信がない。光稀が店の奥に目を遣った。

彩也子を呼ぼうとしているのだろう。

「待って、光稀さん。ちょっと相談したいことがあるんだけど、時間、大丈夫？」

「私はまったく。旦那（だんな）は今日も残業だし」

ならば、と菜々子は客用の椅子を光稀に勧め、店の奥に用意している電気ポットですばやく紅茶を二人分用意した。光稀が一口飲んだのを確認して、話を切り出す。

「テレビ取材のことなんだけど、お断りしませんか？」

光稀にはタメ口で話すようにと言われているが、マジメな話になると、変換の仕方が解らない。部活動の先輩に次の試合を辞退するよう促すような、緊張感が張り詰めた面持ちで、菜々子は光稀に講演会で聞いたことを話した。

「テレビに出てしまったら、動画サイトに子どもたちの映像がアップされてしまうかもしれないでしょう？」

「いいじゃない」

額に汗を滲ませながら説明したのに、何も伝わらなかったかのような返事だった。

「将来、彩也子が就職試験を受けるときに、人事部の人たちがその動画を見るかもしれないっていうことでしょう？　新聞記事も読むかもしれないし、私としてはこのあいだの『FLOWER』の記事もネット配信して欲しいくらいだわ」

「だって、悪用されたら」

「確かにそういったものも混ざるかもしれない。だからこそ、良いことをした正しい記事を増やしておかなきゃ、とは思わない？　菜々ちゃんは心配しすぎよ。物事はもっと前向きに捉えなきゃ。私が会社の人事の人間なら、今の活動を大いに評価するわ。取材を受けることが、子どもたちの将来を後押ししてくれる可能性の方が高いじゃない」

　菜々子は冷めた紅茶をすすった。そうしなければ、ため息がこぼれていたはずだ。光稀の言うことも一理ある。就職試験だけでなく、大学入試などでもボランティア活動の経験があると有利に働くと聞いたことがある。しかし、胸を張って今やっていることがボランティア活動だと言える自信もない。ストラップの売り上げの一部を寄付しているとすみれからは聞いているが、どこの団体にいくら払ったのかまでは知らない。そもそも、売り上げがいくらなのかも解らない。

　菜々子も光稀も一円だって受け取っていないのだから。

「ところで、テレビっていつ？」

「詳しいことは、すみれさんに訊いてみないと」

「そうね。でも、菜々ちゃんの心配、私にもよく解る。どこの媒体なら信用できるとか、どんな事に気を付ければいいとか、マスコミ関係の友だちに相談してみるわね」

　ちゃんと伝わっていたんじゃないか。菜々子はホッと気を緩めて、光稀を見つめ返した。

「ぜひ、お願いします。光稀さんって、すごい友だちがいっぱいいるのね」

「みんなただのサラリーマンよ」

　光稀はそう言うと、店の奥に向かい、彩也子！　と声を張り上げた。

光稀と彩也子が出て行くのとほぼ入れ違いに修一が帰宅した。昼のうちにカレーの準備をしていたため、温め直すだけだ。修一はハッスイの作業着姿のまま、線香の香りが漂う居間に行き、「風呂に入るぞ」と久美香に声をかけた。夕方、仏壇に線香を立てるのは小学生になった今年から久美香の役割となり、修一はついでのように仏壇の前で手を合わせているはずだ。毎日楽しみにしている教育テレビのアニメを見ていた久美香は「あともうちょっとだから」と甘えた声を出す。

「パパは久美香がテレビを見ているところしか見たことないけど、ちゃんと宿題はしているのか?」

「とっくに終わってるよ」

「へえ、すごいじゃないか。久美香は勉強が好きなんだな」

「でも、算数はニガテ」

菜々子は鍋をかきまぜていた手を止めた。

「そっか。パパに似ちゃったんだな。ゴメンよ~、久美香」

そう言って修一が久美香の脇でもくすぐったのか、久美香がキャッ、キャッ、と声を上げている。

「久美香は算数、ちゃんとできてるわよ!」

コンロの火を止めて、菜々子はテレビ画面を塞ぐようにして二人の前に立った。修一も久美香もキョトンとした顔で菜々子を見返す。何をムキになっているんだ？　とでもいうように。白けた空気まで漂い始めた。

「言霊(ことだま)っていうでしょ。苦手なんて口に出したら、本当にそうなるんだから……」

明るく取り繕うように言ってみたが、久美香は菜々子から目を逸らし、何やらぶつぶつ言っている。だって彩也子ちゃんがそう言ったんだもん。菜々子にはそう聞こえた。

「そうだな、苦手なんて言っちゃダメだ。算数が得意になるように、今日は百まで数えるかわりに足し算五問やるぞ」

修一が勢いよく久美香を抱き上げた。ヒャッ、と声を上げた久美香の顔にはすっかり笑みが戻っている。

「答えが二〇以上になる問題はダメだよ」

計算をすること自体には文句を言っていない。もし、修一がいなくて、久美香と二人、食卓で向かい合っている時にこの話になっていたら、とその光景を想像し、菜々子は深くため息をついた。

久美香を寝かしつけた後、ビールで晩酌をしている修一に、菜々子はテレビ取材の件を相談することにした。

「ポテチがないんだけど」

修一の酒のつまみはスナック菓子と決まっていた。小分けになったポテトチップスを買い置きしていたのだが、そういえば、夕方、久美香と彩也子におやつとして出したのが最後の一袋だった。こういう時に限って、惣菜の作りおきも、商店街の人からお裾分けされた漬物もない。

「そうだ、光稀さんからもらったのが確か……」

菜々子は光稀に渡されていた紙袋から包装された小箱を取り出し、包みを開けた。コンポートと聞いてピクルスのようなものを想像していたが、縦長の瓶に皮を剝いたミカンが丸ごと三つシロップ漬けにされている。

「ミカンか。缶詰の中で俺、ミカンだけが嫌いなんだよね」

「でも、東京のレストランが出しているものらしいから、缶詰の味とは少し違うんじゃないかしら。光稀さんがアルバイトをしていたところだって」

ビールに合うかは別にして、菜々子はガラスの器を二つ用意すると、ミカンを一つずつよそった。久美香には朝食のデザートにしよう。先に、修一がフォークを刺してかぶりつく。

「やっぱり、缶詰の味と同じなんだけど」

菜々子もフォークで四等分し、一切れを口に運んだ。ミカンの缶詰じたい、十何年も食べていなかったが、なるほど、こんな味だったような気がする。しかし、それを口に出してしまうと光稀の悪口を言っているようで、こういうものだ、というふうに頷いてみるだけにした。

「それより、テレビ取材のことどう思う？」

講演会の内容については、昨晩伝えてある。

「俺も出ない方がいいと思うな。そろそろ潮時だろ。久美香の事故を利用している、って陰口叩く連中も出てきそうだし」

「そんなこと言ってる人がいるの？」

「実際に聞いたわけじゃないけどさ……」

修一は残りのミカンを口に放り込んだ。甘っ、と顔をしかめる。

「出る杭は打たれる。これ、田舎の常識」

＊

携帯電話とＰＣメールを確認したが、すみれからの連絡は届いていない。テレビ取材のことなど、相場光稀は一度も聞いていなかった。彩也子が自室に入ったのを確認して、すみれ宛にメッセージを送る。

『プリザーブドフラワー教室の方が忙しくて、なかなか連絡できず、ゴメンなさい。菜々ちゃんからテレビ取材のこと聞きました。私は大歓迎です。菜々ちゃんは迷ってるみたいなので、二人で説得しましょう。近いうち、ランチでもどう？』

菜々子にだけ先に伝えたことを責めているようには思われない文章になっているはずだ。送信ボタンを押した。すみれからの返信はいつでも一分以内に返ってくる。対して、菜々子はいつも数十分、数時間後。酷い時など、半日経っても連絡がこないことがある。だから、すみれも先に菜々子に連絡したのだろうと合点がいった。それとも、光稀が引き受けることは予測済みで、菜々子の返事を確認してから、報告しようと思っているのかもしれない。

電話をテーブルに置き、キッチンに紅茶を淹(い)れに行く。菜々子はミカンのコンポートをもう食べただろうか。夕食後のデザートにコンポートを食べた彩也子は、丸いままを一口齧(かじ)るとフォークを置き、両手で挟み込むように頬に手をやった。

――ほっぺが、落ちちゃう、落ちちゃう。

子どもらしい仕草に、胸が和んだ。スーパーで売っている安物のミカンの缶詰とは違うのだから、おいしいのは当然なのだが。菜々子もひと言くらい、それらしい事を言えばいいのに、と思う。受け取るときに礼は言われても、後日、おいしかった、久美香も喜んでいた、などといった感想を聞いたことは一度もない。

ティーカップを片手に居間に戻ったが、すみれからの返信はまだない。風呂にでも入っているのだろうと、光稀はノートパソコンを開き、プリザーブドフラワー用の材料の注文を始めた。習いたいと言っている人がたくさんいる、と言われても半信半疑のまま、講習会の案内を商店街のウェブサイトに掲載すると、定員五名は一日で埋まった。それどころか、応募者は二〇名を超え、今回が無理なら次回の予約を入れておきたい、という人までいて、結局、一週間に三回、講習会を開き、以後、それが毎週続いている。

同年代の女性たちから、光稀先生、と呼ばれるのにももう慣れた。

——光稀先生、『ＦＬＯＷＥＲ』見たわよ。すごいじゃない。

いったい何人から言われたか。返す言葉も決まっている。

——私の学生時代の友だちが『ＦＬＯＷＥＲ』の編集部で働いてるから、たまたま声をかけられただけよ。

それから、モデルのＳＩＣＡは実際に会うとどうだったのか、などとおしゃべりは尽きなくなるのだが、皆、それを楽しみに来ているようなものなのだから仕方ない。すみれに言わせれば光稀が借りている店舗は「町屋風のレトロモダンな建物」なのだが、光稀はもっと広くて明るいところでやりたいと思った。

海を見渡しながら窯に向かえるすみれの工房のような、絵になる場所で。

電話が鳴った。すみれからのメッセージだ。

『明日二人で会えませんか？』

菜々子がすみれにも講演会の話をしながらゴネたのかもしれない。ランチに誘うと、マンションに行ってもいいかと訊かれ、光稀は了承した。

電話を置き、ノートパソコンを閉じると、深夜〇時をまわっていた。夫の明仁が帰ってくる気配はない。


すみれならコンポートを喜んで食べると思っていたのに、手を付ける気配がない。冷えたシロップのせいで、ガラスの器は汗をかいている。フォークは光稀が出した状態、テーブルに平行に置かれたままだ。すみれは座ったまま、居心地悪そうに部屋をキョロキョロと見回している。視線が止まった。その先にあるのはフォトフレームだ。

「取材の後で、ＳＩＣＡさんと彩也子で撮らせてもらった写真。二人ともすごくいい表情をしてるでしょう」

ＳＩＣＡの笑顔はプロが作るものだが、彩也子のそれも負けていない。すみれは席を立ち、飾り棚の上にあるフォトフレームの前まで行った。写真に顔を近付けてじっと見ている。そして、振り返り、ガバッと頭を下げた。

「光稀さん、ゴメン！」

事態がまったく飲み込めない。

「……何が？」

「テレビの取材、わたしと久美香ちゃんの二人で、って言われてるの」

「どういうこと？　……彩也子は？」

すべて把握できているわけではないのに、腹の底が熱くなり、声が震える。しかし、顔を上げたすみれに怯んだ様子はない。

「わたしもどうしてか解らなくて、訊いてみたの。そうしたら、痛々しいんだって、おでこの傷痕が」

息が止まりそうになった。前髪をおろしていても、子どものやわらかい髪では隠しきれず、気付く人にはそのように映っていたとは。

「でもあれは、あの子を助けた時にできた傷なのよ。名誉の負傷じゃない。それとも、私に虐待の疑いでもかかるっていうの？」

「落ち着いて、光稀さん」

すみれが、まいった……、というふうに頭を搔いた。損な役回りをさせられていると思っているのだろう。

「傷痕の原因はわたしもちゃんと伝えたし、向こうも充分承知しているって言ってた」

「じゃあ、何で」

「テーマがブレちゃうんだって」

意味が解らない。座りましょう、とすみれをテーブルに促す。

「これ、いただくね」

すみれがフォークを手に取り、ミカンの丸いカーブの部分に突き刺して丸ごと口に運んだ。ウマッ、と果汁が口から溢れないよう口をすぼめたままで言う。褒められても、今はまったく嬉しくない。早く飲み込んで続きを話せ、と苛立ちだけが込み上げてくる。そんなことはすみれは充分に察しているようで、蛇が卵を飲み込むように、数回咀嚼しただけでミカンを飲み込んだ。踏ん切りはついた、という顔になっている。

「新聞の写真も、雑誌の写真も、光稀さんは親だから当然彩也子ちゃんにばかり目が行くだろうけど、身内じゃなくてもそうなんだって気付いてた?」

光稀は無言のまま首を少し傾げてみたが、まったく察することができないわけではなかった。悪口ではない。

「ほとんどの人は久美香ちゃんよりも、顔立ちのはっきりした、キッズモデルみたいな彩也子ちゃんに目が行くの。こんなにかわいいのに、よく見ると額に傷がある。なんてかわいそうなのかしら。原因は火事現場から車いすの女の子を助けてあげようとしたせいだなんて……。って、写真を見ている人は久美香ちゃんよりも彩也子ちゃんに同情してしまうんだって。でも、『クララの翼』は車いす利用者を支援することを表明したブランドでしょう」

だから、ブレる、と。

「でも、『クララの翼』の元となったのは彩也子の作文じゃない。彩也子抜きでどう理念を伝えるっていうのよ」

「もちろん、あの詩は紹介するし、彩也子ちゃんの名前は出させて欲しい、って先方も言ってる」

「そんな、都合のいいことを」

「……だよね。まあ、国民の皆様のテレビ局だし、型通りの画を撮りたいだけなんだよ。皆様の記憶にまだ新しい交通事故の被害者であるかわいそうな車いすの女の子。だけど、彼女は懸命に明るく生きようとしている。彼女の健気さに心を打たれた友だちはすばらしい詩を書いた。その詩に感銘を受けた地元在住の陶芸家が二人を応援するために翼の形のストラップのブランドを立ち上げ、それはいつしか、車いすで生活する人すべてを応援しようという運動へと繋がっていった」

ドキュメンタリーのナレーションを揶揄するようなすみれの口調に、光稀はつまらない画を重ねることが容易にできた。なるほど、彩也子の顔はローカル番組には調和しないかもしれない。それでも、納得できなかった。

「彩也子の気持ちを考えて。テレビはその日、見せないようにしても、すぐに、すーちゃんやあの子が出てたことは知るはずよ。そうしたら、どうして自分は出してもらえなかったんだろうって気にするに決まってる。その時、何て言えばいいの？　彩也子がかわいいからよ。その顔に傷痕があると、みんなが久美香ちゃんよりあなたを心配してくれるからよ。そうしたら、すみれさんのストラップが売れなくなって困るでしょ。……って本当のことを伝えて、一番傷つくのは誰？」

すみれが目を見開いて光稀を見ている。上下の唇を内側から強く嚙みしめているのは、悔しさからか。自分がかわいそうだなんて思わせない。

「彩也子でしょう」

優しくささやくように言った。ゆっくりと飾り棚に目を遣る。すみれも光稀の視線を追っているのが解る。フォトフレーム、モデルのＳＩＣＡと彩也子が二人で写っているものの隣に立ててある、ひと回り大きなのに目を留めた。『ＦＬＯＷＥＲ』の取材後、全員で記念撮影をしたものだ。ＳＩＣＡ、彩也子、久美香、すみれ、光稀、菜々子、全員が仲良さそうに笑っている写真。

「それに……」

「いいよ、やめて、光稀さん」

すみれが遮るように言った。再び、しっかりとした表情でまっすぐ光稀を見つめている。この人は瞬時に計算できるのだ、と光稀は感じた。どちらの選択をするのが正しいのかを、自分に有利に働くのかを。

「テレビは断ろう。せっかく、毎月二〇万部、全国に発行されている有名ファッション誌にカラーで掲載されたっていうのに、ローカル番組なんかに出ちゃったら、田舎者に逆戻りだもんね。町おこしのためにまんじゅう作ってるおばさんたちと一緒にされちゃ、たまんないわよ」

すみれが半分強がりで言っていることは解っている。

「ありがとう。……マリ、ああ、このあいだの英新社の友だちに、他の雑誌の担当で興味を持った人がいなかったか訊いてもらうね。読者の反響は良かったそうよ。それに、ＳＩＣＡさんが本当に興味を持ってくれてるんですって」

「すごい！」

すみれが嬉しそうに手を打った。これでおしまい、という合図だと光稀は受け取った。

「ごめんね。スイーツだけ出して、お茶を淹れてなかった」

そう言って立ち上がり、キッチンに向かう。

「お気遣いなく。これって、〈カモメ亭〉のコンポートでしょ」

すみれが座ったままキッチンを振り返る。

「よく解ったわね」

すみれから見える場所に瓶は置いていない。

「今すごく人気だもん。まるごとくだものコンポート。そっか、確か、ＳＩＣＡさんが

『ミツコの部屋』に出たとき、お土産に持っていって話題になったんだっけ」

「そうなの？　それは初耳。私ね、学生時代に〈カモメ亭〉でバイトしてたのよ」

「ホントに！　超有名店で、バイトも徹底的に教育されてるって聞いたけど。でも、光稀さんならスマートにやりこなせそう。イメージできる。ってか、こんな田舎にいることの方が不思議」

「コンポートくらいでお世辞、言わないで。ここの人たちと比べるからちょっとオシャレっぽく見えるだけで、東京に行けば、田舎のおばさん扱いされるわよ」

「そんなこと、ないない」

すみれはお世辞を言っているように見えないが、光稀は『FLOWER』の取材の時のことを思い出した。

「うわ、これ、旦那さん？」

いつの間にかすみれがまた飾り棚の前に立っている。見ているのは、彩也子の七歳の時の七五三の記念に撮った家族写真だ。

「ハッスイの課長さんだか、部長さんだか、えらい人だって聞いてたから、もっと年上のおじさんを想像してたのに、すごくカッコいい」

「写真うつりがいいだけよ」

光稀は紅茶をテーブルに運んだ。

「こんなにカッコいい人が旦那さんなら、田舎にだって、無人島にだって付いて行くよね。納得、納得」

他人が口にすれば、こんなにもなんでもないことのように聞こえるものなのか。光稀は写真に目を向けたままのすみれの背中を見つめた。くすんだグリーンの綿素材のスモックワンピースは、芸術村の誰かの作品だろうか。田舎者には着こなせない、田舎っぽい服。光稀が着ているのは、田舎者がイメージする都会っぽい服なのかもしれない。

この人と一緒なら、確かにそう思っていた時期はある。だが、そんな気持ちを持っていたことなど、今の今まで忘れていたし、この先も、もう二度と持てないような気がした。

すみれは部屋を出ていくまで、テレビ取材のことはもう一度も口にしなかった。どこまでが本気か解らない、しかし、嫌味っぽさを感じさせない言い方で、部屋のインテリアやプリザーブドフラワーの作品をセンスがいいと褒め、光稀を機嫌よくさせてくれた。感謝されているのだろう、と思う。

すみれは芸術家としての才能は感じられないが、セルフプロデュースの才能はあるのではないかと感心するほどに、翼のストラップを有名にしていった。もちろん、車いすでの生活を余儀なくされた久美香の存在があり、彩也子の作文があり、こちらの協力のもとに知名度が上がったのだろうが、それは、とっかかりにすぎない。福祉団体の会報、県の広報紙、そして、新聞。そういったところから取材を受けることになったのは、すべて、すみれが売り込んだからだ。「花咲く岬から、広い世界に羽ばたくことを夢見る少女たち」というふうに、不自由な日常を泥臭くアピールせず、かわいらしさを前面に出すことにより、福祉の分野に興味のない人からも注目を集めることになったのではないか。

それらの作業はすべてネット配信だ。だからこそ、鼻崎町のきれいなところだけを集めた写真で、町の住民やこの町を知る近辺の人たちよりも、外の人たちに、美しい町を勝手に頭の中で作り上げ、そこから発信されるメッセージに耳を傾けてみようか、という思いにさせることができる。

すみれが作品を作り、すみれが宣伝をし、すみれが配送手続きをする。だから、ストラップの売り上げの一部を受け取って欲しいと言われた時、あっさりと断った。金を受け取れば彩也子たちの存在は途端に美しくないものとなってしまう。それよりは、その金をどこかの福祉団体に寄付した方がいい。子どもたちの名前で送ってもらってもかまわない。そう提案すると、ならばこちらも個人の商売と福祉活動を分けようとすみれが言い、「クララの翼」を立ち上げた。

新聞の威力はたいしたもので、「クララの翼」は町中の人たちが知るところとなった。

実際にストラップをつけている人はほとんど見たことはなかったが、町ですれ違う人たち、それほど親しくない人までもが、「彩也子ちゃん、すごいわね」と光稀に声をかけてくるようになったほどだ。そして、もう一歩踏み込んでくるのが、〈プティ・アンジェラ〉のメンバーたちだ。

——光稀さんは、ぶっちゃけ、売り上げの何パー入ってくるんですか？　やっぱ、平等に三等分？

これを見越しての提案だったのだ、と光稀は自分の選択が正しかったことを実感した。そして、堂々と本当のことを答える。

——うちと堂場さんが協力させていただいている分は、すべて寄付に充ててもらっているの。

そこで、へえ、と感心して終わればいいのだが、好奇心旺盛な彼女らはのど越しのよいゼリーのように、つるりと言葉が出るようだ。

——それって、なんだか利用されてるっぽい。

本人が目の前にいる場合は、「光稀さんも人がいいんだから」と続き、本人不在、たとえ声の届く範囲でも、視界に光稀が入らなければ、「まあ、お金持ちだもんね」となる。

すべて、雑音だ。虫の声、波の音と同じ。都会では聞こえにくいものが、静かな田舎では少し響きやすいというだけだ。

そのうえ、光稀は利用されたとは思っていなかった。むしろすみれの奔走に便乗しているくらいの気持ちでいた。それで、取材を受けて、写真を撮られて、彩也子が喜ぶのなら有難いものだ、いい経験をさせてやれた、と。

しかし、新聞の地方版ではすみれは満足できなかったようだ。大切な話があると、〈はなカフェ〉に呼び出されたのは、三カ月前だったたか。

――光稀さんって、英新社の『FLOWER』の編集部で働いてる友だちがいるんでしょう?

確かに、学生時代のテニスサークルの同級生がそこで働いている。どうして、すみれがそんなことを、と考えて、〈ピエロ〉でランチをしたときに話したような気がした。

――小さなコーナーでいいから、「クララの翼」を紹介してもらえないか、訊いてみてくれないかな。

ご丁寧に、活動をまとめたデータまですみれは用意していた。

――お願いします!

安っぽく頭を下げられるのは好きではない。しかし、「光稀さんにしか頼めないことなの」と言われれば、無下に断ることはできなかった。ただの顔見知り程度なのに見栄を張って友だちだと言っていたわけではない。試験前にノートを貸してあげたこともあったし、なんといっても、男友だちを紹介してあげたこともあった。

――一度、訊いてみるだけだからね。

そう答えた結果がこれだ。光稀は飾り棚に目を遣った。

すみれの願いは十二分に叶(かな)えてやった。

*

「……みんなが心に翼を持ったなら、という小さな女の子たちの願いを運ぶお手伝いが出来ていることを、大変誇りに思っています。この花咲く岬から、一人でも多くの人たちに翼が届くことを、心より願っています」

はい、ＯＫです。と撮影は一時間弱で終了した。

ディレクターとインタビュアーとカメラマンの三人は星川すみれのインタビューを終えると、早々に引き揚げていった。こんなものかと、拍子抜けする。衣装や髪形に対して何かリクエストがあるだろうか、メイクは専門の人がやり直してくれるのだろうか、などと考えながらソワソワしていたのに、そんなことに関しては何一つ指示がでなかった。すみれの方から、作業用エプロンをつけていた方がいいかと訊ねても、どちらでもいいと言われ、つけないことにした。

それでも、工房内、窯をバックに、作業台の上には作品を並べてインタビューに答えることができたので、すみれとしては充分に満足だ。

光稀には断ると宣言したものの、テレビの影響力は捨てがたい。ローカル番組とはいえ、何万人もの人たちの目に留まるのだから。決め手は、菜々子からテレビ取材は遠慮したいという連絡が来たことだ。講演会に行ってきたのだと、電話口でくどくどと話すのを聞きながら、これはいい言い訳ができたと思った。ごめんなさい、と何度も繰り返す菜々子に、「光稀さんと、今回は断ろうと話したところだったのよ」と伝えると、明らかに安堵したのが解るような口調で、よかった、と言うのが聞こえた。

そして、取材を依頼してくれたプロデューサーに、すみれ一人で取材を受けることはできないかと訊ねた。小学校で行われた講演会を受けて、久美香ちゃんの保護者がマスコミへの露出を控えたいと願い出てきたためだと伝えると、承知しました、と即答で返ってきた。ならば、初めから、彩也子抜きではなく、子ども抜きでと言ってくれればよかったのに、とうらめしくも感じた。

光稀とのあの気まずかった時間をなかったことにしてくれ、と。

しかし、結果オーライ、ベストの形で解決したのだ。久美香が出ていなければ、オンエアを見て光稀が怒ることもないだろう。いきさつを訊かれたら、一度は断ったが、すみれだけでも出て欲しいと懇願されたと答えればいい。いや、訊かれる前に、取材を受けたことは伝えておこう。

それにしても、と激昂した光稀の顔が頭に浮かんだ。今後も、光稀の意に沿わないことが起こるたびに、『FLOWER』に出してやったのに、と言われることになるのだろうか。今回はかろうじて遮ることができたが、何を言い出すのか察しはすぐについた。ただ、今後はそれほどたいしたことが起きるような気もしなかった。


一週間後のオンエア当日。ローカル番組とはいえ、さすがにプロの仕事だと、すみれは感心しながらテレビに見入った。岬やその周辺の景色の映像が、すみれのインタビューに乗せて時折挟まれるのだが、どれもこれもがすばらしい。すみれもこの町のいいところだけを充分に切り取ってきたと自負していたが、見たことのないアングルからのものがいくつかあった。〈岬タウン〉より少し高い場所、造成地の奥にある雑木林から山に少し登って撮ったのかもしれない。

誰かに確認したいと思ったが、家にはすみれしかいなかった。健吾もつい半時間前までは家にいたのだが、テレビに映っている自分を見られるのが急に恥ずかしくなり、録画をしておくから一人で見させてくれと言って、追い出してしまったのだ。

――仕方ないな。ジュンさんの家に行かせてもらおうかな。

そう言って、携帯電話でメールを打ちながら出て行った。

工房内も、すみれが座っていた周辺だけでなく、全体を映したカットもあった。奥行が強調されて実際よりも随分広く見える。これが自分の工房か、とこれまでに抱いたことのない満足感が込み上げてくる。

もしも東京でOLを続けていて、誰か別の人のこととしてこの映像が流れているのを見たら、たまらなくうらやましく思ったに違いない。でも、これは他の誰のものでもない、健吾が建ててくれたすみれの工房なのだ。画面の向こうですばらしい町に出会えたことや、そこから焼き物を通じてメッセージを発信できている喜びを堂々と語っている姿こそ……、夢焦がれていた、理想の自分だ。

でも、まだ足りない。この姿は全国には発信されていない。世界には発信されていない。だけど、そう遠くない先に、今、思い描いている理想の姿を、この画面で見ることができるような気がしてならない。

片翼しか持たないすみれは、もう一つの翼を探し求めていた。そして見つけたのが、健吾であり、この鼻崎町であり、何より、あの子どもたちだったのかもしれない。

テレビの影響は翌日すぐに表れた。商店街にある〈はな工房〉で店番をしていた染色家のミレイさんから、自宅の工房で作業をしていたすみれに電話があり、翼のストラップが全部売り切れたとの報告を受けたのだ。店に置いていたのは五つだけだったが、新聞に載った直後でも、三日に一つ売れればいい方だったのに、一日、いや、まだ昼過ぎだから半日で五つも売れたのだ。快挙と言っても大袈裟ではない。

だからこそ、ミレイさんも連絡をくれたのだ。残念ながら追加はできないと伝えたが、ネット注文を受けていた分の配送の準備を終えると、三つ余りが出た。それを、〈はな工房〉まで持っていくことにする。

自分の作品を、客が手に取り、買っていくところを、すみれは一度しか見たことがなかった。火事の後に彩也子が買った時の一度きりだ。あの目まぐるしい状況の中で、感慨に浸ることなどとうていできない。しかし、ストラップが売れるようになると今度は、制作に追われ、店番をするのが難しくなった。週に一度は入ることにしているが、すみれが店番をしているときに売れたことはなかった。

今日こそ、目の前で買ってくれる人と会えるかもしれない。ネットで注文を受けるのとは、やはり、嬉しさの度合いが違うだろうか。不意に背中を押されたら駆け出してしまいそうな軽やかな足取りで商店街まで向かい、〈はな工房〉の前に立った。賑わっている証なのか、引き戸が開きっぱなしになっている。

しかし、中から聞こえてくるのは、接客している声ではなく、明らかに雑談だと解るものだ。その中に、るり子の声が混ざっているのに気付き、すみれは戸口の陰に身を潜めた。悪口を言われているかもしれない、というセンサーが発動したからだ。

「一つずつ、手で形を作ってるんだって。ヘラで翼の形に削って、仕上げるのに一時間くらいかかるみたい。そんなことしなくても、クッキー型みたいなので、どんどんくり貫いていけば早いのに。せっかく、売れてるんだから」

るり子だ。しかし、悪口センサーがるり子を感知するのにはもう慣れた。

「それだと、全部、同じ大きさや形になるじゃない。一つ一つ違うっていうところが大切なんでしょう?」

こちらはミレイさんだ。さすが、よく理解してくれている。すみれはるり子に向かって舌を出してやりたい気分になった。

「みんな違って、みんないい、ですか?」

るり子が揶揄するように言った。中に入って行って張り倒してやりたい気分だ。

「でも、なんとなく、後付けっぽいのよね。私も、陶芸はよく解らないけど、型を使えばいいのにって思う。染色では伝統的な技法の一つだもの。だけど、すーちゃんにとっては時間と手間をかけて作るってところに意味があるんでしょうね。まったく同じものを作る技術はないのかもしれない。だから、同じじゃないのがいいってことにしてる」

「解る！　そういえば、祭りの前日にみんなでおにぎり作ったときも、すーちゃんのおにぎりだけ大きさバラバラだったし。ウケる……」

るり子がひゃひゃひゃひゃと声を上げて笑っている。腹から突き上げてきたものが、呼吸を妨げ、息が苦しくなる。

「笑い過ぎ、失礼よ。芸術村の仲間じゃない」

　ミレイさんがやんわりとたしなめた。

「でも、それなら、もう少し芸術村全体をアピールしてくれていいと思いません？　せっかくテレビ局が取材に来てるんだから、みんなの工房を映してくれれば、芸術に特化した人たちが集まっている場所として、町をアピールすることができるし、『クララの翼』がボランティア目的のブランドなら、もっとあたしたちに声をかけてくれてもいいじゃない。ガラスの翼があったっていいはずよ。それに、サイトの写真はベンさんが撮ってくれたのに、隅っこのところに小さく名前を載せてるだけだし。すーちゃん、いつもミレイさんの染めた服着てるのに、取材の時だけ違うの着てるし……、っ」

　るり子が咳き込んだ。

「落ち着いて。勘違いしちゃダメ。芸術村は一つのコミュニティであっても、芸術は個々のものなの。みんなでアレを作りましょう。みんなでコレをやりましょう。なんてやってたら、何を求めてこの町にやって来たのか解らなくなるでしょう。ましてや、売れているものに乗っかろうなんて。むしろ、私は『クララの翼』に声をかけられたら、断るわ。……ここだけの話。偽善活動は大嫌いなの」

　すみれは震える足でその場を離れた。〈岬タウン〉に戻るのを拒むように、足は商店街を駅側に向かうように動いている。るり子には何を言われても構わなかった。皮肉を口にするのは詩人の性であるとか、たまに自分で言っているので、口が悪いことへの自覚はあるのだろう。そんなものをまともに受け止めるのは、バカのやることだ。

だけど、ミレイさんは……。お姉さんのように思っていた。バイオリン職人のジュンさんと奥さんの菊乃さんは、〈岬タウン〉のお父さんとお母さん。ミレイさんは気さくでオシャレなお姉さんで、旦那さんのベンさんはやさしいお兄さん。あとのみんなは健吾を別にして五つ子のようなもので、その中にはるり子でさえ入っていたのに。

結局、ミレイさんだって、妬んでいるんじゃないか。染めムラだらけのものしか作れないくせに。……なんて醜い足の引っ張り合いだ。

右前方に〈プティ・アンジェラ〉の看板が出ているのが見えた。黄色とオレンジ色をメインとした花で彩られた結婚式のウェルカムボードのような白い看板は、光稀が作ったものに違いない。

自分には〈岬タウン〉の住人以外にも、この町に知り合いがいるのだ。そう思うと、少しばかり元気が出てきた。光稀からは昨日のオンエア直後にメールが届いた。

『なかなか美人に映ってたわよ』

愚痴を聞いてもらわなくていい。少しばかり世間話をして、それよりも、今日一日でこの町の人たちがストラップを五つ買ってくれたという報告をしよう。

しかし、店の前に着くと、とても入れる状態ではなかった。プリザーブドフラワーの講習会の真っ最中のようで、狭い店内には町の女性たちがすし詰めになって座り、ワイヤーとテープを頭上に掲げてなにやら説明している様子の光稀に注目していた。『FLOWER』に特集されるような生活をしている女性をフラ女と呼ぶが、光稀こそがフラ女なのだと思う。常に明るく、前を向いて、いきいきとしている女性。やはり、落ち込んでいるときに会うのは少しキツい。

こんなときこそあの人だ。すみれはさらに駅の方に向かい足を進めた。

〈鼻崎ユートピア商店街〉一丁目にある〈堂場仏具店〉の引き戸をあけると、菜々子が店の奥に座り、下を向いて一心不乱といった様子で手を動かしていた。

「菜々子さん」

声をかけるが、反応がない。店内に入り、菜々子に近付くと、かぎ針編みをしていることが解った。花のモチーフを作っているようだ。

「菜々子さん！」

声を上げて名前を呼ぶと、ハッと催眠術から目が覚めるように肩を震わせ、菜々子が顔を上げた。

「すみれさん、か。ごめんなさい、気付かなくて」

「こちらこそ、邪魔してごめんね」

「いいの、いいの」

菜々子は編みかけのモチーフをかぎ針がついたまま手元の紙袋につっこんで立ち上がった。このあいだはごめんなさい、と言いながら紅茶を淹れてくれている。はなから、買い物目的とは思われていないようだ。とはいえ、特に用があるわけでもない。悪口を言われたと……、すみれはアッと声を上げた。

「今更って思うかもしれないけど、久美香ちゃん、新聞や雑誌に載ったことで、ヤキモチ焼かれたり、悪口言われたりして……いない？」

慌てて声のボリュームを下げた。

「大丈夫、まだ学校よ。それに、久美香からそんなことは聞いたことないわ。逆に、みんなからすごいすごいってうらやましがられたって喜んでた。一年生だから、そういうところはまだみんな素直に受け止めてくれるのかな」

「なら、よかった」

カタログなどを広げることのできる接客用テーブルの上にティーカップを置き、椅子をすすめてくれる。

「何か言われたの？」

菜々子が向かいに座り、すみれの顔を覗き込んだ。すみれが、ではなく、「クララのしていたるように見える。

翼」のメンバー、いや、菜々子や久美香が何か悪口を言われているのではないかと心配しているように見える。

「〈岬タウン〉の人とちょっと、意見が合わなかっただけ」

両手をひらひらと振りながら明るく答えた。菜々子がほっとしたように息をついたのが解る。菜々子を見ていると、すみれは自分の悩みなど、悩みと呼べるものでもないような気がしてきた。娘を事故に遭わせた人たちと、今までも、おそらくこの先も、同じ町で暮らすのに、どれほどのストレスがかかるものか、想像が及ばない。

「ねえ、菜々子さんって、何かストレス解消にやっていることある？」

「……すみれさんは？」

「わたしは散歩かな。外を歩いていると、頭の中を整理できるし、こうやって友だちに会って愚痴を言うこともできるしね」

「そうですか。わたしはこれです」

菜々子は店の奥の台から、紙袋を持ってきた。先ほど、編みかけのモチーフを突っ込んだものだ。

「編み物？」

「こういう単純作業をしているあいだは頭の中を空っぽにできるんです」

ということは、まさにストレスがたまっている最中だったことになる。だが、菜々子は照れ笑いを浮かべながら袋の中から完成している立体的な花のモチーフを一つ取りだして、すみれの前に置いた。

「すごくきれい。バラ？　スイレン？　全然単純そうに見えないけど。菜々子さん、器用なんじゃない」

「そんなことないわ。義母に教えてもらったこれしか編めないのよ」

「でも、本当に難しそうだもん。たくさん作ってそうだけど、繋げないの？　マフラーとかストールにしたら絶対にかわいいと思う」

「怨念のかたまりになっちゃうでしょう。それを巻いてしまうと、この町を出て行きそうで。だから、絶対に繋げないことにしているの」

「それも、お姑さんが言ってたの？」

「……まさか！　怨念を込めてるのは、わたしよ」

怨念などと繰り返し言われるとおかしかったが、菜々子の顔は真剣だった。繋げなくても手元にあれば、怨念の蓄積量は目に見えて解るはずだ。作ったはいいが、処分に困っているのかもしれない。そして自分は、単純に、花のモチーフで作ったマフラーが欲しいと思っている。

「菜々子さんの怨念、少し分けてもらえないかな」

基礎程度の編み物はできるので、自分で繋げばいい。

「こんなものでよかったら、いくらでも持って帰って。たくさんあるの」

そう言って菜々子は少し黙り込み、プッと噴き出した。

「怨念がたくさんあるの、だって」

「菜々子さん、おもしろいよ、それ」

すみれも笑った。二人して、笑いのスイッチが入ってしまったようで、いつまでも止まらない。モチーフを二つ取り出し、すみれが「怨念眼鏡」と両目に当てると、「怨念耳当て」と菜々子も返した。笑いながらすみれは、この人こんなにきれいだったんだな、と菜々子の笑顔に少しばかり見とれてしまった。そしてふと、心が陰る。

これは、健吾の好きそうな顔だ。

第五章　飛べない翼

「殺人犯、芝田が被害者の老人から奪った金は、別の人が横取りしたんじゃないかっていう噂があるの」

「まさか。誰が？　どうやって？」

「芝田が犯行後に金を埋めたとしたら、あり得ないことじゃない。〈岬タウン〉の家を建てる途中に出てきた、とか」

「ないない。作業中に金を発見、なんて大騒ぎでしょう」

「まあ、いくらなんでも造成地に埋めたりはしないか。でも、裏山とか、うまく隠せそうなところはすぐ近くにあるじゃない」

「そんなところ、掘り返す人なんている？」

「一般人ならね。でも、芸術家なら？　たとえば……、陶芸用の土を探しにまなら、裏山を掘り起こしてもおかしくないでしょう」

＊

居間に入った際の習慣としてテレビをつけ、当たり障りのない情報番組をＢＧＭのように流していただけなのに、突然、小梅の名前が弾丸のように星川すみれの耳に飛び込んできた。美大時代の陶芸科の同級生で、当時はファッション誌の読者モデルをしていた小梅の姿を、近頃また、ファッション誌やテレビで頻繁に見かけるようになった。その度に、すみれはささくれ立った薪を素手でさわったような気分になる。不快で、痛い。見えない棘が皮膚に埋まり込んだように、いつまでたっても心が落ち着かない。

女優デビューした、というニュースならば、今より落ち着いて受け止めることができるかもしれない。そちらに専念してほしいと、応援さえしそうな気がする。しかし、小梅の肩書はいつも「陶芸家」だ。もしくは、「アーティスト」。

テレビ画面には、渋谷に新しくできたファッションビルのパウダールームが映し出されている。小梅が手掛けたらしく、色とりどりのガラスの粉をまぶして焼かれた黒い陶板が、壁や化粧台にモザイク状に敷き詰められていた。

「陶芸家というと、高価な食器や花器を作っているイメージが強くて、若い人たちから敬遠されてしまいがちだけど、もともと、土は身近にあるものだし、誰もが子どもの頃はそれに触れて遊んでいたわけでしょう。自分の好きなものを作って。花びらや葉っぱ、きれいな石で飾って。その頃の気持ちを思い出したり、自分たちの身近なものだと感じたりしてほしくて、今回のプロジェクトに参加させてもらいました。殺風景なところでお化粧するよりも、キラキラ輝くところでやった方が、きれいになれそうじゃないですか」

特殊なコンタクトレンズでも入れているのか、小梅は瞳をキラキラと輝かせながら自信満々の笑みを浮かべて語っている。今週末、オープン初日に来場した先着一〇〇名に、小梅がプロデュースしたコンパクトミラーがプレゼントされるらしい。

「先日訪れた、カナダのイエローナイフで見たオーロラをイメージして、一つ一つ、思いを込めて軽井沢の工房で焼きました。星がとてもきれいな場所なんです」

左手でリモコンをつかみ、チャンネルを替えた。二時間サスペンスの再放送のようだ。始まったばかりなのか終盤なのか、誰が主役なのかも解らないが、小梅の姿が消えるのなら何でもいい。

イエローナイフ、軽井沢……。今更な感じを覚えるのは、自分が年をとったからで、若い女の子たちなら、憧れのお洒落(しやれ)な場所と感じるのだろうか。鼻崎町よりも。自信を持てないのは、窓の外の景色がどんよりとした色で覆われているからだ。海は毎日青いわけではなく、花は年がら年中咲いているわけではない。そんなことは、どこだって同じなのだろうけど。

それでも、とかぎ針を持った右手に目を遣る。リモコンを壁に叩きつけることなく、小梅の映ったテレビを座ったまま見ることができたのは、手を動かしていたからだと思う。

　菜々子にもらった毛糸で編まれた立体的な花のモチーフは、すみれの手によって、首に巻きつけるのにちょうどいい長さのマフラーに姿を変えていた。その時々の気分で毛糸の色を選んでいるのか、ピンク系の色とりどりの花が咲き乱れているように見える。花の色を留（とど）めていないミレイさんの草花染めよりも、こちらの方がよほど花らしい。

　ガラリとドアが開き、健吾が入ってきた。健吾は町役場の観光課が主催するワークショップに、月に一度出席している。

「はい、土産」

〈鼻崎ユートピア商店街〉一丁目にある和菓子屋〈はなさき〉の紙袋を目の前に差し出された。紙の匂いの向こうにあんこの気配を感じる。もなかか、どら焼きか。

「ありがと。あと少し手が離せないから、そこ、置いといてくれる？」

　顎の先でテーブルを示す。はいはい、と健吾は紙袋を置いたが、視線はすみれの手元に注がれていた。

「編み物してるとこ、初めて見た」

　そう言って、邪魔をしないように、テーブルに載っていたマフラーの端を持ち上げる。

「バラ？　俺、編み物なんてまったく詳しくないけど、かなり手が込んでるよな。流行ってんの？　この形」

「菜々子さんにもらったのよ。お姑さん直伝（じきでん）だって。わたしは繋げてるだけ」

「へえ、一つ作るのも大変そうなのに、こんなにいっぱい」

健吾は花びらの一枚ずつを確かめるようにしながらモチーフを眺めている。

「怨念がこもってるみたい」

「何それ」

「本人が言ってた。繋げたらそれを巻いてこの町を出て行きそうなんだって。久美香ちゃんの足のこととか、町の人たちの態度とか、ストレスたまることといっぱいあるんだろうね」

「なるほど。でも、こういっちゃナンだけど、怨念がこもったマフラーって誰でも一つは作れそうじゃない？」

「怖いこと言わないでよ。……できた！」

繋ぎに使っていたすみれ色の毛糸をハサミで切った。マフラーの端を健吾から奪い戻し、そのまま健吾の首に巻きつけて、両端を軽く引っ張る。

「怨念の力で手が勝手に……」

少しばかり強く締めると、健吾がいきなりカッと目を見開いた。ゴメン、と慌ててマフラーを外す。

「勘弁してくれよ。どら焼き没収！」

健吾は紙袋をテーブルから持ち上げると、丸いどら焼きを出して思い切りかぶりつき、残った半分をすみれの口に押し込んできた。モゴモゴと息を詰まらせるすみれを見て、ニッと笑う。すみれはどら焼きを頬張ったまま、健吾の胸にグーパンチを二発打ち込んだ。

窯の前に座り、手のひらにすっぽりとおさまる白い翼の丸くカーブした部分を指でなぞる。思い出したくもないのに、気が付けば、テレビで見た小梅の姿に自分を重ねていた。ローカル局とはいえ、テレビ取材を受けたのだから、その後は取材の依頼が殺到するのではないかと想像していた。東京の市外局番が電話に表示されるのを期待した。しかし、あれ以来、取材は一度も受けていない。もしや、菜々子のところに連絡が行き、勝手に断られているのではないか、とあらぬ疑念まで抱いてしまう。とはいえ、宣伝と実売には時差が生じるのか、注文は日ごとに増えている。

窯の前で炎を見つめているのは心が落ち着くし、理想の色や風合いを出すためにも、火の様子から目を逸らすことはできないが、じっとしている余裕はない。翼の付け根の部分にある穴にストラップの金具を取り付ける。

「こんにちは」

背後から声がした。振り向かなくても、るり子だと解る。背中を向けたまま、忙しいのだと言わんばかりにペンチを握り直す。だが、こちらが無視しても気にも留めないのがるり子だ。近くにあった椅子を勝手に持ってきて、すみれの斜め後ろに座った。

「素敵なマフラーしてる。すーちゃんの手編み？」

「ううん、菜々子さんにもらったの」

背中を向けたまま答えた。

「仏壇屋さんの？　すごく凝った編み方だよね。なのに、繋ぎ目はすごく雑。もしかして田舎あるあるのアレかな。お姑さんが編んでくれたわけの解らないものを、とりあえず菜々子さんが使えるものにしてみたけど、やっぱ、いらないって」

菜々子さんが誤解を受けているが、訂正はしない。るり子のことだから、繋いだのはすみれだと解っているのに、わざと挑発するような言い方をしているとも考えられる。

「最近、特に忙しそうね。前から思ってたんだけど、そういう陶芸とは関係ない作業、すーちゃんがやらなくてもいいんじゃない？」

注文の取りまとめ、金具の取り付け、梱包（こんぽう）、礼状、宅配便の手配。すみれも誰かに頼んでみようかと思ったことはある。

「光稀さんも菜々子さんも子育てとか、店のこととか、いろいろ忙しいし」

「あの人たちに頼まなくても、仲間はいっぱいいるじゃない。あたし、こう見えても手先は器用なのよ」

仲間ねえ、と心の中でつぶやく。ミレイさんと一緒に悪口を言っていたくせに。他の人たちにも、すみれのいないところであることないこと吹き込んでいるのではないか。

「でも、やっぱり、これはわたしの作品だから。お客様に届けるまでわたしが責任もって一人でやりたいの」

その理屈でいけば、商品を並べている〈はな工房〉の店番もやらなければならないことになるが、るり子は、ふうん、と息を吐くように言っただけだ。

「そうだ、昨日、テレビに小梅さんが出てたよ」

るり子はふと思いついたかのように言ったが、これを伝えるために来たのではないかとすみれは思った。へえ、と今度はすみれが気のなさそうな返事をする。

「陶芸にガラスを融合させたスタイルがすっかり定着してるけど、すーちゃんはガラス、使わないの？」

「あれね、温度調節が難しいの。花咲焼に最適な、この状態の温度だとガラスに罅(ひび)が入っちゃうし。だからって、ガラスに合わせて理想の色が出せないのは嫌だし……」

邪道だと思うんだよね、という言葉は飲み込んだ。頭の固い人間の仲間入りをしたと自分で認めてしまうことになる。ガラスに頼らなくても、陶器には陶器の美しさがあると続けても、負け惜しみだと受け取られかねない。

「うちにはガラスのスペシャリストがいるじゃない。試作品だけでも作ってみたら？　白い翼に青いガラスが入ると、すごくきれいじゃない？　花咲焼にかけて、ピンクや黄色の小花が散ったようなデザインにしてもいいと思う」

嫌味を言いに来たのではなく、夫の売り込みに来たということか。まったく、どの面さげて。

「確かに、作れば売れるかもしれない。だけど、わたしは自分の翼を届けたいだけなの。人気が出た人の作風に後のりするようなマネしてまで、お金を稼ぎたいなんてこれっぽっちも思ってない。偽善者って言われても気にしない。わたしが作った翼を手に取った人が少しでも勇気や希望を感じてくれるなら、それで充分満足なの。芸術を愛するこの人たちなら、みんな解ってくれてると思ってたんだけどね」

振り向いて、るり子の顔を見てやろうかと思った。気まずそうな顔をしているか。怒りに顔を赤くしているか。

「それは、ご立派な志で。子どもの作文まで利用してるんじゃ、何の説得力もないけど」

ため息とともにるり子が立ち上がる。

「どうも、お邪魔しました」

お茶でもごちそうになったような言い方をして、るり子は去っていった。白い翼を強く握りしめる。もしも、手にしているのが窯にくべるための薪だったなら、るり子の背中に向かって投げつけていたはずだ。

炎を見つめる。熱を吸ったマフラーが、落ち着け、落ち着け、と両肩をなでつけているように感じる。

怨念とは上手いこと表現したものだ、と改めて感じる。作り手の思いが一身に注がれてできた作品。恨みや怒りといった負の感情、喜びや愛といった正の感情。強い思いが注がれた作品には、強い力が宿る。だからこそ、受け取り手に思いが伝わり、感動が生じる。翼のストラップを手にした人たちは、すみれが作品に込めた思いを受け取っているのだ。だから、彩也子は久美香に翼のストラップをプレゼントした。

そして、すみれの作品にインスパイアされて、あの詩を書いたのだ。

それを、ウェブサイトに載せるのが、なぜ利用したことになる。

詩人を名乗るのなら、夫の作品から感じ取った思いを言葉に乗せ、自分が宣伝してやればいいだけだ。

気分転換に紅茶を淹れに行き、マグカップを片手に工房に戻ると、すみれが座っていた椅子に空間デザイナーのサブローが座っていた。たき火に当たるように両手を窯の前に突き出している。サブローが工房に一人でやってきたのは初めてだ。妻のチヨは半年間アメリカの人形作りの専門学校に留学するため、先月、鼻崎町を出ていった。

「サブローさん、どうしたの?」

「ああ、すみれちゃん、いたんだ。よかった」

サブローは立ち上がり、膝に載せていた小さな紙袋をすみれに差し出した。受け取って中を覗くと、透明なビニル袋にクッキーが入っているのが見えた。黒と薄茶、緑と薄茶、紫と薄茶、それぞれの組み合わせの渦巻き模様と市松模様の、なかなか手の込んだクッキーだ。

「手作りっぽいけど、サブローさんが焼いたんじゃないよね」

「残念ながら。家庭科クラブの子にもらったんだ」

サブローは鼻崎高校で美術の講師をしている。

「しっかり、先生してるんだ。すごいな。〈岬タウン〉に来たのは最後なのに、サブローさんがこの町に一番なじんでるよね。こんなのもらうなんて、学校でも人気あるんでしょう」

「珍しがられてるだけだよ。クッキーは大分時間が経ったけど、祭りの時のお礼だってさ。だから、すみれちゃんにお裾分けしようと思って」

「そんな。せっかく手伝いに来てもらったのに、怖い思いをさせちゃって。なのに、お礼だなんて」

「いいんだよ。地元の特産品を使った料理コンテストに応募するから、しっかりアドバイスをしてほしいってさ」

「そういうことなら。サブローさんのお茶、淹れてくるね」

すみれはサブローを残したまま家に戻り、マグカップに紅茶を淹れて戻ってきた。

サブローが窯の前の椅子に座り、ペンチを手にしている。

「何してるの?」

「これくらいなら手伝えるかな、と思って」

新たに五つ、白い翼にストラップが取り付けられている。どの丸カンも、形を崩すことなく閉じられている。もしも、勝手に作業をしたのがるり子なら、どんなにきれいに仕上がっていても、余計なことをするなと腹が立ったはずだ。しかし、サブローには自然と感謝の気持ちが湧き上がってくる。いつも、皆を和ませるような笑みを浮かべているからだろうか。いや、共に火事場をくぐり抜けたという連帯感が、気付かぬうちに生じていたからに違いない。

「ありがとう。でも、先にお茶にしよう」

窯の前に小さなテーブルを運び、マグカップと皿を置いてクッキーを出した。

「それぞれ味が違うんだって」

サブローがクッキーの説明をする。黒は黒ゴマ、緑はほうれん草、紫はむらさきいもをそれぞれプレーンの生地に練り込んだのだという。

「珍しい。ココアや抹茶かと思ってた」

すみれは黒と薄茶のうずまきクッキーを一つつまんで口に放り込んだ。

「おいしい！」

「どれも鼻崎町の特産品らしいよ」

サブローはほうれん草が練り込まれたものを口に入れた。

「うん、美味い」

三種類、全部食べてみる。粉っぽさもなく、商品として通用するクオリティだ。正直なところ、〈はなカフェ〉のどのスイーツメニューよりも美味しい。鼻崎町の特産品が活きている。

「こっちからエビマヨコロッケやクラムチャウダーなんて提案しないで、このクッキーを作ってもらえば、あんなことにならなかったのかも」

海辺の町。そのイメージだけで考案した料理だった。

「終わったことを悔やんでも、仕方ないよ」

「だって。女の子ばかりだったけど、火傷の痕とか残った子いない？」

「ああ、その心配はない。保健室の先生にもちゃんと確認したから大丈夫」

「そっか、よかった。じゃあ、傷痕が残ったのは、彩也子ちゃんだけか」

彩也子を思い出すときは、いつもおでこの中心にできた横向きの三日月のような傷痕が一番に浮かんでくる。たとえ、前髪で隠されようとも。子どもだからすぐに目立たなくなるだろうと思っていたが、彫刻刀で刻みこまれたかのように、今でも痕は消えず、顔を合わせるたびに胸が締め付けられるような気分になる。

「そのことなんだけどさ……」

サブローはそう言って、マグカップを手に取った。火事の直後でさえ、現場の状況を思いつめた様子もなく淡々と話していたサブローなのに、どこか迷っているように見える。

「何？　誰か、悪口でも言ってるの？」

テレビや雑誌で取り上げられていることを、おもしろく思っていない人がいるのかもしれない。祭りの最中に火事を起こしたというのに、それを利用している、と学校にクレームをつけてくる保護者がいたとしてもおかしくない。特に、自分の子どもが巻き込まれていたとしたら。

「いや……。ところで、そのマフラーかわいいね。どこで買ったの？」

「菜々子さんの手編み。……誤魔化すなんて、サブローさんらしくないよ。わたしは何を言われても平気だから、ちゃんと話して」

サブローはもう一口紅茶を飲んで、すみれに向き直った。

「あくまで、生徒たちの噂で、僕は勘違いだって思ってるってことを前提に聞いてほしいんだけど」

すみれはごくりとつばを飲み込んだ。喉元がマフラーで隠されていてよかった、と思いながらマフラーの両端を強く握りしめ、おそらく自分が傷つくであろう言葉が飛んでくるのに備えた。

*

個人的に小学校に呼び出されたのは初めてだった。担任からの電話によると、彩也子が同じクラスの男の子とケンカをしたのだという。もしや、ケガでも負わされたのではないか。アクセルを踏む足に力がこもり、他に車が一台も走っていない小学校前の交差点で信号を待つのももどかしく、気ばかりが急いた状態で、相場光稀は学校に駆け付けた。

ところが、彩也子は泣きはらした目で担任に付き添われ、肩を落として教室の片隅に座っていたものの、どこもケガをしている様子はない。何があったの？　と光稀が訊ねても俯いたまま口を閉ざしている。

「彩也子ちゃん、江口正樹くんを突き飛ばしてしまったんです」

若い女性担任が彩也子の代弁をするかのように、おどおどとした口調で光稀に昼休みの出来事を説明した。教室内で、先に彩也子をからかったのは江口という子の方だが、彼は手は出していない。彩也子は何度か「やめて」と口にしたが、江口がしつこくからんでくるのに耐えかねて、突き飛ばしたのだという。そして、運悪く、江口は左足首を捻挫(ねんざ)してしまった。確かに、非があるのは彩也子の方に思える。しかし、ついカッとなって簡単に手を出すような子じゃない。

「彩也子、何て言われたの？」

「……マ」

言葉を発したのか口を開けただけなのか判別もつかないほどの小さな音しか聞こえなかった。光稀は担任を見た。

「それが、私もその場に居合わせていなかったので、何と言われたのかまでは解らないんです」

「彩也子、自分の口でちゃんと言って」

突き飛ばさなければならないほどのことを言われたのか。彩也子はゆっくりと顔を上げた。目に大粒の涙がたまっている。光稀はそれをウールのカーディガンの袖口でぬぐってやった。大丈夫、彩也子のことを信じているから、というように。

「ツ……、ツキノワグマ」

カッと心臓に火をつけられたように怒りが込み上げてきた。手のひらを思い切り机の上に打ち付けたい衝動を抑え、両手の拳を強く握りしめる。この場に江口という子がいたら、蹴り倒していたかもしれない。

「今日、初めて言われたの？」

声が震えてしまうのを彩也子に気取(けど)られないようにゆっくりと問いかけた。彩也子は首を横に振る。

「ほとんど、毎日」

何ということだろう。

「先生は気付かれていなかったんですか？」

「ええ、はい……」

「先生のいないところで言われていたの？」

卑怯(ひきょう)な子どものやりそうなことだ。しかし、彩也子は首を横に振った。

「先生の前でも言われたことがあるのね」

どういうことなのか、と目で問いかけた。

「いえ、あの、クマちゃんですよね。かわいいから、悪口だなんて思わなくて」

このバカ担任の横っ面も張り倒してやりたくなった。彩也子は何カ月ものあいだ、傷痕をからかわれながら、毎日この教室で過ごしていたのだ。それなのに、毎朝、いってきます、と笑顔で家を出ていっていた。かばってくれる友だちはいなかったのだろうか。いれば、こんなことにはなっていないはずだ。ならば、どうしていない。

やっかまれているからだ。

それをこの田舎教師に伝えたところで、何も解決する気がしない。彩也子をギュッと抱きしめる。大丈夫、大丈夫、あなたの味方はここにいる。

「それで、先生はこちらだけを呼び出して、いったいどうしろと?」

「あの、先方に謝罪をしてください。電話で構いませんので」

「電話をかければいいんですね」

「あと、学校にも謝罪が済んだという報告をしてください」

形だけ取り繕えばいい、ということか。

「解りました。では、先生も校長先生に報告をしてください。自分のクラスの女子児童が顔にできた傷痕をからかわれていたことに気付いていたのにほうっておいた、と。そして、それを受けた学校側の今後の対応をこちらに報告してください」

「えっ……」

「私、何か間違ったこと、言ってますか?」

「いえ……」

「では、報告はお互い、明日の午前中にはできるようにしましょう」

そう言い放つと、光稀は彩也子の手を引き、教室を出ていった。

「ママ、ごめんなさい」

彩也子が俯いたまま廊下を歩きながら言う。

「彩也子は何にも悪くない」

「久美香ちゃんにも謝らなきゃ。宿題、見てあげられなかったから」

「そんなこと気にしなくていいの。彩也子の優しいところは、ママ、大好き。だけどね、彩也子はもっと、自分がやりたいことをやればいいと思う」

「彩也子、久美香ちゃんと遊ぶの好きだよ」

「そっか。なら、よかった」

光稀は前髪で傷痕を隠すようにしながら彩也子の頭をゆっくりと撫でた。


夫の明仁に今日は早めに帰ってきて欲しいとメールを送ったが、午後九時を過ぎても、帰ってくる気配どころか返信もなかった。あきらめて、固定電話の受話器を取り、学級連絡網の紙を見ながら、江口某（なにがし）の家の番号を押した。

待ってましたとばかりに出たのは、江口の父親だった。リハーサルでもしていたかのように、光稀が謝罪の言葉を口にする前に、来週はサッカーの試合があるのに出られなくなったから息子が酷く落ち込んでいる、どう責任を取るつもりなのかと、一方的に責め立ててきた。こちらも、夫が帰っていたら、などと弱気になっている場合ではない。

「ケガについてはお見舞い申し上げます。治療費もこちらにご請求ください。しかし、元はと言えば、そちらがうちの娘を数カ月にわたって誹謗（ひぼう）していたことが原因です。このことに関して、どういう見解をお持ちなのでしょうか」

「は……」

「娘の傷は年下の友人を火事場から救出する際にできてしまったものです。それをからかうなんて、いくら子どもとはいえ、道徳心に欠けた行為ではないでしょうか」

「まあ……」

間の抜けた返事の向こうから、しっかりしなさいよ、と声が聞こえる。多数決ではこちらの負けだ。

「本来なら、こちらも父親からご連絡するべきだったのでしょうが、生憎（あいにく）、まだ勤務中でして。何なら、またかけ直しましょうか？」

「いや、もう……。というか、相場さん、でしたっけ」

「そうですが」

「八海水産の、相場課長の……」

「はい」

どうやら相手は明仁のことを知っているらしい。

「これは、これは。この度はうちの息子が大変ご迷惑をおかけしました」

態度が急変する。ちょっと何なのよ、と妻の方は不服そうだ。代わりなさいよ、ちょっと待て、と受話器の口を押さえずに揉めている。妻が受話器を奪ったようだ。

「主人が前の部署でお世話になってたみたいですけど、子どものことは関係ありませんからね。それに、ケガのことは同情しますけど、そっちはそれを利用して慈善活動してるわけじゃないですか。こういう時だけ被害者ぶらないでください。でも、もういいです。そちらのお気持ちは充分に受け取りました。じゃあっ」

ガチャンと電話を切られた。途中から何を言われているのかよく解らなくなったが、問題がすり替わったのは確かだ。彩也子のケガを慈善活動に利用？ この田舎町には、バカしかいないように思えてくる。足の力がガクリと抜けて、その場にへたり込んでしまいそうになったが、彩也子が自室のドアを薄く開け、心配そうにこちらの様子を窺っていることに気が付いた。

「江口くんのお父さんは、パパと同じ会社で働いているんだって。こちらこそごめんなさい、これからも仲良くしてくださいって言ってたよ」

そう言うと、彩也子はホッと息をつくように微笑んだ。彩也子は母親が相手をやり込めることなど望んでいない。腹の立つ捨て台詞は残されたが、今回の件は、これで終了させるべきだと、光稀も彩也子に笑い返した。

「あったかいココアを飲もうか。マシュマロ、浮かべてあげる」

深夜〇時を半時間まわって明仁は帰ってきた。お茶漬けをかき込みながら、「メール、何の用だった?」と光稀に訊ねる。

「彩也子の学校のこと。今日、呼び出されたの。でも、もう解決したわ」

「何があったんだ?」

今更、説明する気にもならない。腹の立つことをいちいち思い出すだけだ。

「気になるなら、早く帰ってきてくれればよかったんじゃない」

「仕方ないだろ。こっちは仕事なんだから」

「仕事、仕事。……本当に、そうなの?」

「何が言いたい?」

「こっちは何も悪くないのに、同じクラスの子の家に謝罪の電話をかけなきゃならなかった。そうしたら、ご主人が出て、ハッスイの人だって解った。菜々子さんのご主人だってハッスイだけど、この間は六時過ぎに帰ってきてたし、久美香ちゃんを毎日お風呂に入れてあげてるって言ってた。同じハッスイなのに、どうしてあなただけ毎晩遅いの? 家のことは全部私に押し付けて、いったいどこで何してるの」

いつか訊かなければならないと思いながらもずっと先送りしていたことが、今日になるとは今の今まで思っていなかった。訊くと、何か大きなものが壊れてしまう予感もしていたというのに。

「そんなふうに思われていたなんてな。家庭をおろそかにしている分、こちらも大目に見てやっていたのに」

「何をよ」

「無駄遣い、って言えば伝わるか。東京の有名レストランの食い物とか、高級ブランドの服やアクセサリー。ここ数カ月、いくら使ったと思ってる」

「だって、それは……」

何がきっかけなのかは解っている。東京での『FLOWER』の取材の時だ。

写真撮影はすみれ、彩也子、久美香の三人がメインだったが、光稀と菜々子が入ったものも数枚撮ることになった。入学式用に買ったスーツを着ていた菜々子は「こんな恰好で恥ずかしい」とゴネたが、光稀はこういうこともあろうかと、『FLOWER』で毎号取り上げられるブランド、L&Gの服で全身コーディネイトしていた。はりきって、新しく買ったわけではない。独身の頃から好きなブランドだったのだ。臆(おく)することなく、カメラに向かって微笑みかけた。そこに、ちょっと待って、と撮影に立ち会っていた英新社に勤務する大学時代の同級生、マリカが光稀のもとにやってきた。

——せめてこのスカーフは外そう。すっかり主婦しちゃって。物持ちいいんだから。

何年も前の型を着てくるな、みっともない、ということだ。言われてみれば、マリカもL&Gの服を着ているが、ジャケットのラインも、パンツのラインも、光稀のものとはまるで違う。カッと頬が紅潮したが、半ば無理やり取材を頼み込んだ立場なので、怒ることはできない。

——私はいいのよ。子どもたちを可愛く撮ってもらえれば。

笑いながらそう返すだけで精いっぱい。彩也子には人気ブランドの最新デザインの服を着せていた。今更新しい服を買っても仕方がないことくらい解っている。しかし、気付いてしまったからには埋めなければならない。自分の中の東京は、自分が過ごしていた時のままで止まっていて、田舎者が想像する東京と何ら変わりがなかったということを。田舎の主婦たちからどれだけ光稀さんはオシャレだと褒められても、東京の人たちから見れば、時代遅れの恰好をしているということを。

アンテナを張るだけでなく、自分のものとして取り入れていかなければ。いつか戻る日のために。

「もういいわよ、買わないから」

「そういうことを言ってるんじゃない」

「この町の人たちに足並み揃えてりゃいいんでしょ」

「だから……。いや、もういい。好きにしろ」

明仁は席を立ち、浴室に向かった。鼻先をほんのりかすめた匂いは、チーズとケチャップの混ざった、ピザの匂いだ。今のいままで工場にいたという証拠ではないか。今ならまだ、謝れば間に合うだろうか。ごめんなさい、と言えばいい。だが、今日はもう疲れた。

自分と彩也子をこの町に連れてきたのは、明仁ではないか。

彩也子と明仁を送り出した後に、すみれからメールが届いた。彩也子に、今日は教室まで一緒に行こうか？　と訊ねると、大丈夫、といつも以上に元気よく家を飛び出していった。その数十分後だったため、もしや、学校から謝罪の確認だろうかと、不愉快な思いで電話を手に取ったが、相手はすみれだった。大事な話があるという。昼間まで寝ているイメージがあるが、割と早起きなのだな、と妙なところに感心しながら、どこかのカフェで会おうかと返信した。

誰にも話を聞かれないところで、と絵文字もない硬い文章が届き、何か大変なことでも起きたのではないかと不安になったが、つい先日も同じような状況があったのを思い出す。どうせ、菜々子がまた取材を受けたくないとゴネたのだろう。その証拠に、今回も、菜々子抜きで、と書いてある。面倒なことは一つでも早く片付けようと、授業中の学校に電話をかけて事務員に担任へのメッセージを託し、すみれが来るのを待った。

夫と子どもを送り出したあとの社宅マンションは、密会の場所として定着しつつあるようだ。

「早い時間にゴメンね。お店、大丈夫だった？」

すみれが紙袋を差し出しながら言った。色鮮やかな手焼き風のクッキーが入っている。芸術村プロデュースの新作だろうか。

「最近、新しいメンバーが増えたのよ」

教室を開き、客が増えたのはありがたいが、スタッフの補充と称して、光稀の許可を取らないまま、他のメンバーが友人を連れてきてしまい、今や、ハッスイに関係のない、地元の主婦のたまり場と化している。午前中休ませてほしい、と連絡を入れると、「一日中でもOKでーす」と返信がくる始末だ。

「クッキーだから、紅茶にしようか」

「いや、できたらコーヒーをお願い。うーんと、濃いの」

頭をクリアにして話さなければならない問題のようだ。リクエストに応えて、濃いコーヒーを淹れ、クッキーを皿に並べた。その間、すみれは前回のように、『FLOWER』の取材の時の写真を眺めている。全員が並んだ写真の入ったフォトフレームを手に取って、食い入るように。視線は誰に注がれている？

「まあ、座ってよ」

光稀が促すと、すみれは写真を持ったままテーブルについた。

「クッキー、芸術村の新作？」

「これは、サブローさんの学校の生徒が作ってくれたの」

芸術村のメンバーについては全員の名前と専門くらいは聞いたことがあったはずだが、光稀はサブローさんが何をしている人か思い出すことができない。しかし、鼻崎高校で美術の講師をしているメンバーがいたことは憶えている。祭りの火事場に居合わせた女子高生、彼女らを連れてきたのが、サブローだったはずだ。

「上手に作ってるじゃない」

「食べて。黒ゴマとほうれん草とむらさきいも」

光稀はむらさきいものクッキーをかじった。サクリと歯ざわりがよく、ほどよい甘味といもの香りが口の中に広がる。

「おいしい。ところで、火事場にいた子たちはみんな元気にしてる？」

「うん。火傷した子も痕が残るほどじゃなかった、みたい」

すみれが言い終える前にしまったという顔をする。光稀は気付かないフリをして、今度は黒ゴマのクッキーを口に放り込んだ。こちらの方が好みだ。ブラックのコーヒーともよく合う。

「それはよかった。クッキーをくれたのも、あの時の子たち？」

彩也子と久美香を救助したとして表彰されている、新聞の写真を思い出す。

「そう。家庭科クラブの子たちだって」

「こんなのくれるくらいだから、火事の後腐れもなく、上手くいってるんでしょうね」

「ところがね、とんでもないこと聞いちゃったのよ」

すみれが身を乗り出してくる。

「何を聞いたの？」

すみれは息をついて両手で顔を拭うと、コーヒーを一気に半分飲み干した。他に誰もいないと解っているはずなのに、辺りの様子を窺うようにきょろきょろしている。そして、意を決したように顔を光稀の方に近づけて、ささやくように言った。

「サブローさんが言ってたことがホントなら、わたしたち、警察に捕まっちゃうかも……」

＊

堂場菜々子は出来たばかりのモチーフ編みを空っぽの紙袋に入れた。一つ一つに怨念とまではいかないがストレスをぶつけてきたのは確かだ。それを、誰かに引き受けてもらうのがこれほどまでに心地いいとは思わなかった。義母に教えてもらった編み方なので、年寄りくさいイメージしか持っていなかったが、すみれのような独特なオシャレのセンスを持った人が欲しいと思うのなら、押入れの中にためていないで、マフラーかストールにでもして、すみれか光稀の店に置いてもらうのもいいのではないかと思う。

自分の店で売ればいいではないか、とは言われないはずだ。しかし、色遣い次第では年寄り受けしそうな気もする。自分の作品が売れるとは、どんな気分なのだろう。線香がひと箱売れるのとは確実に違うはずだ。と、客がやってきた。

「いらっしゃいませ」

「こんにちは」

芸術村の宮原健吾だ。買い物に来たとは思えない。

「また、何かイベントがあるんでしょうか？」

「いやいや。今日は個人的にお願いがあって」

健吾はさわやかな笑みを浮かべているが、久美香を利用されるようなことなら困るな、と菜々子は身構えてしまう。

「何、でしょう？」

「単刀直入に、絵のモデルになってもらえませんか？」

モデル？　聞き間違いではないかとポカンと口を開けたまま健吾を見返す。

「もちろん、服は着たままだし、椅子に普通に座っててくれていたらいいだけだから」

「なんで、わたしが？」

健吾の周りにはすみれを始め、芸術村の女性が複数いる。すみれの知り合いだからという理由であれば、彫りの深いはっきりとした顔立ちの光稀の方がよほど描きがいがありそうだ。

「鼻崎町の人を描きたいんだ。菜々子さんはこの町で生まれ育ったんだよね」

「まあ、そうですけど。そういうことなら、知り合いのもっときれいな人に訊いてみましょうか？」

「いや、菜々子さんがいい」

モデルの話のはずなのに、告白をされたかのように胸が落ち着かなくなる。

「菜々子さんみたいな人を描いてみたいんだ。見た目は清楚なのに、内に炎のような強さを秘めた女性を」

健吾が接近してくる。あと半歩前に踏み出せば唇が触れてしまいそうだ。じりじりと後退するうちにおしりがテーブルにぶつかり、編みかけのモチーフをつけたままのかぎ針が床に落ちた。

「わたし、強くなんてないですよ」

健吾がモチーフを拾う。

「これ、怨念が込められてるんだって？」

なんだそれでか、と一気に肩の力が抜けた。

「すみれさん、そんなことまで。確かに、ストレス解消に編んでるけど、怨念って言い方は大袈裟だったかもしれません」

「そうかな？　特に違和感持たなかったけど」

「それに、店番や久美香のお迎えもあるので、やっぱりモデルの件はどなたか別の人にお願いしてください」

「一日一時間でもダメかな」

「難しいですね」

「店番をご主人の両親に頼むことはできないの？」

健吾は堂場家の家族構成は知らないようだ。菜々子もすみれや光稀に話した憶えはない。

「両方いないんです。義父は三年前に亡くなりましたし、義母はそれより前に……、新しい生活を始めたので」

深刻に受け取られないように菜々子なりにおどけて言ってみた。

「新しい……？」

「健吾、何してんの？」

店の引き戸が開き、すみれが入ってきた。光稀も一緒だ。

「わ、すみれ？　線香を買いに来たんだよ。祭りの福引の景品だったヤツ。ねえ」

同意を求めるように健吾が菜々子を振り向いた。とっさに菜々子も「ええ」と答え、線香の陳列棚にラベンダーの箱を取りにいった。

「ひと箱ですか？」

「いや、ふた箱で」

すみれがじっと健吾を見ている。モデルの件はすみれに内緒だったのかと、痴話喧嘩が起こりそうな気配に菜々子の方が落ち着かない。しかし、

「ちょっと、健吾。店番していてよ」

いいことを思いついたというふうにすみれは言った。

「いいけど。カフェ？　工房？」

「違う、違う。ここのお店。わたしたち、緊急で、菜々子さんに大事な話があるの」

何を言っているのだ、と菜々子はすみれと健吾を交互に見た。

「話ならここでしませんか？　テーブルと椅子もありますし、お茶も淹れるので」

また、取材の依頼が来たのかもしれない。

「ダメ、ダメ、ダメ。こんなところでできる話じゃないんだから。ね、健吾。菜々子さんが帰ってくるまでそこに座っていてよ」

すみれは店主の菜々子の意見になどまったく耳を傾けず、健吾にレジ横の椅子を顎で示すと、強引に連れ去ろうとするように菜々子の腕を引いた。説明を求めようと、菜々子は光稀を見たが、光稀は口を真一文字に結んだまま深刻そうな顔をこちらに向けてい

るだけだ。ならば、店を閉めて出て行くと提案する前に、商店街の駅側駐車場へと連れて行かれた。

すみれに腕をつかまれながら光稀の自動車の後部座席に二人並んで座り、三人とも黙り込んだまま一〇分足らずで到着したのは、八海水産の社宅マンション、光稀の自宅だった。人気(ひとけ)のない山奥にでも連れて行かれそうな勢いだった分、拍子抜けしてしまう。最初からここだと言ってくれればよかったのに、と悪態をつきたい気分にもなった。

菜々子が光稀の家を訪れるのは初めてだった。広いリビングに落ち着いた色調の家具が配置された、ドラマに出てくる部屋のようだ。プリザーブドフラワーもそれだけが強く主張することがないよう上手く飾られている。家出した義母が作った統一感のない手芸品を未(いま)だにごてごてと並べている堂場家の居間とは別世界のように思える。

テーブルの上にはクッキーの載った皿とカラになったマグカップが二つ置いてある。光稀はカップをキッチンに運び、すみれが自分の家のように、菜々子に椅子を勧めた。

「菜々ちゃんは紅茶派だったわよね」

光稀がぎこちなくキッチンカウンター越しに声をかけてきたが、お構いなく、と答えるのもおかしいような気がした。自分は無理やりここに連れてこられたのだ。そうです、と答え、席について室内を眺めた。『ＦＬＯＷＥＲ』の取材の時の写真が飾られている。

中でも、全員集合したものは菜々子にとっても大切な一枚で、写真立てに入れて親子三人が布団を並べる寝室に飾っている。

「よかったら、クッキー、食べて」

菜々子の向かいに座ったすみれが皿を菜々子の前に寄せてきた。自分の家のような態度だが、クッキーはすみれが持参したものかもしれない。となれば、すみれは一度ここに来ていて、光稀と話し合いが持たれたことになる。これから何の話が始まるのか、知らないのは菜々子だけだ。

フェアじゃない。不満を顔に出さないようにするため、手前のクッキーを一つ取り、丸ごと口に入れた。黒ゴマの風味が口いっぱいに広がる。意外なおいしさに感心していると光稀が盆にティーポットとカップを載せてやってきた。

目の前にソーサー付のカップが置かれ、香りのよい紅茶が注がれる。しかし、これが楽しいお茶会でないことは、店を訪れた時から変わらない光稀の硬い表情が物語っていた。

のどを潤すようにすみれが紅茶をひと口飲み、菜々子に向き直った。

「菜々子さん、わたしと光稀さんは味方だから」

「はあ……」

「だから、本当のことを教えてほしい」

大袈裟な前置きにだんだんと腹が立ってきた。言いたいことがあるのなら、もったいぶらずに言えばいいではないか。

「何を?」

「久美香ちゃん、本当は歩けるんじゃないの?」

深いため息しか出てこなかった。今まで町の心無い連中から陰でささやかれていたことはある。しかし、面と向かって問われたことはない。田舎者とはいえ、それくらいの常識は持ち合わせているからだ。それが……。ようやく良識的な友人ができたと喜んでいたのに、まさか、真剣な面持ちでこんな非常識なことを問われるとは。

「代理ミュンヒハウゼン症候群。わたしが久美香を歩けないことに仕立て上げて、みんなから同情を引こうとしている、って言いたいんですか?」

冷静に返そうとしても、声が震えているのが自分でも解る。もちろん、怒りで震えているということも。

「そういう病名はよくわかんないけど」

「仮にそれを装っているとして、誰がわたしに同情してくれてるっていうんですか? 何か特別扱いされているように見えますか? 小学校に入ったばかりで、みんなと一緒に走り回りたいだろう娘に車いすでの生活を強いてまで得たいものって何だと思ってるんですか。何にも知らないくせに。わたしたち夫婦がどんな思いで毎日を過ごしているか、考えたこともないくせに」

涙が込み上げてくる。泣いてたまるか。この人たちの前で。菜々子は唇をかみしめた。

「ごめんなさい。……やっぱり、そうだよね」

すみれが神妙な顔で頷いた。何がやっぱり、だ。

「でも、ご主人、毎日、定時で帰ってこられるようになったでしょう」

ずっと口を閉じていた光稀がかすれた声で言った。

「光稀さんはもっと頭のいい人だと思ってました。それが、残業したくないから娘が歩けないことに仕立て上げてる、なんて」

「そうじゃない。ご主人、久美香ちゃんが事故に遭う前、浮気していたんでしょう?」

「な……」

どうして光稀がそんなことを知っているのだ。だが、浮気ではない。気のいい修一は地元の友人たちから飲みに誘われたら断れない。そのグループの中にたまたま女性がいたというだけ。二人きりで飲みにいくことがあっても、相談事を受けていただけだ。下品な噂はハッスイルートで光稀の耳に入ったのだろうか。商店街ルートからだろうか。いずれにしても、それがさも事実であるかのように本人に突き付けるとは。まともな神経をしているとは思えない。

「光稀さん、それは酷いよ。やっぱり、あっちが嘘ついてるんだって」

すみれが言った。

「あっち？」

「サブローさんが聞いた噂なんだけどね」

すみれは、芸術村の住人で鼻崎高校の美術講師をしているサブローが家庭科クラブの子たちから聞いたという話を、菜々子に聞かせた。

花咲き祭りの日、商店街の一本筋違いにあるかつて食堂だった場所で、芸術村の住人がプロデュースしたエビマヨコロッケとクラムチャウダーの無料配布が行われることになった。そこで、サブローは自分が勤務する学校の家庭科クラブの生徒たちに当日の手伝いを頼むことにした。家庭科クラブのメンバーは女子八名。四人が厨房、四人が配布の手伝いを受け持つことになった。配布された料理は食堂内で食べることもできた。

彩也子と久美香は食堂内の席についていた。食堂入り口の段差で車いすを中に入れるのに苦労していた彩也子を二人の女子高生が手伝って、一番奥の席に案内したのだ。彩也子は椅子、久美香は車いすに座っていた。

そして、火事が起きる。

火事直後の証言では、食堂から商店街に続く路地までは彩也子が久美香を背負い、途中から、女子高生二人が彩也子と久美香をそれぞれ背負って避難したことになっている。

その時の様子を写した写真は新聞に大きく掲載され、女子高生二人は消火活動に当たった商店街の役員有志と共に町役場で表彰されている。

ところが、褒められた生徒がいるからこそ、残りの六人は何をしていたのだという声が校内で上がってしまった。表彰された二人は厨房担当だった。サブローに誘導され、食堂をほぼ最後に出たことが確認されている。あとの六人は先に逃げたということだ。特に、配布を担当していた四人は食堂内に車いすの子どもがいること、その子の付き添いが子どもであることを認識していた。なのに、助けようともせずに逃げたことになる。

すると、配布を担当していたうちの一人がこんなことを言い出した。

火事だ、と厨房から声が聞こえた時、自分はとっさに子どもたちの方を見た。食堂内にいた人たちが我先にと走り出て行こうとする中、車いすの女の子も立ち上がり、戸口に向かって歩いていた。何だ、まったく歩けないわけではなかったのか、と安心した。一緒にいた子もすぐにその子を追いかけたから、自分が助ける必要はないと思った。それよりも消火活動をするべきだと思い、消火器を探すため、子どもたちや他の客を追い越して商店街に向かったのだ。

それを聞いた別の女子高生が、とある疑問を口にした。

その車いすの子、雑誌でインタビュー受けてたような気がする。自分と同じ、車いすの人のためにストラップを買って、みたいな。本当は歩けるのに、そんなことしていいのかな。

そして、彼女らは真相を確かめるため、ストラップの制作者と同じ芸術村の住人であるサブロー先生のところに行った。手作りクッキーを持参して。

「噂が本当なら、わたしたち、詐欺罪で訴えられるかもしれないじゃない。だから、菜々子さんに確認したの」

すみれの言葉を理解するペースが追い付かない。菜々子の思考はもっと前の段階で停止していた。

「久美香が立った、って本当なの？　歩いた、って本当なの？」

身を乗り出して、すみれに訊ねる。

「落ち着いて、菜々子さん。逃げたって責められるのがイヤだから嘘ついたんだよ、きっと。サブローさんもそうじゃないかって言ってたし」

「でも、嘘じゃなかったとしたら？」

菜々子は胸の内に熱く込み上げてくるものを感じていた。その時は訪れていたのだ。

「何なの？　菜々子さん。言ってる意味がわかんない。本当は歩けるんじゃないかって訊いた時はあんなに怒ったのに、歩いているのを見たって言ってる子がいるってなったら、なんか……、喜んでるみたいだよ」

「だって、嬉しいんだもの。久美香の足が動かないのは心因性のものだから、信じていればいつか必ず歩ける日が来るって、お医者さんは言ってくれていたけど、そんな気配はまったく感じられなくて。でも、一瞬でも、立ち上がって歩くことができたのなら、きっと、もうすぐ……」

喉が詰まり、これ以上続けることができなかった。すぐにでも修一に報告したかった。

「勘弁してよ。心因性のものだって、どうして最初に言わなかったのよ」

光稀が尖った声を上げた。

「言いませんでしたっけ？」

「聞いてないわよ。ねえ」

光稀がすみれに確認する。すみれは大きく頷いた。と、携帯電話が鳴った。すみれのバッグの中からだ。すみれは二人に背を向けて電話に出た。えっ、とすみれの背中が凍りつくのが解った。すみれがゆっくりと振り返る。

「ネットに、久美香ちゃんが歩いていた、っていう書き込みがあるって……」

ああ、と光稀が頭を抱えた。それのどこが問題なのか、理解できていないのは菜々子だけのようだ。

第六章　折れた翼

「芝田が鼻崎岬に埋めた金を芸術村の誰かが見つけた、ってのはあるかも」

「でしょう。前から気になっていたんだけど、あそこに建つ家ってどれも立派じゃない。土地代込みで絶対に三千万は下らないはずよ。あたしたちと年もあまり変わらないのに、どこからお金が出てくるんだろう。芸術家ってローンを組むのも難しそうだし」

「あたしも思ってた。かといって、有名人がひと財産成して道楽で田舎にやってきた、って雰囲気でもないじゃない。自分が知らないだけかもって、ネットで検索しても本人のサイトくらいにしか当たんないし」

「メジャーなところで活躍できなかったから、別天地を求めるつもりでやってきたような感じだよね」

「解る、それ。自分だけの楽園的な？　芸術は他の人と競うものではなく、自分が満足するものができればそれでいい、とかなんとか言って」

「その割には値段高いし。おまえの作品にそんな価値ないだろって。まあ、買わないから言わないだけで、みんな思ってるよね」

「なのに、地域おこしに貢献してやってるんだって、ちょっと上から目線な態度とってたりするし。あたしら、文明に取り残された人扱い？　バカにすんなって。……でも、本当にどうやってご飯食べてるんだろう」
「まあ、ガツガツ商売っ気出してる人もいるし」
「とりあえず、あの人は金を持っていないってことかな」

＊

すみれと菜々子とは〈鼻崎ユートピア商店街〉一丁目にある〈堂場仏具店〉の前で別れ、相場光稀は四丁目にある〈プティ・アンジェラ〉に向かった。

足が動かないはずの久美香が歩いていた、という噂が流れている。そのことについて話し合うために三人で光稀の社宅マンションに集まったはずなのに、菜々子もすみれも自分たちに起きていることを把握できないままパニックに陥り、光稀の「落ち着いて話し合いましょう」という声などまったく頭に入ってこない様子で、独り言としか取れないようなことを思うがままにつぶやき出したため、日を改めることになったのだ。

三人で始めた「クララの翼」の問題なのに、すみれも菜々子もそれぞれ相談したい相手は目の前にいる仲間ではないらしい。

仲間？　光稀は足を止めた。そう思っていたのは自分だけかもしれない。実際にストラップを作って売っているのはすみれ。グループの象徴的存在は菜々子の娘、久美香。

これだけで「クララの翼」は充分成り立っているのだ。彩也子の作文と光稀の人脈はただ都合よく一時的に利用されただけ。その証拠に、テレビ取材も彩也子抜きでと言われたではないか。いっそ、あの時に抜けておけばよかったのだ。

だけど、とも思う。利用された。それを貫けばいいのではないか。実際、久美香の足が動かないのは心因性のものだと聞いたのは今日が初めてなのだから。何も案ずることはない。本来の仕事をしよう。

光稀はまっすぐ顔を上げて、自らが仲間と立ち上げた店に向かった。

午後五時までに注文の品を一つ仕上げなければならない。すみれからの連絡がなければ朝から店に出るつもりだったので材料は家に持ち帰らなかったのだが、デザインは決めてあるため、二時間もあれば余裕で仕上げることができる。餞別(せんべつ)にするらしい。注文者は小野(おの)という商店街周辺に住む面識のない主婦だが、引っ越していくのは夫が八海水産に勤務している人だという。名前を訊ねると光稀の知らない人だったが、光稀が知っているハッスイの社員などごく一部にすぎない。社宅に住んでいるにもかかわらず、誰が夫と同じ部署なのかすら解らない。工場の閉鎖やリストラの話が出るようになってからは、ランチ会を開くこともなくなった。それでも、〈プティ・アンジェラ〉がある。

店番は二人、社宅組ではないが馴染(なじ)みのメンバー、里香と真紀であることに安堵する。二人はレジ横の作業台で頭を突き合わせるようにして座り、ビーズのネックレスを作っていた。

「あっ、光稀さん。用事、済んだんですか？」

　里香が言った。真紀もきりのいいところまでビーズを通してから顔を上げる。

「今日は教室ないし、あたしたちだけでも大丈夫なのに」

　疎ましがっている口調ではない。二人はビーズケースを端に寄せ、光稀のスペースを作ってくれる。

「ありがとう。でも、一件、注文を受けているのよ」

「それって、小野さんの？」里香が問う。

「そうだけど」

「もう渡しましたよ」

「えっ？」

　開店直後に小野から電話があり、送別会の時間が変更になったため午後一時に商品を取りに行きたいと言われたのだという。

「光稀さん、午前中来られないって言ってたからどうしようって思ったけど、材料や道具は店にあったから、あたしと真紀ちゃんで作って、ちゃんと間に合わせられましたよ」

　褒めてくれといわんばかりの口ぶりだ。休ませてくれとは言ったが、緊急の用件が入ったのならメールくらいするべきなのでは、と喉元まで出かかった言葉を飲み込まざるを得ない。

「ちゃんと光稀さんに報告できるように、写真も撮ってますよ」

真紀がスマホをフリースジャケットのポケットから出し、印籠のように光稀の目の前にかざした。近すぎるため一歩下がる。

何なのだ、これは。眩暈を起こしそうになる。ピンク色のハート形のガラスの器に、白、ピンク、紫のバラをてんこ盛りに突き差している。大家族のサラダじゃあるまいし。

「上達したと思いません？」

自信満々の顔で真紀が訊いてくる。

「送別会用だからいつもより豪華にしてみました！　って小野さんに渡すと、すっごく喜んでくれましたよ。これで三千円だなんて信じられない。友だちの結婚祝い用にも今度お願いしたい、なんて」

里香が続けた。

「そ、そう。ありがとう……」

自分は今どんな顔をしているのだろうと思う。そりゃあ三千円には見えないだろう。これでもかというほどにバラを使用しているのだから。次の注文をもらえたとして、いくら光稀がセンスよく作り上げても、相手は物足りなさを感じるはずだ。そして、この二人は自分たちが作ったものの方が喜ばれたといい気になるに違いない。花代だけで一万円近くかかっていることをこの場で伝えた方がいいのかもしれない。光稀にかわって仕事をしてくれたことを否定しないような言い方をすればいい。

アレンジは素敵だけど、ちょっと花代をかけすぎちゃったかな。それくらいで通じるはずだ。だが、今この人たちと小さな溝を作るのは賢明ではないと、頭の奥で黄色信号がともる。久美香が歩いていたことを知られるのは時間の問題だ。ならばいっそ、こちらに寄っておいた方がいいのではないか。光稀の所属場所は〈プティ・アンジェラ〉で「クララの翼」には利用されただけなのだ、と思ってもらえるように。

「お茶を淹れましょうか」

光稀は二人の返事を待たずに店の奥に入り、電気ポットのお湯でカモミールティーを三人分作って、作業台まで運んだ。こういうときにこそ取り寄せしたお菓子があればよかったのに、と後悔しても仕方ない。どういうものが好きなのか訊いてみればいい。東京の有名店の品を手放しで喜ぶのは、菜々子やすみれではなく、ここに集う人たちだ。

「ところで、ちょっと訊きたいことがあるんだけど」

お茶を二口飲んだ後で切り出した。

「何ですか？」里香が答える。

「堂場久美香ちゃんの事故のことなんだけど、私よく知らなくて。どんなケガをしたのかしら」

「うーん、あたしもそこまで詳しくは。光稀さんの方が堂場さんと仲いいのに」

「娘を通じて親しくさせてもらってるから、かえって訊きにくくて」

「あ、解ります。なんていうか、久美香ちゃんの足のことは触れちゃいけない、って空気はこの商店街周辺に暗黙の了解で流れてますよね。堂場さんに気を遣って、っていうのもあるけど、事故の日に付き添いをしていた〈ローズ〉の舟橋さんに睨(にら)まれたくない、って感じで」

〈ローズ〉は三丁目の美容室だが、光稀は訪れたことがなかった。祭りの会合には毎回夫が参加していたが、そちらはおとなしそうな印象だ。

「そうね。私がその立場なら、久美香ちゃんが車いすに乗っているのを見ただけで、責められてるような気分になりそうだわ」

そういうことを聞きたいのではなかったが、神妙な面持ちで頷いてみる。

「もしかして、光稀さん、久美香ちゃん仮病説を誰かから聞いちゃった？」

真紀が言った。内緒話をバラしたくてたまらない子どものように、上目遣いでニヤニヤしながら光稀を見ている。それよ、と光稀は胸の内で手を打ったが、顔は、何それ？というふうに眉を顰めてみせた。慎重に続けなければならない。

「そんな噂があるの？」

「同学年の親の間じゃ、有名なエピソードだけど。でも、あたしから聞いたって堂場さんに知られたくないし」

「そんなこと、絶対に本人には言わないわ」

「まあ、子どもが言ってたことなんだけどね」

真紀はそう前置きして、久美香仮病説の元となった噂について話し出した。

鼻崎第一小学校には車いすの児童がいたという前例はなく、バリアフリーの機能が行き届いているとはお世辞にも言うことはできない。それでも、久美香の入学に合わせてスロープの設置や一年生の教室のある校舎の一階のトイレの改修工事が行われた。来年にはエレベーターが作られる予定だが、今はまだ階段しかないため、音楽室など、階段を上り下りしなければならない教室移動の際は、久美香に支援員がつくという。しかし、トイレに関しては車いす用の個室であれば補助はいらないらしい。

「車いす専用のトイレなんだから、一人でできてもおかしくないんだろうけど、普通の子が用を足すのと同じくらいの早さで出てくるんだって。でも、それは訓練したのかもしれないし、本当は歩けるっていう証拠にはならないでしょう」

真紀の言葉に光稀はどう反応すべきか迷い、そうね、とだけ答える。小学一年生の子どもがそんな些細なことから疑いを持ち始めたのかと、そちらの方が恐ろしくなる。

「多分、最初は手伝ってあげた方がいいんじゃないかって、子どもたちも思ってたんだろうね。でも、ある日、決定的なことが起きたの」
ね、と真紀は里香に同意を求めた。このエピソードを知らないのは自分だけなのでは
ないか、というような気分になる。
「音楽の時間に、久美香ちゃん、お腹が痛くなったのか、トイレに行きたくなったんだ
って。昔なら授業が終わるまで我慢しなさいってよく言われてたけど、最近はそういう
のも体罰になるみたい。だから、割とみんな授業中でも気軽にトイレに行くのよ。それ
で、先生もいつもの調子で誰が言ったのかも確認せずに、いいわよ、なんて答えたんで
しょうね。かなり経ってから、相手が久美香ちゃんで、音楽室のある階にはバリアフリ
ートイレがないことに気付いたの。あわてて教室を出ていこうとしたら、久美香ちゃん
戻ってきたんだって」
「一人じゃできないから戻ってきたの？」
「先生もそう訊ねたそうよ。そうしたら久美香ちゃん、行きたくなくなった、って答え
たらしいけど、妙にすっきりした顔をしていたんだって。もちろん、粗相だってしてい
ない。だから、子どもたちは、久美香ちゃんは本当はトイレを済ませたんじゃないかっ
て思ったわけ。で、やっぱり歩けるんじゃないかって」
「でも、本当にトイレに行かずに引き返してきた可能性だってあるわけでしょう。少し
お腹がむずむずするかなと思ってトイレに行くことにしたけど、入り口まで行ってバリ

アフリートイレじゃないことに気付いて引き返すうちに、もういいやって思ったのかもしれないいじゃない」

「まあね、そういう解釈してあげたいけど、一度歩けるんじゃないかって思うと、みんな結構観察しちゃうものなのよ。公衆電話の前でテレフォンカードを落としたのを腰を上げて拾っていたとか、小さな目撃情報は絶えずあるみたい」

「そうなると、子どもだから先生に言う子もいて、菜々子さんに確認することになるんじゃないの？」

「それ、NG。告発した子や先生は人でなし認定受けるだけだから。菜々子さんてああ見えて、ピシッと言うのよ。お父さんがお医者さんでしょう。だから、お嬢様気質なの。特にお父さんが元ヤンっぽい若い子と再婚してからは、気むずかしいまま殻に閉じこもっちゃったカンジだし」

　菜々子がはっきりと主張するところは、つい数時間前に見たばかりだ。

「ダンナはおもしろい人なのにね。まあ、だから、うちの子にも久美香ちゃんのことはほうっておくように言っておいたし、余所の家もそんな感じじゃないかな」

「そうしていてよかったんじゃない？」

　里香が言った。真紀が、何で？　と首をかしげる。

「〈ローズ〉の奥さんは自分に落ち度はなかったって、こっちもまたはっきり主張してるから、当てつけのように足が動かないふうに装っているのかもしれないって、あたしもかなり疑ってたけど、足が動かないことをアピールして雑誌や新聞に出るくらいなんだから、本当に動かないっていうことでしょう？」

「断定できるかな？」

「最近、ねつ造の記事が多いから、マスコミなら事前に診断書の提出を求めてきたりするんじゃないの？　ねえ、光稀さん」

そんなことは聞いたこともないし、『FLOWER』の取材に関しては求められなかったと断言できる。しかし、これは口にしない方が賢明だ。

「私はおまけで参加させてもらっているようなものだから、あまり詳しいことは解らないの。最近の取材なんて、すみれさんと久美香ちゃんだけでお願いしますなんて言われたみたいだし、すみれさんたちも今後はその方向で進めていきたいみたい」

「それって酷くない？」

里香が自分がのけ者にされたかのように声を上げた。

「ホントに。彩也子ちゃんの作文があったからこそじゃないの？」

真紀も頷きながら言う。単純な反応がかえって、裏のないことを表しているようで、光稀はこの人たちを好きだと思えた。プリザーブドフラワーのことなどもうどうでもいい。

「ありがとう。でも、こういうのを潮時と言うのだと思うし、みんなにも迷惑をかけてばかりじゃ悪いから、これからは〈プティ・アンジェラ〉の活動に専念するわね」

よろしくねと言わんばかりの笑顔で二人を交互に見て、三拍ほどおいた後、よかった、と里香から返事があった。

「『クララの翼』のこと、あんまりよく思っていない人たちが結構いるけど、あたしたちは応援してるんで」

真紀も続いたが、一瞬晴れた光稀の心にどんよりとした雲が舞い戻ってきたような気分になる。おそらく、こちらが想像している以上に反感を買っている、ということか。

小学校に近いピアノ教室に彩也子を迎えに行き、二人でマンションに戻った。久美香の家に行く日でなくてよかった、と思う。左手の薬指と小指をもっときたえましょうって言われたよ、と彩也子は車の中で、レッスン中に指導されたことを順を追って光稀に報告したが、半分も耳に入ってこなかった。

マンションに着くと、彩也子はテーブルの上にクッキーを見つけた。

「ピンクのうずまきだ」

そう言って、手も洗わずにむらさきいものクッキーを一つ口に放り込んだが、光稀は注意をするどころか、今日一日の出来事が一気に頭の中に溢れかえり、ため息をついてダイニングチェアに深く腰を下ろした。

久美香が歩いていたという目撃証言、久美香の足が動かないのは心因性のものであるという事実。それだけでもとんでもないことになってしまったとうろたえていたのに、町の住人は平気な顔をして久美香が本当は歩けると口にする。心因性がどうこうという範疇の話ではない。完全に仮病扱いだ。その声は菜々子にも届いている。だが、菜々子は子どもたちの噂話などにはまったく耳を傾けようとせず、久美香の足は動かないものと決めつけ、少しでも否定する人を頭ごなしにはねつけている。歩けるようになって欲しくないのだろうか。いや、しかし、久美香が歩いていたと聞いたときの菜々子の嬉しそうな表情は作り物だと思えない。

いったい何が真実なのか。

「ママ、大丈夫？」

彩也子が光稀の隣にやってきて覗き込むようにして訊ねる。目の前に傷痕があった。もしも、久美香が歩けるのなら、彩也子は何のためにこんな傷を負ったのか。

「平気よ」

傷痕を前髪で隠すようにしながら彩也子の頭をなでた。よかった、と彩也子の顔に笑みが広がる。

「ねえ、彩也子」

思わず口にしてしまったことを後悔し、片手で口を押さえた。彩也子が小首をかしげる。ためらう必要はない。火事場にいた高校生が証言したことに信憑性があるのかどうか、その場にいなかった者たちで話し合っても、真相が解るわけではない。

「お夕飯前だけど、ココアか紅茶を一緒に飲もうか。このクッキー、お祭りの火事の時に食堂を手伝っていた高校生のお姉さんたちが作ったんだって」

「へえ、そうなんだ。さっき食べたのおいしかったよ」

彩也子が椅子を引きながら答える。

「遅くなったけど、火事の時にお世話になりましたって持ってきてくれたんだって。あの時のこと、順番に詳しく、ママに教えてくれる？」

彩也子はテーブルのクッキーに目を遣った。色とりどりのかわいらしいクッキーは心のこもった贈り物にしか見えない。

「いいよ」

彩也子は一点の曇りもない目を光稀に向けて元気よく頷いた。

＊

夫の修一が久美香を風呂に入れたあと、堂場菜々子が足をマッサージしてやるのが日課となっている。久美香は足を動かすことはできないが、足が硬直しているわけではないので、菜々子が動かすのに合わせて膝もくるぶしもなめらかに曲がる。

「なんだか、関節の動きが前よりよくなっているみたいよ」

菜々子はついはしゃいだ声を上げてしまったが、そうかなあ、と久美香の反応はいつもと変わらない。菜々子の動作に反する足の動きを感じることもない。

「さあ、ごはんをしっかり食べて、ゆっくり休もうね」

それでも声がワントーン上がっているのが自分でも解る。

「何かいいことでもあったのか？」

先に食卓について缶ビールをあけていた修一が菜々子に訊ねた。

「ううん、別に。久美香の足が少し力強くなっているように思えて、嬉しくなっただけ」

修一に報告したくてうずうずしていることはあるが、久美香の前では言えない。久美香はキョトンとした顔で菜々子を見ている。

「そうだな。背も高くなったような気がするな」

そう言って修一は居間までやってきて久美香を、よいしょ、といつもより少し重そうに持ち上げて車いすに座らせ、久美香の膝を大きな手でなでた。ホントに？　と久美香は身長を確かめるように嬉しそうに両手を自分の頭に載せている。

「もっと大きくなれるように残さず食べようね」

菜々子はさらに弾んだ声を出し、ガッツポーズを作りながらさりげなく目元を拭った。

久美香を寝かしつけた後、菜々子は居間でテレビを見ていた修一にビールを運び、大切な話があるの、と切り出した。

「久美香が歩いていたのを見たっていう人たちがいるの」

興奮を抑えるようにして伝えたが、修一の反応は芳しくない。

「なんだ、また詐病扱いか？」

「そうじゃなくて、火事の現場でね……」

菜々子は昼間、すみれから聞いた祭りの日のことを話した。

「逃げなきゃ、っていう気持ちがとっさに久美香を立ち上がらせたのかもしれない。自己防衛本能っていうの？　命の危機にさらされたから脳が強い指示を出したのよ」

修一の腕を両手でつかみ、思い付く限りの言葉を並べているのに、修一の反応は変わらない。

「そうかな。俺はみんなが言っているように、逃げたことを責められた高校生たちが言い訳してるだけなんじゃないかと思うけど」

「だって、車いすの小さい女の子だっていうだけで、そんな言い訳すぐに思い付ける?」

「祭りからはかなり日が経ってるけどな。それに、久美香が本当に歩いて逃げていたんなら、どうして彩也子ちゃんは久美香を背負ってやったんだ? あんなケガを負ってまで助けてくれたっていうのに」

「それは……。高校生の子たちの言い方も少し大袈裟なのかもしれない。久美香は立ち上がって何歩かは進めたけど、それ以上は無理だったのよ。一年以上歩いていないんだからすぐにスタスタと歩けるはずないわ。だから、彩也子ちゃんは背負ってくれたんじゃない?」

「それなら筋は通るけど。立てたのが本当なら、どうして久美香はそれを俺たちに報告しないんだ?」

　返す言葉がまったく見当たらなかった。修一の言う通りだ。久美香が歩けるようになることは家族全員の願いだということを、久美香が一番に理解しているはずだ。算数ができた、ピアニカを弾けるようになったなど、久美香は誇らしげに報告する。それを受けて、菜々子も修一も精一杯褒めてやる。立てた、などと聞こうものなら、久美香を思い切り抱きしめて、心の底からよくがんばったと賛辞を送るはずだ。だが……。

「『クララの翼』のせいだわ」

　頭の中にパッと電灯がともったように菜々子は確信した。久美香の足が動かないのは交通事故に遭った際の恐怖心が色濃く残っているからに違いない。車いすでの生活を送っている限り、誰かしら久美香を庇護してくれる。しかし、子ども同士で出かけた祭りの会場で火事に見舞われてしまう。庇護してくれる大人はいない。生命を脅かす危機が目の前まで迫ってきている。その恐怖に体が反応した。が、固まった足を思うように動かすことができず、年がそれほど変わらない友人に助けてもらうことになった。

本当はすぐにでも立ち上がることができたと両親に報告したかったはずだ。しかし、火事の恐怖と友人にケガを負わせてしまった罪悪感が喜びを覆い隠していたため、すぐには口にすることができなかった。

気持ちが落ち着いた頃に話そうと思ったが、その時には「クララの翼」の看板となってしまっていた。雑誌の取材などを通じて、全国の車いす利用者へのエールを何度も口にさせられた。一緒にがんばりましょう、とも言わされた。そんな時に「足が動くようになりました」と口にするべきではないということは、小学一年生の子どもでも充分に自分で思い至るはずだ。

特に、自分の言葉が雑誌に載るということは、大人よりも、子どもの方が大きなことと捉えるはずだ。久美香は旅行に連れて行ったこともなく、鼻崎町から出たことなど両手で足りるほどしかない。『ＦＬＯＷＥＲ』の取材で東京に行った際には、あまりの人の多さに目も口も大きく開けたまま言葉を失っていたほどだ。大人であれば、『ＦＬＯ

WER』がいくら人気のある雑誌とはいえ、東京駅を行きかう人の一握りも手に取らないと解っているけれど、久美香なら、すべての人が自分の言葉を読み、車いすに乗った写真を目にすると感じてもおかしくはない。

足が動いたなどと、決して口にしてはならない。それどころか、火事の際、足を動かすコツやタイミングをつかむことができたようにも感じたが、絶対に動かそうと思ってはならないと、事故後から絶えず持っていた前向きな気持ちにまで蓋をしてしまったのではないだろうか。

黙り込んでしまった菜々子に、やれやれといった様子で修一がため息をつく。テレビの前を塞いでいるのもそろそろどうにかしてほしい、とでも言うように。

「もし、火事の時に本当に立ち上がることができたとしても、久美香にそれを問いただしたり、一度できたんだから頑張ろうとか発破(はっぱ)をかけるべきじゃない。それがプレッシャーになって、車いすで学校に行くのすら拒むようになったらどうするんだ。他人の言うことなんか受け流して、久美香からのアクションがあるまでは、これまで通りにしているのが一番じゃないかな。でも、『クララの翼』と距離を置くのは、俺も賛成。一つ目立つと、一〇は噂される町だからな。あることないことまき散らされるのはうんざりだ」

そう言って修一はテーブルの上のリモコンを手にした。ボリュームを上げる。これで終了だという合図のように菜々子は受け取り、腰を上げた。結論から言えば、修一の意見に菜々子も賛成だ。しかし、夫婦の気持ちが通じ合ったという気はまったくしない。

結婚前はそうではなかった。一見、自分とは正反対の気質のように思える修一のひと言ひと言に菜々子は同意し、修一もまた「わかるそれ」と菜々子の意見をすべて受け入れてくれた。そうして久美香を授かり、一緒になったというのに……。

今では、通じ合っていると感じるのは、久美香を介しているときだけ。しかし、それが結婚であり、家族なのだとも思う。


すみれも光稀も、昨日は一大事が起きた様子でやってきたが、一夜明けたところで菜々子にとっては何も変わらない。いつも通り、久美香と修一を見送り、洗濯や掃除などの家事を済ませて、午前一〇時に店を開ける。

何のために自分はここに座っているのだろう。現金収入のためでないことは確かだ。光稀たちの店のように、趣味を楽しむ場でもない。取り立てて嫌なこともないが、嬉しいこともない。出会いもない。だが、そんなものははなから求めてもいない。本当にそうだろうか。

「こんにちは」

店の引き戸が開き、客がやってきた。宮原健吾だ。

「昨日はどうも」

礼らしきことを口にしてみたが、健吾に店番をしてもらうことになったのはすみれのせいで、菜々子が頼んだことではない。

「今日は何の……」

慌ただしく別れたものの、絵のモデルははっきりと断ったはずだ。しかし、健吾が脇にかかえているのはどう見てもスケッチブックだ。駅に向かう途中に顔をのぞかせただけかもしれない。

「菜々子さん、大丈夫だったかなと思って。うちはあれから、すみれがネットの書き込み見ながら大騒ぎだったから」

言いながら、勝手知ったるという様子で健吾は来客用の椅子に腰かけた。

「コーヒーでも淹れましょうか」

遠慮されるのを前提に訊ねたのに、どうも、と健吾は笑い返してきた。仕方なく、インスタントコーヒーの準備をする。

「ネット、わたしは結局怖くて見られなかったんですけど、そんなに酷い書き込みをされているんですか？」

「気にするほどのことじゃないよ。鼻崎高校の生徒だと思われる子が、『クララの翼』の車いすの女の子が歩いているのを見た、ってつぶやいてて、それに、ちらほら反応があるだけ。見間違いじゃないかって、軽はずみな書き込みを窘める意見もあるくらいだ」

コーヒーカップを健吾の前に置き、菜々子も向かいに座った。テーブルの隅に重ねている仏壇のカタログを一冊取り、適当なページを開いて健吾の方に向けて置いた。

「カモフラージュ？」

健吾がニヤリと笑う。そういう、二人で秘密の話をしています、といった顔もしてほしくなかった。こんなふうに装っていても、表を歩く人たちは健吾が仏壇の相談に来たとは思わないはずだから。本当に、仏壇を買いに来たとしてもだ。

「一応、僕も準備してたんだけどね」

健吾は椅子の背に立てていたスケッチブックをテーブルの上、カタログにかぶせるように置いた。

「絵のモデルはまだあきらめていない。それで、考えたんだけど、時間を作って出てきてもらえないなら、ここで描くのはどうだろうと思って」

「はあ……」

どう答えたものかと考える。店を空けることはできない、一時間ですら難しい、というのはイコール、モデルになりたくない、絵など描いてほしくない、という意味だとどうして受け取ってくれないのだろう。

「実はさ、新しいビジネスとして、僕にこの店舗の一部を貸してもらえないかと今日は相談に来たんだ」

「この店で、何をするんですか？」

「肖像画」

健吾がゆっくりと滑舌よく言った単語を菜々子は頭の中で反芻した。と同時に、テレビドラマか映画で見たひと昔前の外国の応接間を思い浮かべた。威厳のある男性の絵や美しいドレスを着た女性の絵がよく飾られているが、あれのことか。

「仏具店とどう関係があるんですか？」

そもそも同じ商店街に芸術村の人たちの工房があるではないか。

「遺影、じゃないけどさ、生前の姿を写真だけじゃなく、絵で残しておきたいっていう人もたくさんいると思うんだ。でも、肖像画なんて金持ちの道楽みたいだし、そもそもどこに注文すればいいのか解らない人が大半じゃないかな。でも、僕は絵はもっと身近なものであっていいと思うんだ。高い値段は取らない。この商店街や近辺に住む人たちが仕事の合間に普段着でふらっとやってきてモデルになって、自分の肖像画が少しずつ出来上がっていくのを心待ちにしてくれるって、すごくいい話だと思わない？」

前のめりになって語る健吾から少し身を引きながら小さく頷く。商店街の会長などは喜んでモデルになりそうな気がする。

「結婚とか子どもの誕生日、成人式、七五三、そういった記念を絵で残しておきたいと思う人だってたくさんいるはずなんだ」

「でも、遺影目的ならともかく、そういったお祝い事で絵を描いてほしい人が、仏具店で描いてもらおうなんて思うかしら。岬の家の方が景色もいいし、絵を描くのに合っているんじゃないですか？」

「まあ、軌道にのればね。でも、ふらりと立ち寄れる場所じゃない。それに、最初は遺影感覚でいいと思うんだ。ターゲットがこの町で時間や金に余裕のある人っていう点でもね。もちろん、場所代は払わせてもらうし、仏具店の仕事に迷惑がかかるようなことは絶対にしない」

　同じ空間で健吾と長時間一緒に過ごすことを考えただけで、億劫（おっくう）な気分になるが、そんなことを口にするのは失礼だ。今、ここで返事をする必要はない。

「解りました。主人に訊いてみます」

「でも、店を切り盛りしているのは菜々子さんだよね」

　どうして、こう食い下がってくるのか。

「今はそうですけど」

「家出した旦那さんのお母さんが戻ってくるかもしれないから、その間、店を守り続けているとか、そういう感じ？　でも、もう五年だよね。いつまで待つか決めてるの？」

菜々子は眉を顰めた。

「そんな話、どこで?」

「ゴメン、プライベートなことをペラペラと。昨日、店番をしている時に、商店街の会長さんが広報紙を届けに来てくれたんだけど、ほら、レジ横に置いてある分。その時にちょっと話したんだ」

健吾に悪びれた様子などまったくない。いったいどんな話をしたのだろうと、胃の辺りがムカムカしてくる。やはり、店舗の一部を貸すなど、まっぴらゴメンだ。

「最近の町の噂、知ってる?」

コーヒーを飲み干したあと、健吾が声を潜めて言った。久美香の足のこと以外に、まだ何か噂話があるというのか。ため息をつきたいような気分で首を横に振った。

「殺人犯がこの町に戻ってきたって」

のどかな光が差し込む店内でも、それが何の事件のことを指しているのかすぐに解る。

「おまえ芝田か、の人ですか?」

「そうそう。五年前に〈岬タウン〉で人殺しをして、そのまま行方不明になった芝田を見かけた、っていう人がいるらしいよ」

かつての事件現場に住んでいるというのに、健吾は笑い話をするかのように言う。

「指名手配犯が現場に戻ってくるなんて、信じられない」

「老人から奪った金を実は現場近くに埋めていて、それを掘り起こしに来たっていう説があるけど、この辺りまでくるとかなりファンタジーになっていそうだからね」

菜々子は健吾から目を逸らし、空になったコーヒーカップを持って席を立った。急須に緑茶を淹れ、健吾と自分用に湯呑を二つ用意する。喉がカラカラに渇いていた。

「怖がらせちゃったかな」

「いえ……。殺人犯が町にいるなんて、わたし自身がどうとか言うよりも、子どものことが心配で」

「だよね。会長さんも警察にパトロールをお願いしようかなんて心配していたよ。で、その時に聞いたんだ。旦那さんのお母さんが同じ時期に家出したって」

「何が言いたいんですか？」

声が険しくなっていることは自分でも解る。

「失礼な訊き方をしていたら、ゴメン。でも、お母さんはただの家出じゃなく、事件に巻き込まれた可能性がある……」

健吾は菜々子の目を探るように顔を寄せてきた。菜々子は歯をくいしばり視線を健吾の目に固定する。まばたき一つするものか。

「なんてことは警察が調べてるか。あんまり変なことばっかり言ってると、肖像画の話も断られそうだし、このへんで切り上げないと」

健吾は立ち上がって大きく伸びをすると、熱い緑茶を一気に飲み干した。ごちそうさまでした、と湯呑を置いて、スケッチブックを脇に抱えて戸口に向かった。

「あの……」

その背を菜々子は呼び止めた。

「義母の家出は殺人事件と関係ありません。家出をしたのは事件の日ではないし、その日は家にいましたから。無責任な妄想話を気軽に口にしないでください。義父の介護に、本当に疲れていたんです」

菜々子は健吾をまっすぐ見据えて言った。

「なんか怒らせたようでゴメン」

「怒るとか、そういうことじゃないんです。すみれさんにも伝えようと思ってましたが、あなたたちの退屈しのぎに、うちの家族を巻き込まないで」

健吾の顔が瞬間、凍りついたのが解った。

「俺たちが好きなことを仕事にして、毎日楽しそうに過ごしているのがうらやましい、って意味として受け取っておくよ」

捨て台詞を残し、健吾は後ろ手で引き戸を閉めて出て行った。飄々(ひょうひょう)とした態度を装っていたつもりだろうが、スケッチブックを抱える腕が小刻みに震えていることに菜々子は気付いていた。しかし、今一番気になるのは健吾のことではない。

芝田が町に戻ってきた。そして、金を探している――。

＊

久美香が歩いていた、という書き込みは、爆発的とは言えないが一定のリズムで徐々に広がっているように、星川すみれには思えた。サブローは説得してくれなかったのだろうか。それとも、間に合わなかったのか。発端はやはり、鼻崎高校の女子生徒だ。この町にすっかり溶け込んだかに見えるサブロー先生の人望は、それほど厚くないらしい。

そこから広がる波紋は、どれもごく身近な人たちが書き込んでいるのではないかといった内容のものばかりだ。高校生だけではない。トイレも実は一人で行ける、など久美香と同じ小学校の保護者が書いているとしか考えられない。彩也子にまで飛び火しているコメントもある。

『車いすの子が詐病ってバレたら、次はもう一人の子のおでこの傷を売り物にするんじゃない？』

『ツキノワグマのストラップ、作ればいいじゃん』

これがもし光稀の目に留まったら、一体、誰が責められるのだろう。今のところ、すみれの作品自体を非難するコメントは見られない。菜々子も光稀も、すみれが思う以上に周囲から疎まれているということか。

ネット上の文字ばかり追っていても解決策は何も浮かばない。ストラップの注文の確認をするため、メールを開く。キャンセルの連絡が二件届いていた。いずれも、福祉目的で購入を決めたものの疑問が生じたため、という由のコメントが添えられている。

落ち着け、たった二件。いや、もう二件だ。とはいえ、商品発送前のキャンセルならまだ簡単に対応できる。支払い方法は商品到着後の銀行振込にしている。だが、すでに購入済みの人から返品したいと言われたらどうしよう。

こういう時こそ健吾に力になってほしいのに、朝からスケッチブックを抱えて出ていった。昨夜も気にするなの一点張りだ。そもそも、菜々子の店には本当に線香を買う目的で訪れていたのだろうか。つい先日までまったく気にしていなかったが、健吾がすみれの前に付き合っていた女は、菜々子のような儚げでおとなしそうなタイプだった。

菜々子は健吾をどのように思っているのだろう。久美香を毎日風呂に入れてくれるという菜々子の夫は、数回しか顔を合わせたことはないが、優しそうな笑顔で、明るく、気さくに接してくれた。久美香の足のことは大変だろうが、家族としてはとても幸せそうな、和やかな雰囲気を醸し出しているように感じた。だが、光稀は菜々子の夫が浮気をしていたと言う。夫に浮気をされるのはむしろ光稀のようなタイプに思えるが、余所のことはそれなりに親しくしていても解らない。

昨日の菜々子のヒステリックな物言いには、すみれだってうんざりだ。

携帯電話が鳴った。もしやまたキャンセル、と身構えたが、〈はなカフェ〉に出ているはずの菊乃さんの名前が表示されている。それでも、安心できない。〈はな工房〉に直接返品に来た人がいるのかもしれない。おそるおそる通話ボタンを押すと、いつも通りの柔らかい声が聞こえてきた。

「新しいデザートメニューの試作品を焼いたんだけど、味見に来てくれない？　すーちゃん、タルト、好きでしょう？」

普段なら、即座に「行く、行く」と返事をするのに、鼻の奥がムズムズして上手く言葉が出てこない。

「あ、ありがとう、……すぐ、行くね」

かすれた声でそう言って、パソコンを閉じた。

天気はいいが風が強そうだ。しかし、菜々子にもらったモチーフを繋げたマフラーは巻きたくない。ミレイさんから買った、コスモスで染めたというただの茶色いストールも嫌だ。スタンドカラーのコートのボタンを一番上まで留めて、家を出た。

海沿いの坂道から、波が立っているのが見える。空に憧れた海が精いっぱい伸ばした手が翼となる。翼があれば、夢見た場所へと飛んでいけるはずなのに。

結局、どこにも飛んでいけてないじゃないか。

〈はなカフェ〉に他の客の姿はなかった。ランチの時間にはまだ少し早い。九時にオープンしてモーニングメニューも用意しているが、地元の年寄りたちは、もっと早い時間から開いている古い喫茶店に集っている。エッグベネディクトなど興味ないのだろう。トーストとゆでたまごがあればいいのだ。

中央の大きなテーブルの端につくと、早速、菊乃さんがコーヒーを淹れはじめた。カップを二つ用意している。るり子でもやってくるのだろうかと戸口に目を遣ったが、コーヒーが運ばれてもその気配はない。菊乃さんはタルトを載せた皿を持ってくると、すみれの隣に座った。

「花咲きタルト、っていう名前にしようと思うの」

その名の通り、直径約七センチの丸いタルト地の上には紫色の花畑が広がっている。

「むらさきいものペーストを細かく絞ってみたの」

「この葉っぱの形のクッキーはほうれん草を練り込んでる?」

「当たり!　普通は抹茶だと思いそうなのに」

「タルト地が黒っぽいのは黒ゴマを混ぜてるから?」

「大正解よ。なんだ、すーちゃんもこの町の特産品のことを調べていたのね。食べてもらいながら、えらそうに講釈しようと思ってたのに」

「わたしは……」

サブローにもらったクッキーで一昨日知ったばかりだ。

「味も厳しく評価してね」

菊乃さんに促されてすみれはフォークを手に取った。花畑に地割れを起こすようにまっすぐ差し込み、放射線状に崩し、一口運んだ。

「おいしい」

「本当に？　趣味のお菓子作りじゃなくちゃんと売り物として判断してよ」

「してるよ。むらさきいもや黒ゴマの味が生きてるし、はちみつの香りと甘さがすごくいい」

食べながらまた鼻の奥がムズムズしてきた。自分だけではない。菊乃さんだって鼻崎町を愛しているのだ。この町で生きながら、その魅力を自分のできる形で発信したいと努力しているのだ。「クララの翼」の悪評が広がれば、芸術村の人たち全体に影響が及んでしまうかもしれない。詐欺集団扱いをされるかもしれない。

騙していたのは菜々子だというのに。

「久美香ちゃんが火事の時に歩いていたという噂が流れているって、るりちゃんから聞いたわ」

またるり子が余計なことを、と怒りが込み上げてきたが、菊乃さんの穏やかな目に見つめられると、知ってもらえてかえってよかったのかもしれないと思えてくる。すみれは久美香の足が動かない要因が心因性のものだと昨日初めて菜々子に聞かされたことを菊乃さんに打ち明けた。

「……わたしも光稀さんも騙されていたの」

「どうしてそんな解釈になってしまうの？」

「えっ？」

「心因性の病気で苦しんでいる人たちはたくさんいるじゃない。関節や筋を痛めていて歩けないなら同情できるけど、心の病で動かせなくなっている人はただの仮病だって言ってるようなものじゃない。そんな目を向けられるんじゃ、菜々子さんも苦しんできたでしょうね」

咎める口調ではないが、すみれはついと菊乃さんから目を逸らした。テーブルの年輪を指でなぞる。

「でも、最初にひと言くらい言ってくれてもいいじゃない」

「すーちゃんがちゃんと訊いたのに、誤魔化されたの？」

洋食レストラン〈ピエロ〉でランチをした時の会話を思い出す。確かに、菜々子は伝えにくそうなことを腹を割って話してくれていた。解釈を間違えたのは、すみれと光稀の方だということか。

「心の病が原因で足が動かなくなるなんて、想像もできなかったから」

「もし、最初から心因性だって解っていたら、『クララの翼』は立ち上げなかった？」

昨日から生じている問題なのに、今の今まで考えたことはなかった。もしもランチの席で菜々子から打ち明けられていたら、自分は何と返しただろう。

よほど事故の時に怖い思いをしたんだろうね。酷い交通事故が起きても、車は普通に走っているし、恐怖を取り除くには時間がかかるかもしれないけど、いつか絶対に歩けるようになると思うし、わたしも応援するよ。

「立ち上げたと思う」

「それで、火事の時のことを聞いたら？」

「喜んでいたかもしれない」

菜々子の感極まった表情を今なら理解できるような気がする。

「よかった」

菊乃さんがほっとしたように微笑んだ。

「私たち芸術家は人の心に届くものを作りたいと思っている。心を相手にしている私たちが心の病を否定するなんて一番あってはならないことだと思うの。でも、すーちゃんが自分でそれに気付いてくれて安心した」

菊乃さんはこの話をするために自分を呼んだのだ。すみれはただ、ありがとう、とだけ伝えた。

「タルト、たくさん作ってるから、持っていきたいところがあれば箱に詰めるわよ」

「じゃあ、二個入りを二箱」

菜々子と光稀に届けようと思った。子どもたちが目を輝かせる様子が頭の中に浮かぶ。

ドアが開き、来客を告げるベルが鳴った。

「やっぱり、すーちゃんだ」

光稀が入ってくる。〈プティ・アンジェラ〉に向かう途中、窓越しにすみれの姿を見つけたらしい。

「話したいことがあったのよ」

「メールくれればよかったのに」

「あら、送ったわよ」

光稀に言われ、すみれは携帯電話を家に忘れてきたことに気付いた。

「菊乃さんの新作タルトができたの。光稀さんのところに持っていこうかと思ってたんだけど、今食べる？」

「午後からの教室の準備があるから、コーヒーだけいただくわ」

光稀はそう言って、カップを下げた後の菊乃さんが座っていた席についた。

「話って何？」

「私ね、昨夜（ゆうべ）、彩也子に火事の時のことを訊いたのよ。噂がどうであれ、真相を知っているのは現場にいた当人たちでしょう。困ったふうに訊くと、彩也子のことだから、私が安心できることを嘘をついてでも答えようとするだろうから、久美香ちゃんの足が動いていたら嬉しいわ、っていうニュアンスにしてみたの」

確かに、一番近くで見ていたのは彩也子だ。

「それで？」

歩いていたとしても、その事実を喜ぶべきだと思い直したばかりだが、やはり、緊張する。

「食堂の奥の厨房から火事だって声がして、久美香ちゃんも逃げようと車いすのストッパーを外して、方向転換しようとしたんだって。そこに、背中合わせで座っていたおばさんが勢いよく椅子を引きながら立ち上がって車いすにぶつかったの。で、久美香ちゃんはそのまま両手を前に突き出すような恰好で前のめりに倒れてしまった。でも、完全には倒れ切らなかったらしいわ。戸口が混雑していたみたいで、立ち往生していた人の背中に一瞬、立ったままもたれるような感じになったの」

「もしかして、それを見て、立ち上がって歩いていたって勘違いされたのかな」

「良心的に解釈すればね。でも、そうやって突き飛ばされたり、倒れかかっても周りの人たちは誰も助けてくれなかったの。高校生の女の子たちもね。だから、彩也子が久美香ちゃんを背負ってあげたの」

一気に話し終えた光稀に、菊乃さんがコーヒーをテーブルに置き、冷水の入ったグラスを差し出した。光稀は礼を言って受け取り、喉を鳴らしながら飲んでいる。やはり、女子高生たちが嘘をついているだけだったのだ。最初から、彩也子に確認しておけばよかった。いや、もっと冷静に検討すればすぐに嘘だと見抜けていた。

あの時、久美香が歩けていたら、彩也子は翼が欲しいなどという詩は書かなかったはずなのだから。上手く歩けなくとも、立ち上がりでもすれば、翼に願いなど託さずに、早く歩けるようになってほしい、といった内容になっていたはずだ。

「わかった。光稀さん。あと、わたしね、久美香ちゃんの足が心因性のものでもいいと思うんだ。翼のストラップだって心に訴えるものなんだから」

すみれは菊乃さんに目配せして、ペロッと舌を出して見せた。菊乃さんもカウンター内から笑い返してくれた。

「私も真相を確認した上で冷静に考え直してみれば、心因性ということには何も問題ないと思ったの。そもそも、再放送をとばしとばしで見ていたからすぐに思い出せなかったけど、アニメのクララも歩けないのは心因性のものだったじゃない。だから、まったく騙していることにはならない」

「だよね！」

すみれもアニメの『アルプスの少女ハイジ』はうろ覚えで、イメージだけでクララの名前を用いたようなものだった。そうだったのか、とさらに気持ちが軽くなる。

「あと、肝心なことがブレていたと思うの。『クラの翼』は久美香ちゃんの治療費目的で活動していたわけじゃないでしょう。看板の役割は果たしているけど、ストラップの売り上げは一円も久美香ちゃんに支払われていないじゃない。だけど、このままじゃ、福祉目的でストラップを買った人たちが騙されたと勘違いをしてしまう。そのためにも、ウェブサイトにちゃんと、これまで、どこの団体にいくら寄付したのか記載すればいいんじゃないかしら。お金の行先が解れば、ほとんどの人は納得できるはずよ」

光稀はすみれに強い視線を送り続けたまま、コーヒーを一気に飲み干した。カップを置き、ねえ、と菊乃さんを振り返る。

「すーちゃん、私も賛成だわ。噂がどうとかっていう前置きなんて付けずに、中間報告といった体裁で堂々と発表してみたらどうかしら。もしかすると、どこかの施設ではもうそのお金で車いすやリハビリの道具を購入しているかもしれないし、一度問い合わせて、写真を掲載させてもらってもいいんじゃない？」

「それ、すごくいいと思います」

光稀と菊乃さんはすっかり意気投合したようだ。しかし、すみれは何と答えていいのか解らない。

「近い施設なら、子どもたちを訪問させてもらってもいいわね。そこでの交流の様子も載せたら、久美香ちゃんに対する誤解も解けそうだし。一番近いところで、どこ？」

「いや……、それが」

光稀の目を見ることすらできない。後ろめたいことがあります、と逆にアピールしているようなものだが、誤魔化す言葉も出てこない。

「もしかして……。どこにも寄付してないの？」

やはり、勘付かれてしまった。すみれは小さく頷いた。光稀がどんな顔をしているのか確かめるのが怖い。菊乃さんの表情を知るのはさらに怖い。

「一定の金額に達したら、と思って」

「一定っていくらよ！」

やっと出た言葉を、光稀のとがった声がかき消した。

「一〇万？　一〇〇万？」

「……一〇〇万。あともう少しなの」

言い訳をしているのではない。本当に一〇〇万円を目標にしていたのだ。

「それこそ、最初に表明しなさいよ。あんたが一番の詐欺師じゃない」

「違う」

菊乃さんを振り返ったが、哀（かな）しそうな顔で首を小さく横に一回振られただけだった。

「こうなったら、今日で『クララの翼』は解散よ。売り上げ金から材料費を引いた全額を、今日中にどこか名の知れた福祉団体に寄付しなさい。それをウェブサイトに上げて、目標金額に達しました、今までのご支援に感謝します、って活動終了報告をするの。解った？」

全額寄付など、できるはずがない。光稀のような主婦のお店屋さんごっことは違い、陶芸で生きているのだから。健吾に養ってもらっているわけでもない。生活費は毎月三万円、健吾に支払っている。ＯＬ時代の貯金も底をついた。しかし、頷くしかなかった。売り上げ金を全額寄付したと公表すれば、久美香の足のことも、今までどこにも寄付してこなかったことも、すべて白紙になるはずだ。信頼も回復できる。

お金のことはその後で考えればいい。そういえば、健吾がこんな噂もあると教えてくれた。〈岬タウン〉の周辺に殺人犯の埋めた金が埋まっているとかいないとか。

結局は金なのか。美しくない、すみれは心からそう思った。

第七章　岬に吹く風

わたしには親友がいます。一年生の堂場久美香ちゃんです。

久美香ちゃんには今、なやみがあります。交通事このせいで歩けなくなり、車いすで学校に通っている久美香ちゃんを、本当は歩けるんじゃないかと、周りの人たちがうたがっていることです。学校の同級生だけではありません。町の人、特に、久美香ちゃんの家の近所に住む人たちも、ひそひそとうわさ話をしているそうです。

久美香ちゃんはみんなからじろじろ見られるのが一番いやだと言っています。トイレに行くときも、クラスの女の子が何人か久美香ちゃんのあとをついてきます。お手伝いをするためではありません。トイレの中で久美香ちゃんが自分の足で立っているんじゃないかと、ドアの前でじっと耳をすませているのです。だから、久美香ちゃんはトイレに行くのがいやでがまんするようになり、ぼうこうえんという病気になってしまいました。

久美香ちゃんのお母さんが学校に連らくして、トイレについていった子たちは先生から注意をされましたが、今度は別のいやがらせを思いつきました。久美香ちゃんのピアニカや算数セットの箱をロッカーの一番上のだんにこっそりと置いたのです。全員が同じものを使っているので、ロッカーを見ただけでは先生もみんなも気付きません。ロッカーの一番上のだんはクラスで一番せの低い子でもとどく高さです。
そこに手がとどかないのは、車いすに乗った久美香ちゃん、ただ一人です。

＊

海辺の町の冬は、雪は滅多に積もらないが吹きつける風は強い。商店街の通りが閑散としているのは季節柄なのか、一年中そうだったのか区別もつかなくなってくる。自宅のノートパソコン、スマートフォン。暇さえあればそれらで「クララの翼」を検索するのが、ここひと月の相場光稀の習慣となっていた。

ネット上で中傷されたことが原因で不登校になったり、酷い場合は傷害事件に発展することもあると、講演会やテレビのニュースで耳にするたびに、どうして今の子どもは無責任な書き込みを真に受けるのだろう、と半ばあきれたような気持ちを抱いていた。ネットに悪口を書くのは、面と向かって言う勇気がないからで、無視をしていれば誹謗中傷の言葉が耳に届くことなどない。検索するのは、わざわざ悪口を聞きに行ってやっているようなものではないか、とも思っていた。

実際に自分のことが書き込まれるまでは。いや、光稀の名前は出ていない。ほとんどが久美香の足に関することであったり、すみれの作品を貶（おとし）めることであったりだが、そこに紛れるようにして、「ツキノワグマ」という言葉が出ている。

『内輪もめ勃発。歩けるなら自力で逃げろ。娘をツキノワグマにした責任を取れ！』

これは明らかに、光稀に向けられた悪意だ。こめかみが脈打つのを感じるほどに怒りが込み上げた。彩也子をツキノワグマとからかったクラスメイトの両親の電話越しの声が頭をよぎった。強気に出ていた父親は、彩也子の父親が会社の上司だと知ると態度を改めたが、母親は納得していない様子だった。モヤモヤがくすぶる中、久美香の足の噂を知り、これ幸いと書き込んだのではないか。

しかし、こういった書き込みもすみれが寄付を公表すれば鎮火するはずだと自分を落ち着かせた。そして、その甘さを認識する。

すみれがストラップの売り上げをまったく寄付していなかったことには、心底あきれたし人格を疑ってしまいもしたが、問い詰めたあとの行動は早かった。一週間後には、『ご迷惑をおかけしてすみませんでした』というメッセージと一緒に、領収書の写真がメールで送られてきた。写真は、これでいいんでしょ？　という光稀に対する当てつけのようにも感じたが、やるべきことをやったのだから文句はない。

領収書に印刷されている団体名は光稀も知っている社会福祉団体の名前だった。有名なサッカー選手が公式試合で得点を決めるごとに、この団体を通じて車いすを寄付すると公言しているところで、ドキュメンタリー番組でその選手が実際に足の不自由な子どもに車いすを届けに行っているのを見たこともあった。

『ストラップの売り上げが目標金額の一〇〇万円に達しましたので、寄付させていただきました。微力なわたしたちの活動に、ご賛同、ご協力いただけたこと、心より感謝いたします。ありがとうございました。「クララの翼」はこれをもって活動を終了いたしますが、これからも皆さん一人一人の愛が、多くの人たちの翼となる社会になりますよう、心よりお祈り申し上げます』

数日後に更新されたすみれのウェブサイトのこの文言の隣にも、ちゃっかりと領収書の写真を添付している。「クララの翼」としてのストラップの販売は終了したが、引き続き、すみれの作品は同サイトで販売を続けるようだ。お客様からのメッセージという欄には、「クララの翼」がなくなることを惜しむ声や、久美香や彩也子に対する励ましの言葉もいくつか載せられていた。それらを読むと、もう少し活動を続けてもよかったのではないかとの思いが込み上げてきたが、別のサイトを開いた瞬間に打ち砕かれる。

偽善者とでも揶揄される方がまだマシなくらい、寄付のきの字も見当たらない。久美香が歩いていたという目撃情報、酷いものになると、トイレから何秒で出てきたというものもある。そして、昨夜新たに書き込まれたものの中には……。

『ツキノワグマが必死でお姫様のお世話をしているのは、同級生に友だちが一人もいないから。でも、同情しちゃう。友だちができないのは、ママに田舎の子とは付き合っちゃダメって言われているせいだもん』

これほどまでに貶められる理由が解らなかった。そして、やはり、思い浮かぶのは電話の向こうの苛立たしげな声だけだった。

夫の明仁に相談し、父親の方にそれとなく圧力をかけてもらえないかと本気で考えもしたが、結局、ネット上で中傷されたことすら打ち明けなかった。それよりも、気になることを言ってきたのは、明仁の方だった。

「……光稀さん、光稀さん！」

顔を上げると、里香が心配そうに作業台に座っている光稀を見下ろしていた。今日は午前中は光稀一人が店番を担当し、午後一時から里香が合流することになっていた。午前一〇時に〈プティ・アンジェラ〉にやってきて、まだどれほども経っていないように感じていたのだが。

「あれ？　作品、一つも作っていないんですか？」

里香が作業台の上を見ながら言う。作るつもりで材料を台の上に広げたままの状態になっている。

「花を見ても、どうも今日はピンとくるものがなくて」

言い訳ではない。これまでは材料の花を見ただけで完成形が何パターンも頭の中に浮かんできたのに、近頃はぼんやりとしか思い浮かばず、仕上げてもいまいち納得できない作品ばかりだ。

「具合でも悪いんですか？　ものすごい怖い顔してスマホ見てたし」

里香はそれほど心配そうな様子もなく、自宅で作ってきたかぎ針編みの花形のコースターを販売用の棚に並べながら話しかけているが、光稀はあわてて頰に手をやり、指先でマッサージするように動かした。

「寝不足かも」

もともと寝つきはそれほどいい方ではないが、ここしばらくはさらに悪化しているような気がする。

「もしかして！」

里香が光稀に詰め寄った。ネットの誹謗中傷を気にしていることを悟られてしまったのではないかと、光稀は椅子ごと半歩下がり身構えた。

「株を始めたとか」

「へっ？」

間抜けな声で訊き返してしまう。

「光稀さんって頭いいし、流行に敏感だし、すごく向いてると思うんですよね。あたしもちょっと興味があるんです。かしこく買うといいお小遣い稼ぎになるみたいだし、化粧品会社の株主になると、新商品のサンプルがもらえたりするんでしょう？」

「そうなんだ。株はやってないけど、なんだか楽しそうね」

「えー、株じゃなかったんですか？　じゃあ、今の話はなかったことにしてください。光稀さんにはこれからクリスマスに向けて、じゃんじゃん商品を作ってもらわなきゃならないし」

　思わず、里香の顔をじっと見てしまう。本心で言っているのだろうか。すっかり厄介者扱いされているものだとばかり思っていたのに。

「でも、メンバーも増えたし、プリザだって私が作らなくても、みんな上手にできるようになったじゃない」

「ち、が、い、ま、す」

　作品を並べ終えた里香が光稀の正面に座り、店内をぐるりと見渡した。光稀も同様に眺めてみる。棚の八割が安物の古着に占領された、しみったれた空間に見える。

「ここは自慢のハンドメイドの雑貨を売る、キラキラしたお店だったはずなのに、いつのまにか、ハンドメイド雑貨の方がおまけみたいになっちゃって、お店を立ち上げた光稀さんに申し訳ないって、このあいだ真紀ちゃんと話したんです。友だちに声かけていっぱい集まってくれたはいいけど、みんなお店屋さんごっこをちょっと楽しみたかっただけで、もう飽きちゃって。忙しいとかなんとか理由をつけて商品も作んないし、店番もしないし、誘ったことちょっと後悔してるんですよね」

里香が頰杖をついて愚痴をこぼしている。この店のことを真剣に案じてくれているこ
とに光稀は驚いた。何と返せばよいのか解らず、黙ったまま次の言葉を待つ。
「やっぱり、頼れるのは光稀さんしかいないんですよ。プリザのセンスだってあたした
ちとは全然違うんだから。お店の雰囲気を前のように戻すためにも、いっぱい作って並
べてくださいよ」
嬉しいことを言ってくれているはずなのに、いったいどうしたのだろうという思いの
方が先に立ってしまう。
「なんだか今日は大サービスだけど、何か頼み事でもあるの？」
「やだなあ、そんなんじゃないですよ。……って、一件あったんだ」
そらみろ、と思う。
「なあに？」
「この前に送別会用のプリザを注文してくれた小野さん。自宅の玄関用に置き型でクリ
スマスアレンジメントを作ってほしいって。予算は同じ三千円」
里香と真紀が高価なバラをてんこ盛りにしたものを渡した相手だ。前回より花の量が
減ればがっかりされるに違いない。
「小野さんは里香ちゃんたちの作品を喜んでくれたんだから、今回も里香ちゃんにお願
いしたいんだけど」

「ダメ。相場先生にお願いしてくださいっていうご指名です」

里香が言うには、小野さんは店の棚に並ぶ光稀の作品を見て、自分が受け取ったものと作り手が違うのではないかと感じ、店番をしていた里香に訊ねたらしい。里香は素直に自分が作ったことを打ち明け、棚に並んでいるのは講習会で講師を務めている相場光稀先生の作品だと説明した。

「で、ぜひこういった感じのものをって言われたんです。プレゼント用は豪華な方がいいけど、自宅に飾るのはこういうシンプルでセンスのいいのがいいって。微妙に傷ついちゃったけど、自分の家に飾るならあたしだって光稀さんの作品の方がいいし。ってわけで、できたら電話をすることになってるから、なるべく早めにお願いします」

光稀は指先で目頭を拭った。

「どうしたんですか?」

「えっ? ああ、ちょっと目がかゆくなって」

「大丈夫ですか? もしかして、風邪かも。じゃあ無理かな。クリスマスアレンジメントの講習会、まだ二週間先なのに、三〇人以上にキャンセル待ちをお願いしてるんです。普段興味がない人でも、クリスマスくらいは花を飾ってみたくなるんでしょうね。それで、今回は特別にもうひとクラス分開いてもらえないか、光稀さんに相談してみようと思ってたんだけど。……ちょっと、光稀さん!」

里香がガタンと音を立てて椅子から立ち上がった。しかし、両手で顔をおおっている光稀は里香がどんな表情をしているのか解らない。里香に勘付かれたくないのに、指の隙間から涙が零れ落ちる。大丈夫、何でもないから、と言わなければならないのに、口を開いたが最後、声を上げて泣き出してしまいそうで、息を止めるようにしながら両目をかたく閉じた。

「何か辛いことがあったんなら、あたしでよければ話を聞きますよ。それとも、お茶でも淹れましょうか。あったかいもの飲んだら元気も出るんじゃないかな」

頼むから、これ以上優しい言葉はかけないでくれ、と心の中でつぶやいた。そして、即座に否定する。そうではない。そうではない。ありがとう、と伝えなければ。ハッスイだとか、地元民じゃないとか、そんなくだらないことで距離を取り続けていた私に、歩み寄ってくれてありがとう、と。

結局、里香に泣いた理由は打ち明けていないが、午後の時間をどうにか平常心で過ごすことができた。いつもなら、店を出たあとはそのまま商店街にある〈堂場仏具店〉に彩也子を迎えにいくが、今日はひとまず家に戻る。「クララの翼」の活動は終了しても、彩也子と久美香の仲は続いている。むしろ、彩也子は前にも増して、久美香を守らなければならないという使命感に燃えているような気もする。

——久美香ちゃんには支援員の先生もいるんだから、彩也子が無理してお世話してあげなくても、放課後は同じクラスのお友だちと遊んでいいのよ。

つい先日もそう言ってやったのに、彩也子はかたくなに頭を振って否定した。

——お世話してあげてるんじゃない。一緒に遊んでいるの。

まっすぐ光稀を見つめるまなざしに、軽蔑の色がこもっているように感じた。

光稀は誰かを貶めてやろうとか、困らせてやろうと思ったことは一度もない。常に前を向き、一瞬、一瞬、後悔しない日々を送りたいと頑張ってきた。自分のためではあるけれど、家族のためでもある。明仁だって、彩也子だって、光稀が所帯じみて湿っぽいことを口にしているよりも、溌剌としている方が、明るい気分になり、家の中が快適だと思ってくれるはずだと信じていた。

しかし、それは独りよがりな思いだったのかもしれない。

少なくとも、明仁は家庭を窮屈な場所だと感じている。……のではないか。

明仁がいつもは彩也子より先に家を出るのに、今日は彩也子の登校を玄関で見送った。こんなに大きくなったのか、というふうに彩也子の後ろ姿を愛おしそうに見ている姿に、なぜか不安が込み上げた。

——こんなにゆっくりしていて大丈夫なの？

光稀は精一杯の笑顔で訊ねたのに、明仁の顔にはその一〇〇分の一の笑みも浮いていていなかった。

――一時間だけ、休みをもらったんだ。

一時間も二時間も仕事への影響はそれほど変わらないだろうが、申請できる最短時間分だけ休みを取るのは明仁らしいと感じた。

――具合でも悪いの？

――いや、光稀に話さなきゃならないことがあるんだ。

いきなり、重病の宣告を受けたような気分になる。

――何、かしら。

――今ここで簡単に済ませられるようなことじゃない。できたら、彩也子のいないところで話したいんだが、夕方一、二時間、時間を作ることができるか？　なるべく早い方がいいが、今日でなくてもいい。

――今日にして。

不安だけを煽るような予告をされた状態で、二日も三日も過ごせる自信がない。

――大丈夫なのか？

――今日、彩也子は放課後、久美香ちゃんと図書館に行くの。クリスマスの絵本を作る教室があるんですって。終わる頃、菜々子さんが迎えに行ってくれるから、そのまま七時頃まで預かってもらえないか頼んでみるわ。それでいい？

——助かるよ。

明仁はそれだけ言うと、光稀から目を逸らすようにして洗面所に向かった。

菜々子は二つ返事で引き受け、夕飯も一緒に食べておくから、と言ってくれた。一瞬、遠慮しかけたが、話の内容次第では、食事の支度をするどころではなくなりそうで、好意に甘えることにした。

そこから、〈プティ・アンジェラ〉で里香に声をかけられるまで、移動時以外はずっとパソコンやスマホの画面を眺めていた。憂鬱になることは解っているのに、新しい悪口が書き込まれていないか、朝、昼、晩、最低でも一日三回は確認しないと気が収まらない。それに加えて、今日は今までにない言葉を検索した。

離婚の兆候、切り出し方。

明仁と心が離れていることは随分前から感じていた。それでも、離婚を切り出されると考えたことはなかった。あえて考えないようにしていたのではない。今の時代、離婚など珍しくないことだとも思っている。芸能人の離婚のニュースを聞いても、またか、としか思わない。それでも、自分とは無縁のものだと信じ切っていた。

何を根拠にそんな自信を持っていたのかすら、今では解らない。

社宅マンションの玄関ドアを開けると、電気が点り、明仁の通勤用の靴がそろえて置かれていた。

何を言われても受け止めることができるだろうか。息をするのと鼓動のリズムがバラバラで、平らな場所で靴を脱いでいるのにふらついてしまう。

と、バッグの中から電話の着信音が聞こえた。こんな時に、と小刻みに震える指先でスマホを取り出すと、画面には、菜々子の名前が表示されていた。

＊

堂場菜々子は商店街会長から見憶えのある古びた箱を受け取った。高齢者世帯の多い二丁目が人数を揃えられないため、できたら今年も火の用心の当番を受けてほしいと頼まれたのだ。一年前の、澄んだ夜の空気に響く久美香の無邪気な声を思い出す。久美香は今年も一緒にやりたいと言うだろうか。

少しでも楽しいことがあればいい。久美香が本心から楽しいと思えることが。今の菜々子にはそれを久美香に与えてやれる自信はない。菜々子は久美香の一番の理解者は自分であると信じていた。菜々子の目に映る久美香は甘えん坊で、少しわがままで、だけどそれは親を頼っている証拠だと、大きな気持ちで受け止めているつもりでいた。

車いすでの学校生活は不安なことだらけだが、何かあったらすぐに相談してくれるはずだから、必要以上に気をもむことはないのだと自分に言い聞かせていた。それなのに。

腹痛を訴える久美香を実家である内科医院に連れていくと、久美香は膀胱炎だと父親から言われた。トイレに行くのを我慢していないかという祖父からの問いに、久美香は黙ったまま頷いた。それでも、車いすで用を足すのは大変だからなるべく回数を減らそうとしていたのだろうと、菜々子は勝手に解釈していた。

病気の原因を知ったのは彩也子の口からだ。

――久美香ちゃん、おなか痛いの大丈夫？

心配そうに訊ねる彩也子を、たいした病気ではないのだと半ば元気づけるように、トイレを我慢しすぎちゃったみたい、と教えてやった。

――ずっと見張られてるんだもん。久美香ちゃんかわいそう。

彩也子は思い当たる節は充分にあるといったふうに頷いたのだ。見張る？　と彩也子に小学校でのことを訊き、久美香が菜々子の知らないところで苦しい目に遭っていることをようやく知った。久美香が親にも打ち明けず、ずっと我慢を重ねていたことを。

すぐに学校へ連絡を入れ、担任と話し合いをしたものの、一〇〇パーセント改善したのかどうかは解らない。学校が楽しいかと久美香に訊ねれば、楽しい、と笑顔で返ってくる。本当に？　と重ねて訊いても、うん、と大きく頷く。

久美香が本音を漏らせるのは、どうやら彩也子だけらしい。

菜々子の知らないところで寄付金の話し合いなどがされていたようで、「クララの翼」

は多額の寄付金の報告とともに、活動を終了すると、すみれのウェブサイト上で発表された。菜々子にとってはようやく終わってくれたといったところだった。どうしても久美香を利用して自分をいい子に見せようとしているように思えてしまう彩也子とも、少し距離を置くことができるのではないかと期待したが、大人の事情も、世間の事情も、子どもたちには関係ないようだ。

今日も、久美香は放課後、彩也子に誘われて図書館に行っている。クリスマスをテーマにしたミニ絵本を作らせてもらえるらしく、昨日も久美香は嬉しそうに、どんなお話にしようかな、と弾んだ声を出していた。

——風呂での久美香の話はおもしろいからな。できたら、パパにも見せてくれよ。

修一が箸を持っていない方の手で久美香の頭をワシャワシャとなでながら言うと、照れたりもったいぶったりする様子が微塵もない、いいよ、という元気な返事があった。

さて、そろそろ出来上がった頃だろうかと店の古めかしい壁時計に目を遣る。もうすぐ五時だ。図書館は小学校から徒歩一〇分（あくまで普通に歩ける子どもの速度を目安としてだが）の距離にあり、下校中の寄り道は禁止されているが、図書館だけはよしとされている。以前も何度か久美香と彩也子の二人で訪れたことがあり、今日も菜々子は五時頃に図書館まで迎えに行くと伝えてある。

店を施錠し、火の用心の道具を居間に運び、携帯電話の時刻が五時ちょうどを表示しているのを確認して家を出た。

〈鼻崎ユートピア商店街〉にある〈堂場仏具店〉から鼻崎町立図書館まで、車で約一五分。ガラス張りのエントランスからはイベントコーナーに多くの小学生が集まっているのが見えた。中に入り、テーブルに向かい、熱心な様子で絵を描いたり、色を塗ったり、モールを貼り付けたりしている小学生たちを見回すが、久美香も彩也子も見当たらない。

作業を終えて本でも読んでいるのかと児童書コーナーを一周したが二人の姿はなかった。念のため、と館内を一筆書きで塗りつぶすように早歩きで見て回ったが、見つけることはできなかった。

イベントコーナーにもう一度行き、ちょうど作品が出来上がった様子の上級生の女の子に声をかけた。

「車いすの女の子がどこに行ったか知らない？　友だちと一緒のはずなんだけど」

「あっ、久美香ちゃんのママだ」

近くに座っていた低学年の女の子が菜々子を見て言った。三〇人近くいる参加者の八割が女子だ。テーブルの上の画用紙はまだ余白の方が多い。彼女に訊ねることにした。

「久美香はもう終わったのかな」

女の子は首をかしげる。

「久美香ちゃんは来てないよ」

「そんなはずはないと思うんだけど」

「だって、ねえ」

　女の子は隣の席の友だちらしき子に同意を求めた。

「うん。彩也子ちゃんと下駄箱のところにいるのは見たけど、図書館には来てないよ」

　ねえ、とまた別の子に同意を求め、その場にいる子どもたち全員が頷いたり、首を振るなりして、知らないという意思表示をした。

「そう……」

　納得できないが、問い詰めるわけにはいかない。念のため、菜々子は図書館の職員にも確認をした。その上、館内放送までかけてもらった。図書館にもこんな設備があったのかと、静かな館内に流れる迷子探しのようなアナウンスを菜々子は気恥ずかしい思いで聞いていたが、しばらく待っても、本人たちが現れるどころか、目撃情報も寄せられなかった。

　気が変わって、二人で別のところに行ったのだろうか。まず、そう考えたが、他に寄り道を許可されている場所はない。

　図書館に向かう途中、トイレについてくる意地悪な子も図書館に行くと知って、急きょ、絵本教室をあきらめることにしたのかもしれない。天気もいいので、二人で商店街まで自力で帰ることにし、どこかで菜々子と入れ違いになったのか。やはり、今日は先生に断って久美香に携帯電話を持たせておけばよかったと、つい、自分の携帯電話を出して眺めてみる。

それか、彩也子の家に行っているのかもしれない。うちで作ろうよ、材料もいろいろあるし。彩也子ならそんな提案をしそうだ。

光稀のケータイに電話をかけようとしたが、思いとどまる。用事があるので彩也子を七時まで預かってほしいと言われていたことをすっかり忘れていた。家の電話番号を知っていれば、二人がいるかどうか確認できるだろうに。それを訊くくらいなら、大丈夫だろうか。

光稀の番号を鳴らすと、それほど待たずに光稀は電話に出てくれた。自宅の玄関にいるという。これから出かけるところだったのかと、口調を速めて、久美香がそちらにお邪魔させてもらっていないか、と訊ねた。

しかし、家には帰っていないという。事情を訊かれ、二人が図書館に行っていないことを伝えた。

念のため、図書館の周りを歩いて一周し、途中で行き違うことがないよう道端を確認しながらゆっくりと運転して、菜々子は家に戻った。学校周辺も探したかったが、外はこっちで探すので家に待機していてほしい、と光稀に言われた。用事は大丈夫なのかと遠慮がちに訊ねると、少し間が空いて、今はこちらを優先させると返ってきた。

店にあるファクシミリ付電話の親機を確認したが、留守電ランプは点滅していなかった。そのまま出入り口のカギを開け、二人の帰りを店で待つことにした。

……と、電話が鳴った。慌てて受話器に手をかけると、ファクス受信に切り替わった。

「図書館周辺と学校周辺を調べてみたんだけど、事故の形跡もないし、いったいどうしたのかしら」

〈堂場仏具店〉に駆け込んできた光稀が、イライラした口調でスマホ画面を見ながら言った。彩也子は専用の携帯電話を持っているが、学校に持っていくのは校則で禁止されているため、自宅マンションの充電器に差し込まれたままになっているという。

「GPS機能なんて意味ないじゃない」

と、まるですべての携帯電話が無意味だと言わんばかりに手の中のスマホを強く握りしめた。

「二人の行きそうな場所に心当たりは？」

訊ねたのは、光稀の夫、明仁だ。光稀の後ろから落ち着いた様子で入ってきたのを見て、菜々子は一瞬、誰だろうと首をかしげ、慌てて頭を下げた。夫、修一の直属の上司ではないが、ハッスイの上司であることは変わりない。

だが、どうしてここにいるのだろうとも思う。午後六時過ぎ、修一だってまだ帰宅していないというのに。誕生日か結婚記念日か何かで二人で食事にでも行く予定だったのかもしれない。彩也子を菜々子に預けて。

「もう日も落ちているし、すぐに警察に連絡して探してもらおう」

明仁が言った。我が子を心配している様子は窺えるが、取り乱してはいない。そうね、と光稀も頷く。

「あの、ちょっと待ってください」

菜々子は慌てて遮った。

「もしかして、もう連絡してくれたの？」

光稀が訊ねた。そうではないのだ、と菜々子は首を横に振りながら胸の内でつぶやいた。しかし、黙っておくわけにはいかない。むしろ、修一が帰ってくるまでにこの二人に話しておいた方がいい。

「ついさっき、店のファクスにこんなものが」

電話の横に裏返して置いていたＡ４サイズの紙を取り、明仁に渡した。

「どうして先に知らせてくれないんだ。僕たちが来る一〇分も前に届いているじゃないか。誘拐は初動捜査が明暗を分けるというのに」

誘拐という言葉に菜々子は心臓を握りつぶされたような気分になる。見せて、と光稀が紙をのぞき込んだ。

「……脅迫状じゃない。それに、警察に知らせると子どもたちの命はない、って書いてある」

光稀が口にした通り、脅迫状に定型文があるとすればまさにこれではないかと思えるような文面だった。

『子どもたちは預かった。無事返してほしければ、今夜一〇時、鼻崎灯台に金を持ってこい。警察に知らせると子どもたちの命はない』

横書きのワープロ文字だ。

「だけど、このまま一〇時まで放っておくわけにもいかないだろう。無傷でとはどこにも書いていないんだから。それに、おかしなところもある」

明仁は脅迫状に目を落とした。

「どういうこと？」

光稀が訊ねる。菜々子は二人から目を逸らし、戸口の方に目を遣った。サラリーマン風の男性がコートの肩の辺りをハンカチで拭いながら歩いている。どうやら、雨が降り出したようだ。〈鼻崎ユートピア商店街〉にはアーケードがついているが、ここまでの間に雨に打たれてしまったのだろう。久美香は濡れていないだろうか。

「堂場さんは気付きませんでしたか？　この脅迫状には金額が書かれていない」

「本当だわ」

明仁は菜々子に問うたが、驚いたように答えたのは光稀だった。

「犯人の目的は身代金ではないのかもしれない」

「じゃあ……」

光稀がハッとしたように両手で口を押さえた。女の子が連れさられた原因を金以外で思いつくことはたやすいが、口に出すことはできない。

「早く通報しなくちゃ」

光稀は誰にも同意を求めることなくスマホを握りしめたままの手を開いた。その手を明仁が押さえる。

「こんな人目に付くところで電話してどうする」

光稀が店の外にちらりと目を遣り、慌てて電話を上着のポケットに押し込んだ。

「すでに見張られているとしたら、今から場所を変えたって、ここそこ通報しに行くって思われるだけじゃない。じゃあ、どうすりゃいいの？」

うらめしげな目を菜々子に向ける。

「多分、お金じゃなくて、……金を持ってこいっていう意味だと思うんです」

菜々子は消え入りそうな声で言った。ついに打ち明けてしまった、と頭を抱え込みたい気分になる。

「金って、金メダルとか金の延べ棒とかの金？」

拍子抜けしたような口調で訊ねる光稀に、菜々子は無言で頷いた。

「何か心当たりがあるんですか？」

明仁が菜々子に詰め寄る。

「家にあるんです。……金が」

菜々子の告白を受け、明仁は一拍置いて大きく息を吐いた。

「彩也子はまた、お宅の子のとばっちりを受けたということか」

石で頭を殴られたような気分になったが、同時に怒りも込み上げてきた。祭りでの火事のことを言っているのだろうが、どちらも誘ったのは彩也子の方からだ。

と、店の奥から音がした。

「久美香、店にいるのか？」

居住スペースに繋がるドアから修一が顔を出した。明仁と光稀を見つけ、どうも、と愛想よく頭を下げるが、その場の空気が和やかでないこともすぐに察したようだ。

「何かあったの？」

菜々子に耳打ちする修一に明仁が脅迫状を差し出した。これは、と修一の顔が強張る。

「芝田かな」

脅迫状に目を落としたまま修一はポツリとつぶやいた。菜々子は聞き違いではないかと疑うような気分で夫を見た。久美香のことを思えば今すぐにでも警察に通報したいが、それでは金の出所についても打ち明けなければならず、修一を気遣って相場夫妻には言葉を選びながら話していたのに、いとも簡単に口にしてしまうとは。

いや、そういう素直なところが修一だ。そして、義母も息子のそんな性格は充分に把握していた。

「芝田って、殺人事件で指名手配されている、あの芝田のことなのか?」

明仁が修一に訊ねた。

「あ、はい、そうっす」

上司というよりは部活の先輩に対するような受け答えに菜々子は嘆息してしまう。

「そういえば、店のメンバーから聞いたことがあるわ。鼻崎岬で殺されたおじいさんは家から金を持ち出していたけれど、芝田はその金の一部を町のどこかに隠して、五年経った今また戻ってきているって。まさか、その金を持っているの?」

「でも、こんなちっこいヤツが一つですけどね」

詰め寄る光稀に、修一は両手の親指と人差し指で名刺大の大きさを示した。厚さはこれくらいかな、と片方の指を外し、一センチほどの幅を作った。

「それでも、一〇〇万単位の価値があるはずだぞ」

「ええっ、そんなに。ヤベえ、どうしよ」

修一が困ったように菜々子を見る。

「殺人事件と関係があると決まったわけじゃありません」

菜々子は相場夫妻に向かって言った。

「そ、そうだよな。もしかすると関係あるのかなあって感じの……」

「ごめんなさい。すぐに話すべきでした」

修一の言葉を遮って、菜々子は一歩前に出た。自分にこういうところがあるから、夫は家でくつろげず、安らぎや楽しさを外に求めたのかもしれない。そんな不安がいかにくだらないことなのか、今なら解る。

「よかったら、座ってください」

相場夫妻を接客用のテーブルに促した。ここに客を案内するのはあの時以来だと、一瞬、芸術村の宮原健吾の顔が浮かぶ。肖像画ビジネスを提案するなら見本の一枚でも持ってくればいいものをと、ふと思い、彼は本当に画家なのだろうかと疑念が浮かぶが……、思い切り雑念を振り払う。今はそれどころではない。

「鼻崎岬で殺人事件が起きた一週間後、実は我が家でも小さな事件がありました。義母が家出をしたんです。朝起きると義母の姿がなく、居間のテーブルの上に手紙と金が残されていたんです。なんだか、ただの文鎮代わりのように見えましたが、手に取ってみるとずっしり重くて」

「手紙には何て？」光稀が訊ねる。

「夫婦は所詮他人。自分の人生をまっとうしたいので、お義父さんのことはよろしく頼むといった内容でした」

「……ものすごく、失礼なことを言うかもしれないけど。殺人事件の犯人は本当に芝田なのかしら」

「まさか、母さんを疑って……」

修一が狼狽えた様子で相場夫妻に交互に目を遣り、おまえが余計なことを話すからだと咎めるような目を菜々子に向けた。冗談じゃない、と菜々子はきつく睨み返す。芝田の名前を軽率に口にしたのは修一の方だ。それに……。

「お義母さんのことなんか今はどうでもいい。子どもたちのことだけを考えましょう。警察に届ける方がいいのか。犯人の指示通りに灯台まで金を持っていくのか」

菜々子の答えはもう決まっている。

＊

一〇〇万円寄付しても感謝されない。褒められない。むしろ、偽善者扱いされる。それが「クララの翼」を通じて得た星川すみれの教訓だ。光稀から詐欺師のように責められ、言われるがまま一〇〇万円を寄付する手続きをした。翼のストラップの売り上げ金をちょろまかそうと思う気持ちなど微塵もなかった。ストラップの制作、配送の受付から手続き、ウェブサイトの更新、取材の受付など、やらなければならないことが山積していて、寄付のことまで手が回らず、それならキリのいい金額を一度に寄付した方がいいと思っていただけなのに。

いっそ、寄付の手続きに関しては光稀にまかせた方がよかったと後悔した。光稀だってあれほど手間がかかるものだとは思ってもいないはずだ。街頭募金と違って、お金をぽいと差し出せばいいわけではない。それでも、匿名で、領収書を必要としなければまだ簡単だ。ただし、高額の振込になるとＡＴＭの使用もできず、窓口に並ばなければならない。

本来寄付とは、名乗らずにそっと行い、いくら払ったなどと公表するものではないと思うのだが、ボランティアと銘打ってお金を集めた以上、黙っていると詐欺扱いされてしまうことが判明したため、美しいことばかり言ってはいられない。

受け取り手もそこは心得ているのか、ウェブサイトには領収書発行のフォームが用意されている。そこに必要事項を入力して、専用の番号を受け取り、銀行の振込用紙の名前の欄にその番号を記入して振込手続きを行うと、後日、すみれの場合は一週間後に郵送で領収書を受け取ることができた。特別な感謝状などは添えられていない。

さらに三日後、再び封書が届き、期待して中を開けると簡素な礼状とともに口座振替依頼書が同封されていた。毎回の手間を省くため、月に一度、年に一度、と決まったペースで口座から寄付金を勝手に引き落としてくれるのだという。即座にゴミ箱に放り込んだ。

取材をしてくれとか、大きなことは望まない。せめてウェブサイトの更新ニュースの欄に『「クララの翼」さんからご寄付いただきました』とひと言書いてくれれば、それだけでも寄付したかいがあると思えるのだが、数日待っても、更新されるのはサッカー選手との交流についての記事ばかりでクララのクの字も載る気配はないため、仕方なく、自分のウェブサイトで美しくない文章を何度も書き直しながら、寄付を表明し、活動終了の宣言をした。

悔しいのか悲しいのか解らないが、キーボードを叩きながら何度も何度も涙を拭ったせいで、眠い目を完全に閉じることもできず、半開きのままカーテンを開けると、冬の夜空は星を残したまま朝を迎える準備をしていた。部屋着の上からコートを着てマフラーを巻き、外に出た。

海は黒く波打っているが、空との境界線だけがほんのり白く光っている。その光に少しでも近付きたくて〈岬タウン〉を外れ、岬のさらに先端にある灯台に向かって舗装されていない遊歩道を進んだ。あとひと月もすれば水仙の花が見ごろとなるが、気の早い花がいくつかあるようで、夜目に姿を見ることはできなかったものの、澄んだ空気の中に甘い香りをわずかに感じることができた。

灯台の中に入ってみたいと思ったが、ただのオブジェと化している白い灯台の鉄製の扉には大きな南京錠(なんきんじょう)がかけられていた。雨露をしのげる人目につかない場所は、行き場を失った人たちの隠れ家となり、居場所のある大半の人たちはそれをよしと思わない。だからこそ、ふらりとやってきた自分が今だけこの場所を独占できるのだと、海側の土台に腰掛け、黒い海に浮かぶ白い光を眺めた。

結局自分は何に向かって手を伸ばしていたのだろう。光り輝く柔らかい絹のはごろものようなものを指先で確かにつかんだはずなのに、たぐりよせた手を開けば空っぽ。そんな気分だ。一生懸命がんばったのに、泥をぶつけられる。

ただ、その泥の中にほんのわずかだけれど、白く光る小さな石が紛れ込んでいる。その石がほしくて泥の中に自ら手を突っ込み、心がただれていくのを感じながら必死で探す。そうして集めたきれいな石を眺めていると、自分のやっていることは間違っていないのだと新たな創作意欲が湧き上がってくるが、波の音に身を委ねていると、光る石などもういらないと思えてくる。

だって、光に手が届かないほど離れていても、ここからは、この花咲く岬からは、充分きれいに見えるじゃないか、と。

東京での友人の結婚式は、すみれにとって懐は痛むがいい気分転換にはなった。

これまで片手で足りるほどの友人の結婚式に出席したことがあるが、親族抜きの気軽なパーティー形式のものばかりで、このたびのような一流ホテルのなんとかの間といったかしこまった場所でのものに招待されるのは初めてだ。

テレビ中継でも入るのだろうかと思ってしまうほどの披露宴は、午後七時きっかりに始まった。

友人である新婦は大学時代の陶芸科の同級生で、両親は地方で小さな飲食店を経営しているらしいが、新郎の方は大きな病院の跡取り息子らしく、何人分読み上げるのだろうかとあきれるほど長々と続く祝電披露の中に、時折、すみれでも知っている国会議員や芸能人の名前が混ざっている。

「骨折もしてみるもんだね」

新婦友人のテーブルで隣に座る梓(あずさ)が、鯛(たい)のカルパッチョを刺したフォークを持ったまま新郎新婦席をうらやましそうに眺めている。しかし、すみれはもう片方の隣の空席の方が気になっていた。本当に来るのだろうか。

「すみれも二次会行くでしょう？　そこで新郎の医者友だちつかまえなきゃ。こんなチャンス二度とないよね」

「仕事はどうすんの？」

梓は地元、九州の高校で美術教師をしている。今のすみれには高校生など悪意の塊の怪物のようにしか思えず、そんな子どもたちを何十人、何百人と相手にしている梓をただすごいと感心するばかりだ。いや、梓だけではない。式の前に軽く近況を報告し合った友人たちは皆、社会の中に自分の居場所があり、すみれだけが落伍者のように感じられた。

「辞めて、結婚生活が落ち着いたら、陶芸サロンとか開いてみようかな」

「あっさり辞められる？　先生やってたら、自分だけの力で生きていけるのに」

「すみれ、でもしか先生って言葉知ってる？」

「何それ」

「わたしたちの親世代よりもうちょっと上の団塊の世代っていわれる人たちにとっては、教師って、いい会社に入れなかったから、先生にでもなるか、とか、先生にしかなれない、なんて揶揄されてた職業なんだって。でも、それって、わたしみたいな芸術系の教師には今でも当てはまる言葉だと思うんだよね。芸術家になれなかったから、教師でもやっておくか的な」

「そんなこと……」

ない、と一概に否定できなかった。

「だからね、わたしはすみれがうらやましい。健吾君が家どころか窯まで用意して素敵な町に呼んでくれたんでしょう？　写真見たよ。一度行ってみたい。時々、何考えてるのか解らないような目になるところとか、わたしはちょっと苦手だったけど。医者と結婚してもそこまではしてくれないだろうし、最高の相手だよ」

「そう、かな……」

乾杯の後で注がれたロゼワインを一気に飲み干す。暖房で温まった液体がそのまま頬を上気させているような気分になる。温度を確かめるように頬に伸ばした指先は、早く土に触れさせろとせがんでいるように感じた。

「それにしても遅いね」

梓がすみれの隣の空席に目を遣りながら言った。

「この間、税金の申告漏れか何かで新聞に載ってたけど、売れすぎるのも大変だよね」

それに関してすみれは初耳だった。

「まあだから……」

と、テーブルの周辺がわずかにざわついた。遅れてきた招待客が係員の女性に案内されてすみれの隣の席に着く。小梅だった。

会場に入り、座席表を見て小梅も招待されていることを初めて知った。自分と小梅はこんなに近い接点を持っていただろうかと、頭の中で学生時代の記憶を巻き戻していると、梓の方から、旦那の招待客に負けないように無理して有名人を呼んだんだろうね、と耳打ちしてきて合点した。それにしても、小梅もよく応じたものだと感心し、披露宴が始まっても空いたままの隣席を眺めては、名前だけ貸したのかもしれないな、としらけた気持ちでいたのに。

小梅は同じグループに所属していた友人であるかのように、同じテーブルの同級生一人一人を、スピーチの邪魔にならない小声で下の名で呼びかけては、ニッコリ笑って小さく手を振った。反時計回りの最後に声をかけられたのがすみれだ。

「すみれちゃん、久しぶり。わたしのこと憶えてる？」

「も、もちろん」

自分もそれなりのドレスを着てめかしこんでいるはずなのに、小梅の華やかなオーラに圧倒される。身を固くして短い言葉を返すのが精いっぱい。これでは、芸能人に声をかけられた一般人のファンではないか。頭の中で自分を責めるが、緊張はほぐれない。

「嬉しい。わたし、学生の頃からすみれちゃんの作品のファンだったもん。あ、もちろん今でも。『FLOWER』の記事も見たよ」

「はあ……」

間抜けな返事をして頭を掻き、しまった、と乱れた髪を押さえ付ける。小梅に返す言葉が見つからない。胸の内でライバル認定していた相手から突然褒められた場合の対処法など考えたこともなかった。

「すみれ、『FLOWER』載ったの？　すごいじゃん。教えてくれたら、近所の本屋の買い占めたのに」

　梓が加わった。

「たいした記事じゃないよ。小梅さんなんて、同じ号に特集ページがどーんとあったんだから」

　味方ができると普通に話せるようになった。

「やめて、恥ずかしいから。今のわたしの作品からはお金のにおいしかしないでしょう？　それは、芸術家として生きていくには割り切らなきゃならないことだって思ってた。でも、すみれちゃんが陶芸を通じて福祉活動をしているのを知って、なんだか、頭をガツンと殴られたような気分になったの」

　小梅がどこまで本心を打ち明けているのかすみれには解らない。

「もしかして、活動休止宣言はそのせい？」

　梓が小梅に言った。

「何それ！」

　スピーチの最中にもかかわらず、すみれは大声を上げてしまい慌てて俯いた。顔を上げながら梓に、何それ？　と小声で問うと、ネットのニュースで昨日発表されていた、と本人の前で平然と答えられた。小梅はイタリア人のシューズデザイナーと結婚するため現地に移住することになり、それに伴い、活動を無期限休止すると宣言したのだ、と。

「うそ」

小梅を見ると、ニッコリと笑い返された。

「もちろん、陶芸は続けるつもりよ。商業活動を休止するの」

「でも……」

「期限だとか、作品のコンセプトとかイメージを、他人からいっさい押し付けられずに、自分の作りたいものを追求するの。これだと思えるものができたら、自分が毎日眺めたり手で触れたりできる場所に飾る。それって最高の贅沢だと思わない？」

「そう、かな」

すみれにとって作品とは、他者に認められてようやく成り立つものだ。陶器は誰かに使用されて初めて器となり、翼のストラップは人の手を通じて飛び立つことができるのだ、と。ただし、小梅はそんな光景をごまんと見てきたからこそ、次のステージへ進もうとしているのではないかとも考えられる。

「わたしは何かもったいない気がするけどな」

梓が屈託なく小梅に言った。

「もちろん、作品を誰にも見せないわけじゃない。欲しいって言ってくれる人がいたら譲ってあげたいとも思ってる。ただし、器は器として、花瓶は花瓶として目に映る人にね。お金に見える人には札束積み上げられても譲らない」

「理解できるようなできないような。でも、やっぱ、もったいないよ。それに、軽井沢に工房を建てたばかりじゃなかった？」

「それ、わたしもテレビで見た」

すみれもつい口を出してしまった。

「今、引き受けてくれる人を探してるところ。買わなくても、借りてくれるだけでいいからって。でも、なかなか見つからなくて、今日も半分、営業活動しにきたようなもの、なんて失礼か」

小梅が新郎新婦席に目を遣りながらいたずらっぽく笑った。完成して間もない工房をあっけなく手放すとはどれほどの電撃結婚なのだと驚きはするが、できたばかりだからこそ手放せるのではないかとも、すみれは思った。税金のことが関係しているのかもしれないし、新しい窯で満足のいくものができていないのかもしれない。そのうえ、小梅の窯はガラスに対応した特殊な造りになっているはずだから、なかなか引き受け手がいないのも納得できる。

「すみれちゃんみたいな活動している人に使ってもらえるといいんだけど、海辺の町にいい工房を持ってるものね」

笑い返すことしかできない。福祉活動はもうやめたのだ。海辺の町を前ほどに美しいと思えなくなっているのだ。そんな思いがうっかり口からこぼれ出さないように、口を真一文字に結んで笑いながら、軽井沢の工房からはどんな景色が見えるのだろうと、一瞬だけ想像した。

待て待て、あの町には健吾がいるじゃないか。皆に久々に会うのだから、と今着ているワンピースを買ってくれたのも、駅まで車で送ってくれたのも。いや、そんなささやかなことではない。あきらめていた陶芸家の夢を叶えるチャンスをくれたのは誰だ。それに、少しこじれてしまったとはいえ、あの町でできた友だちもいる。ワンピースの色に合わせて作ってもらったコサージュにそっと手を触れてみた。

「うん。花畑が広がる岬にあるんだ。これからだと水仙がきれいに咲くし、忙しいとは思うけど、一度、遊びに来てよ」

そうだ。水仙の季節でなくてもいい。いつ来ても、何かしらの花と青い海が迎えてくれる。こんなにきれいなところに住んでいるのに、何故、町の人たちは誇りに思わないのだろうと不満に思っていたはずなのに、いつしか自分も同じようになっていた。ある意味それは本物の地元民に近付いたという証かもしれないが、そんなものは受け取り拒否だ。

丸い平皿が頭に浮かぶ。そこに、灯台から見た、夜明け前の海と空の間に生じる白い光を表したいと思った。一番理想に近い仕上がりとなった作品を、結婚祝いとして小梅にプレゼントしよう、とも。

箸で切ることができる柔らかいステーキを頬張りながら、小梅の結婚相手とのなれそめを聞いていると、背中と椅子の背もたれのあいだに置いたバッグの中でマナーモードに設定した携帯電話が振動しているのを感じた。メールなら三コールで切れるため、電話のようだ。

無視をしようかと思ったが、電話着信は近頃では余程の急用の際に限られている。箸を置いてバッグを取り、中を開けた。るり子の名前が表示されている。こちらが結婚披露宴に出席していることも知らずに、退屈しのぎに嫌味を言いにかけてきたのかもしれない。電話に出ないまま切る。が、バッグを閉めようとすると再び電話が鳴り出した。また、るり子だ。

仕方なく、梓と小梅に断り、ロビーに出ることにした。幸い、新郎新婦もお色直し中だ。

太い柱の陰に隠れるようにして立ち、電話に出た。

『すーちゃん、今どこ？　大変なのよ』

るり子のうろたえた声が耳に飛び込んでくる。結婚式のために一泊二日で東京に行くことを、健吾以外では、菊乃さんに伝えてある。ということは、るり子が今いるのは〈はなカフェ〉ではない。

「どうかした？　わたし、今、東京で友だちの披露宴中なんだけど」

『えっ、そんなところにいるの？』

るり子の声が一気にトーンダウンする。

「いったい何の用なのよ」

『あのね、すーちゃん、落ち着いて聞いてね』

落ち着いていないのはるり子の方だ。早く言え、と苛立ちが込み上げてきたが、言葉を発するのを躊躇っている気配の向こう側から、ざわついた足音や声が聞こえてくる。そのさらに奥からサイレンの音も。

「早く言って！」

『すーちゃんの工房が火事なの』

すみれは大きく息を飲み込んだ。何が、どうした、って？「クララの翼」の活動終了宣言をして以来、窯には一度も火を入れていないというのに、火事？

どの程度の規模なのか、健吾はそこにいるのか、消火活動はどれくらい進んでいるのか、訊かなければならないことは頭の中では溢れ出しているのに言葉にならない。るり子もすみれが何か言うのを待っているのか、黙ったままでいる。

『……子どもだ！　……二人いるぞ！』

電話の向こうから、サブローらしき男性が叫んでいるのが聞こえた。えっ、と訊き返そうとしたところで電話が切れる。るり子も急いで救助に向かったのだろうか。子どもが二人……。

彩也子と久美香だとしか考えられなかった。

第八章　岬の果てに

わたしは親友として久美香ちゃんのなやみをかい決してあげたかったので、いろいろな方法を考えてみたけれど、どれも一人ではむずかしいことばかりでした。学校では、こまったことがあれば先生やおうちの人に相談しましょう、と言われます。だけど、先生はまったくたよりにならないし、家族には相談することができません。

久美香ちゃんが一番なやみを知られたくない相手は、久美香ちゃんのお父さんやお母さんだからです。わたしのパパとママに相談すれば、ないしょにしてほしいとたのんだとしても、すぐにバラされてしまいそうです。それに、パパとママは二人とも、近ごろ何かなやみ事がある様子なので、わたしのことでめいわくをかけたくありません。

そんな時に、わたしたちに声をかけてくれた大人がいました。健吾くんです。

健吾くん（本人にそうよんでねと言われました）は、わたしたちと「クララの翼」を一しょにやった、すみれさんのだんなさんで（名字はちがうけど、同じ家に住んでいます）、画家をしています。

ある日、わたしたちは健吾くんから「二人の絵をかかせてほしい」とたのまれました。

写真家のベンさんが鼻崎町のきれいな景色の写真をとってこてんを開いているように、健吾くんも町の人たちの絵をかいていきたいそうで、その第一号のモデルを君たちにお願いしたい、と言われたのです。わたしたちは喜んで引き受けました。絵なんてかいてもらうのは初めてです。でも、健吾くんは、君たちのおうちの人には反対されるかも、と心配そうに言いました。人にはそれぞれしょうぞうけんというものがあるそうです。

わたしはママがインターネットで「クララの翼」のことをけんさくしながら、何だかおこっていたのを思い出しました。でも、わたしたちはやっぱり二人の絵をかいてほしかったし、他の子、特に久美香ちゃんに意地悪をするような子たちがモデルの第一号になって自まんされるのがいやだったので、ないしょで引き受けることにしたのです。

久美香ちゃんは毎日、学校までお母さんがむかえに来るので、絵のモデルになるのは、図書館でイベントがある日にしよう、とてい案したのは健吾くんです。図書館で作る予定の本は健吾くんの家で作ることになりました。

そして、その日の放課後、図書館に向かう道のとちゅうで、こっそり健吾くんが運転する車に乗せてもらいました。健吾くんはぼうしをかぶり、顔にはサングラスとマスクも付けていて、わたしと久美香ちゃんはワクワクしながら、うまくできるかな、といった話を車の中でしていたのです。

まさか、あんなこわい目にあうとは想ぞうもしていませんでした。

*

相場光稀は赤いバラを中心に据えたプリザーブドフラワーのアレンジメントの脇に白い鳥の羽根を一枚差し込んだ。周辺のカスミソウとなじませるようにしながら、翼の形に整える。完成だ。〈プティ・アンジェラ〉の引き継ぎは先週終わらせてある。これが鼻崎町で作る最後の作品となるはずだ。先に作ったオレンジ色のバラを中心に据えたアレンジメントと並べた。

菜々子とすみれ。二人のために用意した贈り物は、果たして、仲良くしてくれたことへの感謝のしるしなのか、それとも、一抜けた、というようにこの町から去っていくことに対する罪悪感を軽減させるためのものなのか。

テーブルの端には封をしてリボンをかけた小さな紙袋が置いてある。彩也子が久美香のために作ったアレンジメントだ。昨夜、二人の写真を入れたシンプルな木製のフォトフレームに、彩也子は色とりどりの花を一つずつ丁寧に貼り付けていた。大切な友だちに贈る、この町で一緒に過ごした思い出の品として。光稀が手を入れるのを彩也子は頑として拒んだため、作品の完成度は比べものにならないが、込められた思いもまた、比べものにはならない。

これから、洋食レストラン〈ピエロ〉へ向かう。菜々子とすみれとの、最後のランチ会だ。提案したのは光稀だが、自分のお別れ会のためではない。最後に一度三人で会って話したいと言い出したのは、すみれだった。関わりたくない、というのが本音だが、電話越しの悲痛な声からは悪意も敵意も感じ取られず、むしろ自分くらいは寄り添ってやらなければならないのではないかとの思いが湧いた。去りゆく町でできた友人として。

そして、菜々子を説得して今日に至る。

まさか、あんなことが起きるとは、子どもたちを誘拐された状況にあった光稀や菜々子ですら想像していなかった。すみれが「本当に何も知らなかった」のだとしたら、彼女の衝撃は如何ほどのものだっただろう。

あれからもう三カ月経つ――。


クリスマスの絵本を作るというイベントのため、学校帰りに図書館へ向かったはずの彩也子と久美香は、夕方、菜々子が迎えに行った際、そこに姿はなかった。連絡を受けて、光稀が夫の明仁と〈堂場仏具店〉に駆け付け、菜々子から見せられたのは、店のファクスに届いたという脅迫状だった。

『子どもたちは預かった。無事返してほしければ、今夜一〇時、鼻崎灯台に金を持ってこい。警察に知らせると子どもたちの命はない』

脅迫状の定型のような文言だが、金額が明示されていないことに明仁が気が付き、おかしいと指摘した。しかし、菜々子はそれに対し、金のプレートが家にあることを明かした。

財産として金を所有しているのは珍しいことではない。しかし、堂場家にある金は入手経路が不明な上、五年前に鼻崎岬で起きた殺人事件に関連するものかもしれない、などという物騒なことを、堂場夫妻、特に、夫の修一の方は、くだらない秘密がバレてしまった子どものように、へらへらと半笑いの表情で打ち明けた。

犯人が未だ逃走中の殺人事件と子どもたちの誘拐が関連しているのなら、直ちに警察に通報するべきだ。明仁が持ち前のリーダーシップを発揮して断言したが、即座に否定したのは菜々子だった。

「脅しじゃなく、本当に殺されるかもしれないんですよ。これまでだって、警察に通報したおかげで子どもが助かったなんてニュース、聞いたことがありますか？」

きちんと調べればあるのだろうが、頭に浮かんでくるのは、小さな子どもが痛ましい姿で発見された事件のことばかりだった。

「私も、菜々子さんに賛成よ」

言った後で、明仁を窺うように見た。緊迫した顔に苛立ちが浮かぶ様子はなかった。もともと、三歩下がって何にでも同意していたわけではない。明仁が黒だと言っても、光稀の目に白く映れば、白だと言った。明仁が断言したからといって、黒いものが白く目に映ることもなかった。

しかし、この時はふと、後悔の気持ちが湧きあがった。こんな事態が起きなければ、自分は今頃、離婚を切り出されていたかもしれない、ということを思い出したのだ。最悪なことと対峙するつもりで構えていたのに、もっと最悪なことが起きると、離婚など取るにたりないことのように思えてきた。むしろ、明仁には頼らず、一人で彩也子を守ることを前提に、これからのことを考えなければならない、と自分を鼓舞し、両手を強く握りしめた。

視線を感じ、首を動かすと、菜々子としっかり目が合った。父親たちには解らない。わたしたちで子どもたちを守りましょう。そう訴えられているように感じた。が、張り詰めた空気を修一が破った。

「ってか、子どもたちって今、どこにいるんだろ。一〇時に灯台ってことは、それまではその近くに監禁されてるかもしれないんだよな。この前、飲み会で聞いた噂なんだけど、芸術村に整形した芝田がいるらしいって」

「そんな噂……」

のんびりした口調で語る修一に、明仁はあきれたように息を吐いたが、光稀はあながち否定できないのではないかと感じた。

芸術村の住人の顔を思い浮かべてみる。女性は省いても構わないだろう。祭りの実行委員を一緒にした健吾、火事場にいた女子高生たちの学校で美術の講師をしているサブロー、〈はなカフェ〉のジュンさん、「クララの翼」のウェブサイトに載せるため、子どもたちの写真を撮ってくれたベンさん。それから……。ふと、〈ピエロ〉で見た、気味の悪いガラスの人形の顔が頭に浮かんだ。

「そういえば、ガラス職人だという人を一度も見たことがないわ」

菜々子も同じことを考えていたようだ。

「あー、〈ピエロ〉の人形ね。そうだ、あれを見ながらそんな話になったんだよ。警察には通報しないとしても、他にやっちゃいけないことは書かれてないんだから、あの辺を探しに行くのはどうだろう」

不気味な人形が並べられた工房に閉じ込められた子どもたちを想像して、胸が締め付けられそうになる中、修一の口調がかえって和ませてくれる。

「しかし、そんなことをしたら、金の受け渡しを待たずに危害を加えられるかもしれない」

明仁が言った。これには光稀も同意した。

「すみれさんに頼めないかしら」

菜々子が言った。なるほど、すみれに何か用事があるふりをして家を訪れてもらうだ

けでもいい。しかし、

「ダメよ。今日は友だちの結婚式で東京に行ってるはずだから」

光稀はすみれに頼まれてコサージュを作ったことを皆に話した。寄付のことでの後ろめたさを取りつくろうために注文してきたのではないか、と光稀は受け取り、もう怒ってない、と言うように心を込めた作品に仕上げた。

「じゃあ、他の人。宮原さんとか、学校の先生とか。いっそ、今から〈はなカフェ〉に……」

そう言いながら店の外に目を遣っていた菜々子の視線が一点に留まった。

「何かあったのかしら」

菜々子の視線の先を追うと、向かいの和菓子屋〈はなさき〉の夫婦が二人とも外に出てきて、通りの奥を指さしているのが見えた。と、奥さんの方が、こちらが見ていることに気付いたのか、店の引き戸を開けてやってきた。

「岬の方が火事になっているんだって」

奥さんが言い終える前に光稀は店を飛び出した。商店街の他の店からもバラバラと人が出てきているが、どんなに大火事であっても、アーケードのある商店街から岬を見ることはできない。

「〈はなカフェ〉でコーヒーを飲んでた連中が言うには、芸術村のどこかの家が燃えているらしい」

ご主人が指さしていたのはどうやら〈はなカフェ〉だったようだ。芸術村の家にいる人からカフェに連絡が入り、店番をしていた菊乃さんたちが慌てて様子を見に行ったのではないだろうか。明仁や堂場夫妻も外に出てきた。

「何か、爆発したとか言ってたかな」

ご主人は好奇心をあらわに聞きかじったことを口にした。爆発、ということは、家からではなく工房から火が上がったのかもしれない。

「ねえ、もし子どもたちが芸術村にいたら……」

光稀は声が震えているのが自分でも解った。

「よし、行こう」

明仁が言った。光稀の肩に力強い手が載せられる。

「わたしも行くわ」

菜々子が言い、俺も、と修一が続けたが、またファクスが来たらどうするの、とピシャリと菜々子が制した。修一は明らかに不満そうだったが、問答無用と言わんばかりの強い意志が、菜々子の全身から漂っているように光稀は感じた。

商店街の駅側駐車場に停めてあった相場家の車に乗り、明仁の運転で三人は岬へと向かった。岬に向かう坂道の下まで着くと、野次馬の侵入を防ぐためか、警察により交通規制が行われていたため、明仁は道沿いにある廃校になった小学校のグラウンドに車を入れた。町民のための多目的スペースとなっており、芸術村の住人たちが借り上げている一室では、時折、ベンさんの写真を中心とした展示会が行われている。

「子どもがいるかもしれないんです」

明仁が警官に「クララの翼」のことを要領よく説明し、三人は〈岬タウン〉へ向かうことを許可された。いっそ誘拐されたことを打ち明けた方がいいのではないか、と光稀は思ったが、明仁も菜々子もわき目もふらず駆け足で坂を上っている。緩やかなカーブを曲がったところで、先に行く二人が足を止めた。追いついた光稀の目にも巨大な炎の塊が飛び込んできた。

商店街の祭りの際の火事とは比べものにならなかった。

「早く行かなきゃ」

菜々子が火が上がっている方に向かって駆け出した。追いかけなければならないのは解っているのに、足がすくんで動かず、菜々子の背中はみるみるうちに小さくなっていく。

「ここで待っていてもいいんだぞ」

明仁に言われたが、光稀は首を横に振った。

「じゃあ、行こう」

光稀の前に大きな手のひらが差し出された。こういうことでいいのだろうか、と遠慮がちに片手を載せると、強く握りしめられ、そのまま進むべき場所へと導かれた。

〈岬タウン〉の家が一軒ずつ誰のものか、光稀は知らなかったが、火が上がっている家だけは持ち主を知っていた。訪れたこともある。星川すみれの、正確には、同居人の宮原健吾が建てたという家だ。彩也子のことが心配でたまらないはずなのに、すみれの顔が頭に浮かんだ。彼女は今、自分の家が燃えていることを知っているのだろうか。

それでも、安堵する。ガラス職人の家ではない。

さらに現場まで近づくと、実際に炎に包まれているのは家ではなく、工房だということが解った。窯の火は作品を焼くごとに熾すのか、焼いていない時にも火種を絶やさぬようにしておくものなのか、光稀は知らなかったが、火事の原因はすみれの火の管理に不備があったせいだろうと思った。

消防隊による消火活動が行われているが、もしや油を注いでいるのではないかと疑いたくなるほど、火の勢いが弱まる気配はない。少し前まで雨が降っていたことすら忘れてしまいそうになるほどに。怪物のような炎は、二階建ての白い洒落た家にも触手を伸ばそうとしている。

健吾はどうしているのだろう。周囲を見回すと、規制される前に駆け付けたのか、芸術村の住人ではない、商店街でちらほら見かける人たちの姿があった。

法被こそ着ていないが、祭りの火事の際、消火活動を率先して行おうとしていた老人たちだ。消火ホースの位置など、勝手知ったる商店街とは違い、駆け付けたはいいが、眺めるだけの状態になっている。いや、それだけならいい。スマホを片手に、消防隊員の制止も無視して前に後ろに進みながら、カメラマンよろしく動画を撮っている年寄りもいた。

その人たちの前方、火の粉がかろうじて届かないギリギリのところに、芸術村の人たちの姿が見えた。髪が乱れ、冬だというのに腕まくりをした上着は遠目で見ても解るほど汚れ、消防隊が到着するまでのあいだ、懸命に消火活動をしていたことが窺える。その人たちの一歩前に、健吾はいた。後ろ姿しか見えないが、肩を落として家を見上げている様子から、呆然(ぼうぜん)と炎を見つめる表情を想像することができた。

と、光稀の隣で無言のまま火事場を見上げていた菜々子が、突然、健吾のもとへ駆け寄ろうとするかのように足を踏み出した。

「ちょっと、菜々子さん」

人ごみをかき分けるようにして前に進む菜々子を、光稀も追いかけた。

「どうしたの」

光稀の声など聞こえぬ様子で菜々子は最前列、健吾の隣で足を止めた。が、健吾の方には見向きもしない。何かに集中するように、色を変えていく壁の一点を見つめているかと思ったら、さらに一歩踏み出した。

「危ないって」

光稀は菜々子を制するように肩に手をかけた。菜々子が振り返る。

「久美香の声が聞こえたの」

「えっ？」

菜々子の真剣な表情に、光稀も耳に神経を集中させた。

ママ、と炎の向こうから、彩也子の声が聞こえたような気がする。幻聴か、と菜々子を見ると、菜々子は大きく頷いた。幻聴ではない。

「久美香！」

先に叫んだのは菜々子だ。

「彩也子！」

光稀も腹の底から声を振り絞って娘の名を呼んだ。久美香、彩也子、久美香、彩也子、と互いの声の大きさを競うように叫んでいると……。

声の届いた先、炎に飲み込まれそうな家の裏手から、彩也子と久美香が現れた。

洋食レストラン〈ピエロ〉の駐車場には、到着したばかりの光稀の車の他は一台も見当たらない。一番乗りか、と腕時計を確認する。まだ、約束の時間である一一時三〇分にする。

まで一〇分以上もあった。開店時刻に合わせての待ち合わせなので、車の中で待つこと

　ぼんやりと、フロントガラス越しに海を眺める。海の色で温度が解るほど、光稀は海のことを知らないが、寒そうな色だな、と感じた。同様に、ベトナムの海はどんな色をしているのだろうと考える。

　犯人が逃亡しているため、誘拐事件が収束したと言ってよいのかは解らなかったが、結局、警察に届け出をしなかったのだから、事件というのもおかしいのかもしれない。

　彩也子と久美香が無事に戻ってきた。それで充分だ。

　火事場から逃げ出してきた彩也子は右足を痛めていた。幸い、軽い捻挫で、年明けにはすっかり回復し、先日は学校のマラソン大会にも参加して、同学年の女子の中で五位になり、賞状までもらってきた。最後に楽しい思い出ができたというように、さばさばとした表情で仲が良かったとは言えないクラスメイト一人ずつに手紙を書くなどして、転校の準備を進めている。

　あの日、彩也子の右手の人差し指の先に小さな水ぶくれができていたことは、光稀だけの胸の内に留めている。水ぶくれの原因を彩也子に訊ねてもいない。

　明仁から、あの時できなかった話を改めて切り出されたのは、彩也子の右足から足首を固定するためのテーピングが外された日だった。会社からの帰宅後、パジャマ姿の彩

也子の足に何も巻かれていないことを確認した明仁が、よかったな、と彩也子の頭をなでた後、小さく頷き、表情を硬くしたのを、光稀は見逃さなかった。

こうなることが解っていれば、光稀はいつまでも彩也子の足にテーピングを巻きつけていたかもしれない。しかし、そんなことをしていれば、勘の鋭い彩也子なら、痛くもない足をいつまでも大袈裟に引き摺っていたはずだ。

おやすみなさい、と彩也子が自室に入り、一時間待って明仁は通勤用のカバンから折りたたんだ薄い紙を取り出し、ダイニングテーブルに広げた。

離婚届だ。すでに明仁が記入すべき欄はすべて埋まっていた。

呼吸をするのも忘れたまま、光稀はじっとその紙を見つめた。記入内容を確かめていたのではない。明仁の視線が自分に注がれていることは解っていた。その目をまっすぐ見返す勇気が持てず、紙に集中しているフリをすることしかできなかったのだ。光稀が顔を上げるか。明仁が言葉を発するか。我慢比べのような時間が続いた。負けたのは明仁の方だった。

――転勤の辞令が出た。新しく出来るベトナム工場の工場長だってさ。ごほうびほしさにがんばったら、望んだ以上の結果がついてきたけど……、おまえは嫌だろ。

――えっ。

何を言っているのだ、と呆けた顔を返したが、明仁の言いたいことはすべて伝わっている。東京本社に呼び戻されることが勝ち組だと信じ切っている光稀の期待に応えるために、明仁は昼夜を問わず、休日出勤までしてがんばってくれていたのだ。恩着せがましい態度などおくびにも出さずに。それを浮気しているのではないかと疑ってしまった時期もある。

——日本人学校もないくらいの田舎町だ。彩也子にとってもよくない。単身赴任でいいのかもしれないが、この辺が潮時だろう。二人の生活は保証するから、どこでも好きなところで暮らせばいい。

明仁は淡々とした口調で言った。延期しているあいだにリハーサルでもしていたかのように。しかし、受ける側にとっては相手の調子に合わせて、はいそうですか、というわけにはいかない。とはいえ、想像していたほど自分が傷ついていないことに光稀は気が付いた。もちろん、ショックは受けている。だけど、頭の中が真っ白になるほどではない。

人格を否定されたのではないからだ。おまえのような女はもう顔も見たくないのだ、と。

それでも、少し前の自分なら、涙も見せずに、いいわ、とクールに答え、紙を受け取ったはずだ。それが自分の理想とする姿であれば。ただ、もう、今の自分はその姿がみっともないということを知っている。いや、気付かされた。カッコいい生き方、カッコいい自分、そこにしがみつこうとする姿がとんでもなく惨めなのだということを。

——嫌よ！

どこがどう嫌なのか説明などしなくていい。嫌と思うから嫌と口にするのだ。込み上げてくる涙も拭わない。嗚咽も我慢しない。鼻水だって流れてくる。それらと一緒に、ごめんなさい、という言葉も出てきた。カッコいい姿や言葉で取り繕わなくとも、目の前の明仁にも、ドア越しに盗み聞きしているかもしれない彩也子にも、光稀の思いは伝わるはずだと信じた。まだ、家族でいることを許してもらえるのなら。

濃紺の海に白いさざなみが立っているのが見える。しかし、光稀にはそれが翼のようには思えない。ただの波だ。それでも、この海が暖かい東南アジアまで繋がっていることは想像することができた。

＊

坂の途中にあるレストランを目指して、星川すみれは歩いている。息は上がってくるが、この坂道が〈岬タウン〉に続いていないというだけで心を穏やかに保つことができる。光稀と菜々子と三人で顔を合わせるのは、三カ月ぶりだ。

光稀から、夫の転勤に伴い家族でベトナムに行くことになった、との知らせをメールで受けたのは、先月、すみれが実家のカーテンを閉め切った自室にこもり、母親にレンタルショップで借りてきてもらった漫画を昼間から読みふけっていた時だ。

パソコンは岬の家に置きっぱなしにしてきたが、携帯電話は手放すことができなかった。着信音が聞こえただけでブルリと震え、吐き気が込み上げてくることもあるので、音はすべて切っている。バイブレーション設定にもしていない。だから、光稀からのメールもいつのまにか届いていた。

絵文字が使われていない、業務連絡のような文面は、互いの距離感をそのまま表しているようだったが、そんな中からも、今、光稀は幸せなのだろうな、と感じられ、一人、涙を拭った。光稀の幸せを喜ぶ涙ではないことを自覚できるくらいには、心も回復していた。誰からも恨まれずに再スタートできる光稀をただうらやましく思ったと同時に、光稀が鼻崎町にいるあいだに、菜々子とも一緒に、会っておかなければならないような気がした。

あの日のことを、些細な出来事でもいいから一つでも多く知るために。そして、自分が無実であることを、一パーセントでもいいから信じてもらうために。芸術村のメンバーと顔を合わせるかもしれないというリスクを冒してでも。

友人の結婚披露宴の最中、るり子から工房で火事が起きていることを聞いたすみれは、隣席の梓に簡単に事情を説明してから退席し、東京駅から新幹線に飛び乗った。すみれが急ごうが急ぐまいが、被害の大きさはもう変わらないはずだ。しかし、のんびりと宴席に座っていることなどできない。新郎新婦に笑顔で拍手を送ることなど不可能だ。

新幹線に乗ったあと、家に向かっていることを伝えるため、健吾に電話をかけたが留守番電話設定のアナウンスが流れるばかりだった。代わりにるり子にメールを送ったが、返信はなかった。

出火原因を考える。火の始末に不備はなかったはずだ。そもそも、最後に窯に火をいれたのはひと月も前だったのだから、その際の火が原因ならば、もっと早く火事になっているはずだ。鼻崎町で地震が起きたという情報もない。それに、電話の向こうから気になる言葉も聞こえてきた。

――子どもだ！　二人いるぞ！

サブローの声だったはずだが、火事現場に子どもがいることを驚いているようなニュアンスだった。二人とは、久美香と彩也子ではないだろうか。芸術村に子どもはいない。子どもが訪ねてきているのを見たこともない。あの二人以外には。「クララの翼」に関することですみれに会いに来た。しかし、光稀はすみれが不在であることを知っている。親に内緒で訪れた？

子どもたちのせいで火事が？　それよりも、二人は無事なのだろうか。サブローは子ども二人がどんな状態でいるところを目にして声を上げたのか。菜々子か光稀に確認しなければ、と思ったものの、最悪の事態を考えると軽々しく電話することなどできない。るり子や芸術村の誰かから連絡が入るのを待つことにしたが、新幹線から電車に乗り換えて鼻崎駅で降り、タクシーで〈岬タウン〉に到着するまで誰からも連絡はなかった。火事があったみたいですよ、とタクシーの運転手はすみれがそこの住人かもしれないという配慮をまったく感じられない弾んだ声で言った。見知らぬ町で起きた大事件のことを語るように。

――ケガ人は？

どうでもいい人に訊くのが一番気兼ねがない。

――救急車の音がしてたけど、確か、子どもが一人ケガをしたとかだっけな。

子どもとは誰でどの程度のケガなのか。知っていればベラベラとしゃべるはずなので、それ以上の質問はしなかった。〈岬タウン〉へ続く坂道はこんなにも長かっただろうかと思う程、大切な場所はなかなか見えてこなかった。交通規制が行われているようだったので、〈岬タウン〉の一番手前にある菊乃さんの家の前でタクシーを降りた。

時計の針は日付が変わる五分前を指していたが、二階建ての家全体に灯りがともっており、すみれは少しためらいながらドアフォンを押した。火は見えなかったが、一人で近付く勇気が持てなかった。

菊乃さんはすみれを見るなり泣きそうな表情になり、ジュンさんを呼んでから二人ですみれの家、火事の現場まで付き添ってくれた。

石造りの工房は、外壁は八割以上原形をとどめていたが、周辺の家が電気を消してしまえば闇夜に溶け込んでしまうほど真っ黒に焼け焦げていた。足元に注意しながら懐中電灯を片手に中をのぞいた途端、涙が込み上げてきた。陶器の死体が散乱している、そんなふうにすみれは感じた。

家屋部の確認は翌朝することにして、その日はジュンさんと菊乃さんの家に泊めてもらうことになった。家に戻って開口一番、健吾はどこにいるのか訊ねると、二人は顔を見合わせて首をひねった。火事の時にはいたという。菊乃さんたちが現場に駆け付けた時、健吾は消火器で火を消そうとしていた。るり子や夫のミツル、サブロー、ベンさんなど、その時在宅していた芸術村のメンバー総出で消火活動に当たってくれていたらしい。

——火事のことで警察に呼ばれているのかもしれないわね。

菊乃さんにそう言われて納得し、続けて、子どもたちのことを訊ねた。やはり、久美香と彩也子だった。炎が上がる中、二人は家の裏手から歩いて出てきたのだという。幸い、家屋部まではまだ火が回っておらず、二人とも火傷は負っていないようだったが、煙を吸っている可能性がある上、彩也子は足を痛めている様子だったので、救急車で運ばれることになった。

二人がどうしてあんなところにいたのか、菊乃さんやジュンさんには解らなかったが、火事場に比較的早い段階で親たちが駆け付けていたので、ここに来ることは伝えてあり、すみれが出かけていることも知らずに、何か用事があって訪れて、運悪く火事に巻き込まれてしまったのではないか、と解釈していたらしい。すみれは二人に、光稀はすみれが家にいないと知っていたことを、わざわざ説明しようとは思わなかった。

話のニュアンスからして、心配していたほど重傷ではなさそうでホッとした。

工房が燃えてしまったことは辛いけれど、すべてを失ったわけではない。小梅だって建てたばかりの工房を手放し、イタリアで再スタートをすると言っていたではないか。そんなことを考えながら、穏やかな気持ちで深い眠りにつくことができた。

ゆっくりと眠った、最後の夜だった。


翌朝、すみれはテレビのニュースで工房が燃えている様子を目にした。画面の端には「視聴者提供映像」と出ていた。途中、呆然とした表情の健吾の顔も大きく映し出されていた。

家に戻り、陶器の死体の回収をしている延長で、警察による現場検証にすみれも立ち会うことになったのだが、そこに健吾の姿はなかった。逆に、すみれが警察から健吾の居場所を訊かれたが、知らない、としか答えようがない。携帯電話からは、電源を切っているか電波の届かない場所にいる、というアナウンスが流れるだけだ。

知らない。健吾がどこに行ったのかなんて。

知らない。玄関に久美香の車いすが置いてあった理由なんて。

知らない。火事が起きた原因なんて。

知らない。放火の場合、思い当たる人物、動機なんて。

後日、家に子どもたちがいたのは、健吾が肖像画を描くために連れて来たからで、工房には近付いてもいないと聞かされた。確かに、しばらく片付けていなかった工房に車いすで入るのは不可能に近い。ならば、菜々子や光稀から何かしら言ってきてもいいはずなのに、二人からの連絡は一切なかった。何か後ろめたいことでもあるのではないかと疑念が湧き、工房の片付けが落ち着いたら会いに行こうと決めていた。

しかし半月後、クリスマスを目前に、火事など、取るに足らない事故となった。焼けた工房の解体作業中に、白骨化した遺体が出てきた上、遺体の身元が殺人事件の容疑者として全国に指名手配されている人物だと判明したのだから。〈岬タウン〉には連日、マスコミが押し寄せ、全国に晒(さら)されることになった。

知らない。窯の下に死体が埋められていたなんて。

知らない。芝田という殺人事件の容疑者なんて。

一生分の「知らない」をすみれは連日繰り返し続けた。

もちろん、健吾が建てた家とはいえ、すみれは周囲から見れば夫婦のように一緒に暮らしていたのだから、知りません、はいそうですか、とはならない。しかし、本当に知らないのだということをどう証明すればいいのか解らず、パニックを起こしてしまうほど、すみれは何も知らなかった。

しかし、やみくもに、知らない、を繰り返していたわけではない。五年前に鼻崎岬で殺人事件が起きた日に何をしていたのかという問いには、当時勤務していた、鼻崎町から遠く離れた場所にある会社の名前をちゃんと答えた。殺人事件が起きたのが休日だったら、やはり、知らない、と答えていたのかもしれないが。

警察に対し、健吾を擁護するような発言をしたこともある。ここに遺体が埋まっていたことを、健吾も知らなかったのではないか、と。ただ、それなら姿を消さずに堂々とここにいればいいのだ、と思ったことは口にしなかった。しかし、すみれの擁護など何の効果もなく、健吾は殺人事件の被疑者として行方を追われることになった。

手紙が警察に届いたのだという。

五年前に鼻崎岬で殺害された男性と駆け落ちをする約束をしていたという女性からの、匿名の手紙だった。直接、手紙を読ませてもらうことはできず、共犯者扱いをされているような事情聴取の中で、かいつまんで教えられた程度だったが、事件の夜の流れとしては筋が通っているように思えた。

女性は結婚して子どももいたが、仕事を通じて偶然再会した中学時代の同級生と恋仲になり、二人の思い出の場所である鼻崎岬で密会を重ねるようになる。それから約半年後、男から二人で暮らすことを提案されるが、共に家庭を持っているため、家人に黙って逃げるという選択となった。男性には金などの財産があり、金のことは心配しなくてもいい、という内容の会話も密会の際に交わしたことがある。

そして、駆け落ち当日、女性は家を出るタイミングを失い、一時間遅れて、約束の場所である鼻崎岬の灯台に向かった。岬に向かう遊歩道の手前にある駐車場に男性の車を見つけ、まだ待ってくれていることを知った女性は、喜んで街灯がポツリとともるだけの薄暗い遊歩道を駆け足で進んでいった。

すると、岬の先端、灯台付近で若い男性二人が激しく口論している声が聞こえてきた。茂みに身を隠して様子を窺っていたところ、会話の内容から二人が自分を待ってくれているはずの男性を襲ったことが解り、恐ろしくなって無我夢中で来た道を引き返し、自宅まで逃げ帰った。

男性の遺体が新しくできた造成地で発見されたことは翌朝のテレビニュースで知ったが、駆け落ちする予定だったことを家人に知られては困るため、警察に通報する勇気をすぐに持つことはできなかった。そのうち、自分が目撃した二人のうちの一人が指名手配されたので、殺害したのはこちらの方だったのかと解釈し、一日でも早く殺人犯が逮捕されることを祈りながらも、この事件のことは忘れようと努めていた。

　ところが、先日、鼻崎岬の住宅地で火事が起きたというテレビのニュースで、あの夜目撃したもう一人の男が画面に大きく映し出されていた。その日はそれ以上気に留めなかったが、後日、焼け跡から指名手配されている男と思われる遺体が発見されたことを知り、今度こそは勇気を出さなければならないと自分を奮い立たせ、手紙を書くことにした。

　手紙の最後は五年前に勇気を出せなかったことに対する詫びの言葉でしめられ、金のプレートが同封されていた。駆け落ち前に一枚持たされていたもので、手紙の内容が嘘偽りのないものだという証になれば、と添えられていたという。

　自分の持つ事件の情報がすべて警察から得たものであるのか、すみれは断定することができない。心が擦り切れた状態で受け取らなければならなかった情報を、いちいち発信源を分類して頭の中に管理しておくことなど到底無理だった。もしかすると、半分以上は〈はなカフェ〉の厨房の奥で耳にしたことではないかとも思えてくる。

　火事の後、いつまでもジュンさんと菊乃さんの家に泊めてもらうわけにもいかず、すみれは芸術村の全員から許可を得て、〈はなカフェ〉で寝泊まりをすることになった。

厨房の奥に空き部屋が一つあり、コーヒー豆や小麦粉などの材料置き場となっていたのだが、皆の好意により、材料は厨房に整理され、簡易ベッドや三段ボックスが運ばれて、一日ですみれの居住スペースへと変わった。前の持ち主もここで寝泊まりしていたのか、洗面所とシャワー室もあった。

火事で工房を失ったすみれには、皆、温かかった。店の手伝いはいいと菊乃さんは言ってくれたが、動いている方が気が紛れるからとすみれの方から頼み、カフェの店番をしていると、店を訪れる商店街を中心とした地元の人たちのほとんどが、すみれに温かい声をかけてくれたり、野菜や惣菜を差し入れてくれたりした。

ウェブサイトにも、それほど多くはないが、全国から応援の声が寄せられた。工房の再建とともに「クララの翼」の活動を復活してほしいという声もあったし、寄付をした団体からも、お見舞いのメッセージとともに、同じ団体に寄付をしているサッカー選手との対談依頼が寄せられた。

健吾が姿を消したことについても、自分の手で築いた家が火事に遭ったのだから、ショックを受けても当然で、心を癒すために、どこかへスケッチ旅行にでも出かけているのだろうと、同情的に捉えられていた。

一日でも早く家と工房を復活させなければ。健吾を元気付けるためにも。今こそ恩返しをする時だ。そう自分を奮い立たせ、商店街会長のツテで地元の建設業者に年内に破格で工房の解体作業を請け負ってもらえることになったのに……、遺体が出てきた。

　連日の事情聴取で店に立つひまなどなかったが、カフェにいる時でも、表に出ていくことはできなくなった。それどころか、〈はなカフェ〉と〈はな工房〉は臨時休業に追い込まれることになった。

　芸術村の家はすべて健吾が被害者から奪った金で建てられたもので、住人もカモフラージュのため呼び寄せられた健吾の仲間である。

　そういった噂が広がり、犯罪者の仲間の顔を見てやろうという質の悪い客たちが押し寄せるようになったからだ。被害者の身内でもないのに、菊乃さんやジュンさんを中心とした芸術村のメンバーに、直接罵声を浴びせたり、悪口をいいふらすことが、町全体で正義の行為として認められているような空気を感じた。ネット上ではそれぞれの作品が「犯罪者アート」として糾弾されていた。

　直接危害を加えられる前に、できるだけ回避する策を取ろう、というのが店を閉めた理由だ。

　すみれの中には健吾を恨む気持ちだけが湧きあがった。カモフラージュ、まさにすみれの工房はそのために建てられ、そのためだけにすみれは呼ばれたのだ。愛情などどこにもなかった。芸術家として認められているわけでもなかった。何が「パートナー」だ。

　自分もまた、被害者ではないか。健吾に利用され、取り調べまで受けた自分こそが、一番の被害者のようにすみれには思えた。なのに犯罪者の仲間として扱われるなんて。健吾に問い詰めたいことは山程ある。罵って、罵って……、実はそうではないのだと言われたい。しかし、とりあえず今はどうにかしてここから逃げ出したい。そう思った時、小梅が工房の引き受け手を探しているという話を思い出した。そこで、新しくやり直すことはできないだろうか。

こんな状況ですみれからコンタクトがあることを小梅は嫌がるかもしれないと、ほんの一瞬だけ迷ったが、今更、すみれを糾弾する人間が一人増えようと、関係ないような気がした。傷が増えると全身で痛みを感じる。痛みで麻痺(まひ)した頭では、新たに一カ所傷が増えたくらいでは、それがどこなのかも判別がつかないはずだ。

しかし、小梅はすみれを温かく受け入れてくれた。心配していた、こちらから連絡しようかと思っていたところだ、と。すみれの「知らなかった」も信じると言ってくれた。

明日にでも荷物をまとめようとしていたところに、るり子がやってきた。すみれに対していつも憎まれ口を叩いていたるり子だったが、店を閉めた後も、弁当やパンを買って一日おきにすみれのもとを訪れていた。るり子は一方的にマスコミの批判や地元の人たちの悪口を一時間ほどまくしたてながら、差し入れの半分を食べ、帰っていくだけだったが、すみれはそれが不快ではなかった。ありがとう、と礼を言ったこともある。

――すーちゃんに自殺なんかされちゃ、かなわないからね。

憎々しげな口調とは裏腹に、目は優しかった。だから、この先のことについて、るり子にはちゃんと報告しておかなければならないと思ったのだ。るり子に言えば、皆にも伝わる。

「るり子さん、今までありがとう。わたし、ここを出ていくね。わたしがいなくなれば、みんなに迷惑がかかることも少しは減るかもしれない。もっと早くにそうしていればよかったのに、ごめんなさい」

るり子は眉を顰めてすみれに訊ねた。

「行くあてはあるの？　まさか、おかしなこと考えてないでしょうね」

たとえ自らも被害者であったとしても、健吾が引き起こしたことによる芸術村への非難は自分一人で負わなければならない。すみれなりに覚悟を持った決意だった。自殺なんてしない。るり子を安心させるために、精一杯の笑顔を作って言った。

「ううん、大丈夫。軽井沢の工房を譲ってくれるっていう人がいるの」

るり子がさらに表情を硬くしたため、すみれは説明を続けた。

「陶芸家の小梅って知ってるでしょ？　彼女がイタリアに拠点を移すからって、工房の引き受け手を探してたの。だから、心配しないで、みんなにもよろしく伝えてね。きっと、みんなにもすぐにいい場所が見つか……」

「いい加減にして！」

商店街中に響き渡りそうな声で遮られた。上気したるり子の顔に、もしや殴られたのではないかと錯覚を起こして頬に手を当ててしまう。るり子はこれから殴ってやるのだと言わんばかりにすみれに詰め寄ってきた。

「一体誰のせいでこんなことになったと思ってるの。そりゃあ、あんたは同居人がどうやって金を工面したかも知らない家で、くだらない作品作ってただけなんだから、被害者面(づら)して、とっとと次のパラダイスにでも行けばいいでしょうよ。でもね、あたしたちは、他の人たちもそう、すべてをなげうって、ローン組んだり身内に借金したりして、あそこに家を建てたの。自分の作品と心中する覚悟を持って、この町にやってきたの」

「ごめん……」

すみれだって会社員をしていたのだから、家がタダで建てられるとは思っていない。健吾は一部上場企業で七年間コツコツと働いていたのだからそれなりの貯金はできたのだろうが、噂されているような羽振りのいい一括払いなどしていない。ローンを組んでいるからこそ、すみれもそれなりの生活費を支払っていたのだ。

しかし、るり子はもうすみれの話など聞く気もなさそうだ。軽井沢の話はするべきではなかったのかもしれない。すみれはもう一度、ごめん、とつぶやいた。

「許さない。とっとと出て行け。あんたが出て行った方が、まだ、あたしたちはあの場所を建て直せる可能性がある。絶対、絶対、負けない。あの場所はあたしたちの手で日本一の芸術村にしてみせる。鼻崎岬って聞いただけで、たくさんの人たちが、殺人事件があった場所じゃなくて、それぞれの作品を思い浮かべてくれるような場所になるまで……、みんなでがんばろうって、あんたは本当に何も知らなかったんだろうってあたしたちだけでも信じてあげようって、決起集会を開くことになったから呼びにきたんだけどね」

るり子はそう言って、部屋を出て行こうとした。その背にもう一度、ごめん、と声をかけると、るり子は足を止めて振り返り、すみれに泣き笑いのような顔を向け、別れの言葉を告げた。

「もう二度と、この町に戻ってくるな！」

その日のうちに、逃げるように鼻崎町を出て、実家に戻り自室にこもっていたが、光稀からのメールで、まだ別れを告げていない人たちがいたことを思い出した。いや、あの火事の日のことを確認しないままでいたことに、後悔の念が湧きあがってきた。あの町に思いを残してはいけない。

自分に何が起きたのかを知り、次へ進むためにも、もう一度、鼻崎町を訪れたい。

洋食レストラン〈ピエロ〉に続くゆるやかなカーブを曲がると、一面に広がる海が見えた。この海を頭の中に焼き付けておこう。一生忘れないように。

＊

待ち合わせ場所に集合する前に、堂場菜々子は駅向こうの国道沿いにある大型スーパーで子ども用の運動靴を買った。〈鼻崎ユートピア商店街〉にも靴屋はあるが、いつから置いてあるのか解らないほど古いデザインのものばかりで、久美香が喜ぶようなものはない。久美香の靴をサイズが合わなくなったために買い替えたことはあっても、底やつま先が傷んだせいで買い替えたことは、遠い記憶の向こうの出来事だった。

久美香が再び歩ける日がくるなんて。

あの日、誘拐事件の起きた日、鼻崎岬の芸術村に久美香と彩也子が監禁されているかもしれないと修一が口にした矢先に、その芸術村で火事が起きていることを知り、相場夫妻と一緒に現場に駆け付けた。火が上がっていたのは、疑いを寄せていたガラス職人の家ではなく、菜々子も訪れたことがある、星川すみれと宮原健吾の家、正確には、すみれの陶芸工房だった。

もたもたとついてくる光稀をほうって火事場を囲む野次馬たちの中に進んでいくと、

どこからか、久美香の声が聞こえたような気がした。ママ、と菜々子に助けを求める声が。ざわつく周囲に、うるさい！　と叫びたくなったが、それで静まり返るような穏やかな現場ではなかった。それよりも、どんな小さな音でも聞き逃すまいと耳を澄ませることに神経を集中させた。すると、また、声が聞こえてきた。

声は炎の向こうから聞こえたような気がした。

人垣をかき分け一番前まで出ると、先ほどより少し大きな声が聞こえ、菜々子は久美香の名前を思い切り叫んだ。追いかけてきた光稀も声を張り上げて彩也子の名前を呼んでいた。すると、次の瞬間、菜々子は奇跡を目の当たりにした。

いつ思い出しても、涙が浮かんでくる。それは菜々子が焦がれていた久美香の姿だった。あまりにも久美香を心配するあまり、幻でも見ているのではないかと、我が目を疑ったほどだ。

炎が襲いかかろうとしている建物の陰から、久美香と彩也子が手を繋いで歩いて出てきたのだ。久美香が歩いて。しかも、その足取りは彩也子が足を痛めていたことも相まって、菜々子の目にはとても力強く映った。

一歩、また一歩。駆け寄って抱きしめたい思いと、一歩ずつ踏み出す姿を見たいという思いがせめぎ合い、菜々子はその場に立ち尽くしたまま、久美香の名前を呼び続けた。久美香、一歩、久美香、一歩……。

しかし、その横で彩也子が顔を歪めて前のめりに転んでしまった。相場夫妻が駆け出し、それにつられるように菜々子も久美香のもとへと走り、力いっぱい抱きしめた。

菜々子は時が止まってしまったかのように長い間久美香を抱きしめていたように感じたが、実際には一分もそうしていなかったはずだ。子どもがいたと芸術村の誰かが叫び、救急隊がやってきて、久美香と彩也子は安全な場所へと移動させられ、菜々子と相場夫妻もそれに続いた。

「彩也子、大丈夫?」

光稀が声をかけているのを聞いて、子どもたちが誘拐されていたことを思い出した。しかし、頭の中が歩けたことで一〇〇パーセント埋め尽くされているのは、菜々子だけではなかったようだ。彩也子が泣きながら光稀に抱き付いているのに対し、久美香は満面に笑みを浮かべて菜々子に言った。

「ママ、歩けたよ!」

その一言で菜々子の目からは堰を切ったように涙があふれ、今度こそ、誰にも邪魔をされずに久美香を思い切り抱きしめた。

病院での検査もあり、二人の身に何が起きたのか訊ねるのは翌朝、警察を交えてとなった。相場夫妻と彩也子が堂場家にやってきて、臨時休業の貼り紙を出してカーテンを閉めたままの店内で、警察の事情聴取のようなことが始まった。久美香は病院から帰るタクシーの中で寝てしまったが、彩也子は家に帰った後で光稀たちに一通り話したようだ。朝早く、光稀からそれを伝えるメールが届いていた。

どうしてあそこにいたのかな、という警察からの質問に、ママから話そうか、と光稀が口を開いたが、大丈夫、と彩也子はしっかりとした口調で断り、学校が終わってからのことを話し出した。

宮原健吾が子どもたちに絵を描かせてほしいと頼んだのだという。二人はそれを喜んで引き受けて、健吾と約束の日を決め、放課後、健吾の車、正式にはベンさん名義の芸術村の住人が自由に使える車に乗って、〈岬タウン〉の健吾の家に行った。

ちゃんとお家の人には言ったのかな？　警察に訊かれて彩也子は、おうちの人にダメって言われるかもしれない、って言われたから、と申し訳なさそうに光稀の方を見た。久美香も、菜々子の方を見た。身に憶えのある菜々子は慌てて、健吾からモデルを頼まれたが断ったことを打ち明けた。

健吾の家で二人は図書館で作る予定だった絵本を作っていて、その様子を健吾はスケッチしていたのだが、〈はなカフェ〉に用事があったことを思い出したので、ここで絵本を作りながら待っていてほしい、と言って出ていったらしい。二人は言われた通り、絵本を作りながら健吾の帰りを待っていた。

しかし、健吾は帰ってこない。絵本作りにすっかり夢中になって時間を忘れていたが、二人がいた部屋には時計がなかった。窓の外を見ると真っ暗で、菜々子が図書館に迎えにくる時間が過ぎていることは容易に想像が付いた。徐々に不安になってきたが、天候も悪く、久美香の車いすを押しながら歩いて家まで帰ることもできず、仕方なく、健吾の帰りを待つことにした。

待っていると、どこからか焦げ臭いにおいが漂ってきた。二人のいる部屋の窓から工房は見えなかった。すみれが不在なのは健吾から聞いて知っていたが、芸術村のどこかの家にも工房があり、そこで火を焚(た)いているのだろうくらいに思っていた。

やがて、窯が破裂したのか、爆発するような大きな音が聞こえ、様子を見るために別の部屋にまわった彩也子は初めて工房で火事が起きていたことを知る。室内では健吾が久美香を背負ってくれたため、車いすは玄関に置いていた。工房から一番遠い、家の裏手に当たる台所の勝手口から彩也子は久美香を背負って外に出るが、海に面した崖っぷちの岩場を通らなければ表に出られないことに気付き、そのまま火が迫ってこないことを祈りながら家の陰に身を潜めていた。

そうするうちに消防車の音が聞こえ、消火活動が始まったが、誰も自分たちを助けにきてくれる気配はない。岩場を通るのはほんの数メートルだ。彩也子は久美香を再び背負って避難することにしたが、岩に足を取られてひねってしまう。火はすぐそこまで迫ってきていた。あとはもう助けを呼ぶしかない。精一杯声を張り上げて何度か叫ぶと、互いの母親たちの声が聞こえた。

その時だ。

——行こう、彩也子ちゃん。

そう言って久美香が立ち上がったのだ。それに勇気づけられ、彩也子も痛みに耐えて立ち上がった。そして、二人で手を繋ぎ、母親たちのいる家の表まで出てきて、無事保護された。

夜のうちに菜々子から久美香が歩けるようになったことを聞き、さんざん嬉し涙を流した修一は、彩也子が「勇気づけられ」と言うと、ぐすりと鼻をすすってまた泣き出した。

子どもたちが宮原さんの家にいることをどうして知ったのですか？　警察に訊ねられ、答えたのは菜々子だ。

「子どもたちは『クララの翼』で仲良くなったすみれさんが留守なのを知らずに、会いに行ったんじゃないかと思ったんです。活動が終わってしまったことをとても残念がっていたので」

脅迫状のことは警察には話さなかった。朝届いた光稀からのメールにある提案が書かれてあったからだ。

『子どもたちは自分たちが誘拐されたとは夢にも思っていないみたい。事実を知ると傷つくだけなので、脅迫状のことは黙っていませんか。それに、誘拐事件の被害者として公に晒されることが、子どもたちにとって幸せなことだとも思えないので』

この提案を菜々子と修一は受け入れることにした。特に、後半の箇所は菜々子を大きく頷かせた。

すみれや健吾にとっては災難だったが、火事のおかげで久美香が歩けるようになったことは、菜々子にとって喜び以外の何ものでもない。

脅迫状の送り主は健吾だろうが、その時は、何故、彼がそんなことをしたのか、詮索したいとは思わなかった。健吾くん大丈夫かな。久美香と彩也子は心から案ずるように何度もその言葉を繰り返していた。警察にまで訊ねていたほどだ。健吾にわずかにでも悪意があれば、敏感な子どもたちは何かしら感じ取るはずだ。もしかすると火事が起きていなければ灯台で、家族の絆を確かめるためのイタズラでした、とおどけながら言われていたのではないか、とさえ思えた。だから、金額も書いていなかったでしょ、と。

しかし、約二週間後、火事よりも不穏なニュースが飛び込んできた。火事の日の晩のように店の向かいの和菓子屋〈はなさき〉の奥さんがやってきて、すみれの工房の焼け跡から白骨死体が発見されたらしい、と小さな目でまばたきを繰り返しながら教えてくれた。

驚いたと同時に、なぜか義母の顔が頭に浮かび、あわてて頭を振った。

不穏な予感は的中せず、数日後にまた奥さんから、死体は指名手配されている芝田のものだったらしい、と聞いた。それから、健吾が行方不明になっていることも。

さらに数日後、奥さんは今度は長くなると思ったのか、看板商品のもなかを持ってやってきて、警察が来ていたようだが何かあったのか、と声を潜めて訊いてきた。五年前の殺人事件に、同時期に姿を消した義母が関係しているのではないかという噂が、商店街を中心とした住民の間で流れているのだという。わたしは否定しているんだけどね、と義母と仲の良かった奥さんは少し怒った様子で言った。

それを通報した人がいるのかもしれない。菜々子は修一と一緒に、警察から義母が書いたものかどうか確認して欲しいと見せられた手紙のことを思い出した。

まず、筆跡に見憶えがあった。義母の恋物語については当時、何も気付かなかったものの、金が同封されていたということで確信した。しかし、警察には、断定できない、と答えた。修一に至っては全否定した。母ならまず一人息子である自分に相談してくるはずだ、と普段の彼からは想像できないほど語気を強めて言い切ったのは、自分も金を持っていることを隠したかったからだろう。相場夫妻にはあんなにもあっけなく打ち明けたというのに。

老舗仏具店の嫁として献身的に尽くしてきた義母は、駆け落ち相手が殺されても、家を出ることを選び、どこかで強か(したた)に生きている。……おそらく、かなりの財産を持って。

菜々子の想像でしかないが、義母は岬から逃げる際、駐車場に寄り、駆け落ち相手の車の中から金をいくらか盗んでいったのではないか。その金を、寝たきりの夫を置いていく後ろめたさから、息子夫婦にも残していった。

健吾は金を盗んでいった人物がいたことに気付いたのだろう。〈岬タウン〉に家を建てたのは、芝田の遺体を隠すためだったのかもしれないが、金を盗んだ人物を探して取り返すという目的もあったのではないか。

そして、金を盗んだ人物が堂場家に関係あるのではないかと疑い、カマを掛けるために子どもを誘拐した。

どうして知ったのか。菜々子の想像の範囲で思い当たることが一つある。怨念モチーフだ。義母から教わったかぎ針編みの花のモチーフをすみれに分けてあげた。その模様に健吾は見憶えがあったのではないか。

義母はモチーフをつなげてストールを作っていた。密会中に巻いているところを見られていたのかもしれない。いや、家に残された義母の持ち物の中にストールはなかった。だから、怨念ストールを巻いて家出をしたと思っていたのだが、もしかすると、殺人事件の夜に落としてしまったのかもしれない。それを健吾が拾った。

そちらの方がしっくりくる。だとすれば、健吾は再び金を探しにくるだろうか。不安が頭をよぎったが、健吾はもうこの町に戻ってくることはないだろうという予感の方が勝った。

その証拠に、菜々子の生活を脅かすようなことはこの三カ月間、何も起きていない。すべて、終わったのだ。菜々子は今、幸福に満たされている……、はずだった。

上り坂にさしかかり、菜々子はアクセルを踏む足に力を込めた。

久美香が歩けるようになるのなら、どんな辛い試練にも耐えます。毎夜、姿の定まらない神様にそんなふうに願っていた。たった一度でいい。親子三人、手を繋いで歩いてみたい。

その願いは叶った。年の瀬の夜、親子三人で色あせた法被を着て、「火の用心」と声を上げながら、拍子木を打ち、商店街の端から端まで歩いた。だが、それが最後だった。久美香が一人で風呂に入れるようになった途端、修一の帰宅時間が遅くなった。これまで優遇してもらっていた分、働いて返しているんだ。菜々子がさりげなく問うと、修一は不機嫌そうにそう答えるが、給料にはまったく反映されていない。

たまには外食をしようと誘っても、まだ宮原健吾は逃亡中だというのに、うちだけ浮ついたことをしていたら、すみれさんに失礼だろう、などとあきれたような口調で言う。

そのくせ、職場の付き合いで参加させられたという飲み会では、芸術村のゴシップネタをいくつも仕入れて、真夜中に大声で菜々子に披露していた。

それでも、久美香が毎日元気に自分の足で登校している。

それを……、いつまで幸せだと思わなければならないのだろうか。子どもが歩いて学校に通うことなど当たり前のことだというのに。誰のために続けているのか解らない仏壇屋の店番をしながら、久美香が歩けることだけを幸せに思い、年老いていくのだろうか。

菜々子は車を減速させ、ゆるいカーブを曲がった。洋食レストラン〈ピエロ〉の駐車場には光稀の車が停まっていて、車の外で光稀とすみれが何やら笑顔で話をしているのが見えた。

光稀は来週、この町を出て、夫の新しい赴任地であるベトナムに家族三人で向かうという。何もないところなの、と笑顔で言えるのは、中途半端な田舎町より外国の方がマシだと思っているからに違いない。

すみれはいつのまにか町から姿を消していた。健吾のことは、火事がなければ久美香は恐ろしい目に遭っていたかもしれないと脅(おび)えたり、橋の下に身を隠したまま風邪でもひいていないかと案じたり、日によって思いは様々だったが、頭に浮かばない日はない。対して、すみれのことは、正直なところ忘れていた。共犯者だと糾弾する声が菜々子の耳にも入り、ようやくすみれのことを思い出して、本当に知らなかったのではないかと同情していたが、すでに軽井沢の工房を有名な陶芸家である小梅から受け継ぐことが決まっていると聞き、一気にしらけた気分になった。

何がお別れ会だ、とも思う。こちらは、殺人事件が起きようが、死体が出てこようが、この町で生きていかなければならないのだ。

生まれた時から住んでいる場所を、花が咲いて美しいところだとか、青い海を見渡せて最高だとか、温暖ですごしやすいとか、特別な場所だと思ったことなど一度もない。そういうのは、外から来た人が感じることだ。だからといって、その人たちに町の良さを教えてもらう必要などまったくない。

地に足着けた大半の人たちは、ユートピアなどどこにも存在しないことを知っている。ユートピアを求める人は、自分の不運を土地のせいにして、ここではないどこかを探しているだけだ。永遠にさまよい続けていればいい。

光稀のことも、すみれのことも、こんなにバカにしているのに、菜々子の目に涙があふれてくる。駐車場の、道路から一番近いスペースに車を停め、バッグから取り出したハンカチで目を押さえた。遠目で見れば、早くも二人との別れを悲しんでいるように思われるかもしれないが、そう解釈してもらった方がありがたい。

涙の理由は解っている。ユートピアに誰よりも焦がれているのは、菜々子自身なのだ。

この思いを二人の前で吐露すれば、どんな言葉をかけてもらえるだろう。菜々子さんの背中にも、きっと翼はあるはずよ。

想像して少し笑った。そうだ、自分には翼がある。義母が残してくれた黄金の翼が。

義母が置いていった金を、早朝、先に見つけたのは菜々子だった。三枚あるうちの一枚だけ残して、菜々子は修一を起こしにいった。修一に大金を持たせたらロクな使い方をしないと想像できたからだが、心の片隅に、翼を求める思いが芽生えていたのかもしれないと今になって思う。警察に脅迫状のことを伏せておくことに同意したのも、自分の金を守りたかったからかもしれない。自分は案外、そういう人間だ。

車から降りて、二人のもとに向かう。笑顔で見送る自信が湧いてきた。

ユートピア探しは、今すぐでなくてもいい。久美香が成人してからでもいい。いっそ、健吾が菜々子の前に現れて、金と一緒に町から連れ出してくれないだろうか。想像するだけで、何だか楽しくなってきた。

生まれた時から見てきた海は、こんなにも美しかっただろうか。

＊

ママは久美香ちゃんのお母さんとすみれさんと、また会いましょうね、と言って別れたそうです。でも、わたしはママたちはもう会わないんじゃないかと思います。三人は仲良しだったけど、それぞれに少しずつもんくがありそうで、親友には見えませんでした。

だけど、わたしと久美香ちゃんは親友なので、ぜっ対にまた会おうと約束しています。わたしたちは強いきずなで結ばれています。だから、二人のひみつを、わたしはどんなことがあってもぜっ対にだれにも言いません。

久美香ちゃんがわたしと仲良くなったころにはもう、歩けるようになっていたこと。お父さんとお母さんに仲良くしてもらうために、足が動かないフリをしていたこと。だけど、車いすでの生活につかれて、本当は歩けることをどう打ち明けようかなやんでいたこと。

商店街のお祭りの火事の時、少し歩いてしまったこと。

画家だからほねが見えるという健吾くんに、久美香ちゃんが歩けることを見ぬかれてしまったこと。

ゆうかいはんからにげ出すというせっ定を作って、久美香ちゃんのお父さんかお母さんの目の前で歩けるようになったところを見てもらう、という計画を健吾くんとたてたこと。

健吾くんがきょうはくじょうを送りに家を出ていったすきに、工ぼうにしのびこんだこと。マッチが使えるようになったことを、久美香ちゃんに見せたかったから。

〝神様へのお手紙〟と名付けたこの日記帳を、引っこしの前に鼻崎町のどこかにうめようかと思っていたけど、やめました。ほり起こされたらこまるので、大事にしまっておこうと思います。

友じょうのあかしである、おでこのキズあとがなくなる日まで。

解説

原田ひ香

小説の世界では、作家と作品の関係について昔からよく言われて、定説のようになっていることがいくつかある。

「デビュー作にはその作家のすべてがある」という言葉もその一つだ。どれほど奇抜だったり、稚拙だったりしても、その後作家がどのような変化を遂げたとしても、デビュー作にはその後の作家をうらなう、すべてが含まれている、という意味だろう。

私はこの言葉を聞く時、いつも一人の作家を思い浮かべずにいられない。

それがまさに本作の著者、湊かなえさんだ。

なぜなら、縁あって、私は湊さんのデビュー作を早くから読む機会があったし、その前の作品、湊さんが湊さんとなる前の湊さんにも少し関わらせていただいたからである。

その「縁」についてはまた後ほど説明することにして、まずは本作について話そう。

『ユートピア』は緑豊かな海辺に面した、人口七千人の鼻崎町が舞台となっている。

昔から日本有数の食品加工会社、八海水産の国内最大の工場を有する町で、さらにその前は線香の産地として知られていた。しかし、八海水産の売り上げは年々頭打ちで、以前は一日に一万人が訪れていた〈鼻崎ユートピア商店街〉も人影はまばらとなってしまった。

とは言え、美しい海辺とそれを望む鼻崎岬があり、山には焼き物に適した土もある。きっと、海の幸と山の幸にも恵まれていることだろう。美しく豊かな自然とおいしい食べ物、ゆったりと人生を過ごしたい人たちには何にも代えがたいすべての要素が詰まった町だ。

だが一方で、日本のほとんどの田舎町は皆、こんな感じとも言える。すばらしい場所であるということも含めて、鼻崎町はありきたりであり、これからどうやって町おこしをしていけばいいか、地元の人も扱いかねている。さらに、寂れた商店街というのは、地方どころか東京だって、ターミナル駅からちょっと電車に乗ればいくらでも見られる風景だ。鼻崎町の静寂は、現代日本そのものでもある。

鼻崎町に住む三人の女性――商店街の仏具屋の妻である堂場菜々子、都会から移住してきた陶芸家の星川すみれ、夫が八海水産に勤める転勤族の妻、相場光稀の視点から物語は進む。彼女たちはこの町で十五年ぶりに行われる祭りの実行委員として出会う。ばらばらな属性を持った女たちが祭りで起きた事件を経て繋(つな)がり、すみれの作る陶器のストラップを使ったボランティア基金「クララの翼」を立ち上げた。

　この三人も、ちょっと地方に行けばお目にかかる女性の典型例だろう。私自身も関東出身だが、夫が転勤族で結婚してから十八年のうちの半分以上を東京以外の町で過ごした。また、フリーの仕事をしているわけだから、光稀とすみれの属性を兼ね備えている。だから彼女たちの地域での身の置きどころのなさが痛いほどわかった。

　ニュースやワイドショーには、彼女たちのような人たちがよく出てくる。その地方の食材を使ったり、ボランティアをしたりしながら地域に貢献し、その地に溶け込んでいる。私たちはそれを観て、「こうして地に足をつけて生きている人はすごいな」と思ったり、「地元に貢献できるなんて偉いなあ」なんて何もしない自分を少し後ろめたく感じたりする。

　しかし、その実はいかばかりか。

「すごいなあ」という称賛は、いつしか、おのれの罪悪感から「よくやるよ」「偉そうに」というねたみの声に変わり、本当に人のためになっているのかな、という苛立ちを含んだ疑問になったりする。

　菜々子、すみれ、光稀の三人も最初は脚光をあびた。テレビや雑誌などいくつかの媒体にも取り上げられて成功するかに思えたが、それぞれの思惑の違い、周りの人間の嫉妬ややっかみ、そして、過去の事件の影響を受けて思いがけない変化を見せる。

湊かなえさんの作品の特長と言われるものはいくつかある。例えば、地方の閉塞感のリアル、複雑な人間関係の空気感、女性を中心とした詳細な心理描写、読み終わった後の、いわゆる「イヤミス」と呼ばれる極上の後味の悪さ、など。どれもが優れていて、湊さんの世界観を作り上げている。

しかし、湊さんの作品の特長で私が一番好きなところは、登場人物たちの強烈な「主観」だ。

人称が一人称であれ、三人称であれ、細やかで少し神経質で、でも、誰にも流されない自我を持った人たちが登場する。そして、その複数の「主観」や「自我」が絡み合いながら物語が構築され、進んでいく。

私はこれを「主観と主観の殴り合い」と呼びたい。普通なら、すれ違い、くらいの言葉を使うのだろうが、湊さんの作品にはそれではちょっと弱いと思うのだ。

いったい彼らがなんのために殴り合うか、戦うか、と言えば、「おのれの正しさ」を勝ち取るため、自分の正当性を主張するためだ。

私は正しい、私は間違っていない、私が正しいとあなたにだけは知ってほしい。登場人物は心の底からそう叫び続けている。それはつまり、あの人は間違っている、あの人はおかしい、あの人は嘘(うそ)をついている、ということでもある。

読者はそれに時に反発したり、その強さにおののいたりしながら、本を手放すことはできない。なぜなら、人は誰しもがそうだからだ。表面上、謙遜したり、譲り合ったりしながら、本当は心の中で自分が一番正しいと思っている。だから、共感せずにいられない。

この『ユートピア』もまた、まさに三人の女性の「主観と主観の殴り合い」でできている。それは時に真っ向から殴り合うリングの上での真剣勝負であったり、真っ暗な暗闇で行われる独りよがりのシャドーボクシングであったり、親しく見せていながら実は相手と距離をとったアウトボクシングであったりする。

この殴り合いはいろいろな効果を産む。同じ時、同じ場所で同じ経験をした人なのに、その受け取り方がまったく違う、というのも湊さんの得意なプロットで、それはもちろん、私や別の作家も試みている手法ながら、その大胆さ、綿密さは突出している。ここまで違ったものを人は見ているのか！　と改めて瞠目させられることもしばしばだ。

小説家としてのデビュー作となった『告白』、初期作品で手紙を使った『往復書簡』、母と娘の一人語りから始まる『母性』など例をあげるまでもなく、主観的人間は湊作品の根幹をなしている、と私は思う。

そして、読み終わった時、読者が自分の「主観」をさらに強化しているかと言えば、実はそうでもないのだ。逆に、他の人には他の人の言い分があるのだ、ということがしみじみと悲しみを込めて伝わって来る。他人を許したいような、大きな心で「主観」を受け止めたいような気持ちになっている。他人を思いやる、まさに読書の効用ではないだろうか。読書に効用などいらない、という向きもあろうが、自然にそういう気持ちになっているのを止めようもない。

最初に少し触れた、湊さんとのこれまでの縁についてだが、私は二〇〇六年に創作ラジオドラマ大賞を受賞していて、その翌年二〇〇七年の受賞者が湊さんだった。

ここからは私の視線からの記述となるが許していただきたい。私は新しい受賞者を迎えるに当たって、少しナーバスになっていた。なぜなら、自分がその時、オリジナルの受賞第一作を書けていなかったからである。一年間、手を変え品を変え、さまざまなラジオドラマの企画を出していたのだが一つも採用されなかった。このあたりのことは「受賞第一作が書けない作家」の物語としていくつか短編などに書かせていただいたので、今ではむしろありがたいネタをいただいたような気になっているが、当時はつらかった。

そこに颯爽と現れたのが湊さんだった。受賞作「答えは、昼間の月」は阪神・淡路大震災とJR福知山線脱線事故、そして、骨髄移植を絡み合わせた、大変な意欲作だった。

そこで最初の命題に戻るが、これが湊かなえの、湊かなえになる前のデビュー作として「すべてがそこにある」作品だろうかとこれまでしばしば考えてきた。

なぜかと言うと、この作品が一見、現在の湊作品と大きく違うからである。殺人はないし、イヤミス要素はいっさいなし。むしろ、ラストで聴取者が真実に気づかされた時、爽快感を含んだ涙があふれる。だから、私は受賞作を読んで、湊さんが当時、教員をしているというプロフィールと併せてどこか「優等生的な人なのかな」と勝手に考えていた。ご本人には授賞式の時初めてお会いしたのだが、優しげではかなげな、でも芯のしっかりしている方だとお見受けした。

そして、ここからはあまり人にも話したことがないことだ。授賞式はずいぶん盛り上がって、三次会まで進んだ。皆が泥酔している中、私と湊さんの間に一人のディレクターが座っていて、熱心に彼女に話しかけていた。

「僕は湊さんの作品を本当にすばらしいと思って、最終選考でも強く推したんだよ。ここ数年の受賞作の中でも断トツで一番だと思った」

ここにいるんだけどなあ、去年の受賞者の私が……と、心の中でつぶやいた。これはきっと今後、私に仕事が来ることはないだろうなと思った。

実はその頃、なかなかものにならないシナリオの世界を半ば諦めて、初めて書いていた小説があと数十枚で出来上がるというところだった。けれど、正直、あまりよい作品とは自分でも思えず、「今回の応募は見送ろうかな」と考えていた。

しかし、彼の言葉を聞いて、私はそれまでの酔いが一気に醒めたような気がして立ち上がり、まっすぐ帰宅した。そして、深夜にラストの数十枚を書き上げた。その作品で賞をいただいてデビューできたのだから、今の自分があるのは湊さんのおかげとも言える。

少し話がそれたが、湊さんのラジオドラマの受賞作はやはり今の作品と繋がっている、と本作を読んで確信した。

事件や事故で大きく変わってしまった人間関係や人の気持ち、いくつかの流れが最後に巨大な濁流のように繋がるところ、そして、それが手紙文で謎解きされる設定など、今の「湊かなえ」を彷彿とさせるディテールがそこにはいくつもあった。

数ヶ月後、湊さんの受賞作がラジオドラマ化される時には、私も収録の前の本読みに立ち会った。一つ、とても印象に残っていることがある。こちらが気後れするような演技派の俳優さんたちが配役されていていた中、「ここの気持ちの流れはどういうことなのか」というような質問が出た。湊さんは非常に丁寧に辛抱強く、登場人物の気持ち、話の流れを説明していた。その細いけれどよく通る声をいまでもよく覚えている。自分の作品に真摯な人なのだなと映った。

たぶん、その収録のあとだと記憶している。湊さんから「実は小説の賞を取ったんですよ」と打ち明けられ、それが「聖職者」という題名だと知った。私はすぐに掲載誌を取り寄せて読んだのだが、これは本当に衝撃的な作品だった。それまでどちらかというと、「優等生」で「素直に感動させる」話を書く人、というイメージだったのが一八〇度転換した。小説家に会うのはそれが初めての経験で、作家というのはいろいろな顔を持っているのだ、ということを思い知らされた。

その後、この小説は他の章を加えて『告白』となり、大ベストセラーとなったのは皆さんもご存知の通り。しかし、その前、まだ、私も含めた誰もが「湊かなえ」という作家を知らなかった時、なんの先入観もなしに「聖職者」を読めたことは非常に大きな幸運だった。それはマニアが「昔から知っているんだよ」と語るのにも似ているかもしれないが、もっとプリミティブな、すごい作品を、作家を発見した、そこに立ち会えた、という喜びだ。

私はすぐに手紙かメールで「湊さんの一番目のファンになりたいです」と書いたような気がする。もちろん、同じ雑誌を読んだ方はこの世に何千といたはずで、その前だって下読みの方、編集者など、皆、きっと同じような衝撃を受けたはずだけれども……。

これが私の「湊かなえと私」の物語。もしかしたら、湊さんの目から見たらぜんぜん別の話があるかもしれない。そうだったら、まるでそれは彼女の小説のようで、私は今ちょっとどきどきしている。

（はらだ・ひか　作家）

本書はフィクションであり、実在する場所・個人・団体とは無関係であることをお断りいたします。

本書は、二〇一五年十一月、集英社より刊行されました。

初出「小説すばる」
第一章　花咲く町　二〇一四年六月号
第二章　花咲き祭り　二〇一四年八月号
第三章　心に花を　二〇一四年十月号（「翼をください」改題）
第四章　誰がための翼　二〇一四年十二月号
第五章　飛べない翼　二〇一五年二月号
第六章　折れた翼　二〇一五年四月号
第七章　岬に吹く風　二〇一五年六月号（「花の嵐」改題）
第八章　岬の果てに　二〇一五年八月号（「翼を胸に」改題）

集英社文庫

ユートピア

2018年6月30日　第1刷　　定価はカバーに表示してあります。

著　者　湊　かなえ
発行者　村田登志江
発行所　株式会社　集英社
東京都千代田区一ツ橋2-5-10　〒101-8050
電話　【編集部】03-3230-6095
　　　【読者係】03-3230-6080
　　　【販売部】03-3230-6393（書店専用）

印　刷　凸版印刷株式会社
製　本　凸版印刷株式会社

フォーマットデザイン　アリヤマデザインストア　　マークデザイン　居山浩二

ISBN978-4-08-745748-3 C0193